范小青

鹰扬巷

The collected works
of
Fan xiaoqing

范小青文集
〔短篇小说集〕

● ● ●

山东人民出版社

全国百佳图书出版单位 国家一级出版社

图书在版编目（CIP）数据

鹰扬巷／范小青著 . —济南：山东人民出版社，
2015.8（2021.1重印）

（范小青文集）

ISBN 978-7-209-08882-4

Ⅰ.①鹰…　Ⅱ.①范…　Ⅲ.①短篇小说－小说集－
中国－当代　Ⅳ.①I247.7

中国版本图书馆CIP数据核字(2015)第049974号

鹰扬巷

范小青　著

主管单位　山东出版传媒股份有限公司
出版发行　山东人民出版社
社　　址　济南市英雄山路165号
邮　　编　250002
电　　话　总编室（0531）82098914
　　　　　市场部（0531）82098027
网　　址　http://www.sd-book.com.cn
印　　装　三河市华东印刷有限公司
经　　销　新华书店

规　　格　16开（170mm×240mm）
印　　张　16.25
字　　数　245千字
版　　次　2015年8月第1版
印　　次　2021年1月第2次
ISBN 978-7-209-08882-4
定　　价　42.00元
　　　　　如有印装质量问题，请与出版社总编室联系调换。

目
录

石头与墓碑

一

有一年旧友来访，他们相约了去小王山。这是王君提出来的，但王君也只是听说过有小王山，他自己也未曾去过。后来他们到了小王山，就觉得是不虚此行的，跨过石涧，绕过石壁，有一些已经倒塌和快要倒塌的屋子，有一块宽的石板，有一湾清溪等等。"穹窿山下小王山，曾见先生杖策还。今古几人真澹泊，不求闻达只求闲。"看到镌刻在石壁上的这样的诗句，他们发出了感叹，唉，小王山啊小王山，他们说。

他们走累了，尤其是王君，已经有点气喘吁吁了，不要走了吧，王君说，我走不动了。王君就随地坐到了倒在荒野中的一块石碑上去了，你们走吧，我是不走了，他说。

其他人尚有一点余力，他们再继续地走走，有一个的人心里是像王君一样的，但是别人不说累，他也不好意思说，现在既然王君坐了下来，他觉得自己也可以歇歇了。他就在靠近王君的这边，也随地坐下了。

王君坐下后，先是长长舒了几口气，然后悠悠地点上一支烟，累了以后能够歇下来，再吸烟，是那么地舒坦，那么地恣意，浑身的骨头都像是松懈开来了。

王君吸过了烟，觉得精神又倍增了，他仍然坐着，思想却是频繁活动的，我坐在这里，干些什么呢，王君想。他四处看着，后来就看到了自己坐着的那块倒地的石碑。

这块石碑的一小半，已经埋在土里，这是一块墓碑，上面刻着字，是某某人的墓，这个"墓"字十分清晰，另外两个字，是那个人的名字，有些模糊了，王君和旧友一起，拨开字迹上的泥土，先看到一个王字，后来才看清了另一个字：枋。

王枋。

王枋墓。

枋是一种树。

他们边说着，就站起来了，拍拍手上的泥，天气一直很晴朗，所以泥是干的，一拍也就没有了。也有比较有洁癖的一两个人，到小溪边去洗手。

这个王枋是谁？有一个人忽然问。

王君不知道王枋是谁，但是他笑了一笑，随口说，王枋啊，是我五百年前的老祖宗。

那个人也跟着王君笑了一笑，说，啊，你这个不肖子孙啊，把老祖宗扔在荒郊野外不管？

大家都笑了笑。他们沿着山路走到了山下，回家了。

旧友走了以后，王君一直觉得自己的心没有安定下来，他将这几天的一些事情想了想，一直想到王枋的时候，心里跳了一下，他才发现，原来自己是把那个王枋挂在心上了，但是王君并不知道真的因为和他同姓还是因为别的什么，王君找来一些资料，翻阅起来。资料里果然是有王枋的。

资料是这么记载的：王枋墓，位于天池山珍珠坞，墓穴完整，墓碑刻"明俟斋王公之墓"。王枋，字昭法，号俟斋，明末清初长洲人，其父……

其中是有一些疑点的，其一，王枋墓在天池山，而不是在小王山；其二，墓碑上刻的字不是"王枋墓"三个字；其三，小王山那里的王枋墓并没有墓穴，只有一块倒地的石碑，所以也说不上完整和不完整，至少有这么几点不相吻合。

但是王君并没有往其他方面去想，比如他没有想到是不是另有一个王枋，他是认定就是这个王枋的，在这个前提下，他可以把这几点不相吻合之处圆过来，其一，迁坟也是可能的，从前在天池山，后来迁到小王山；其二，迁坟的时候，可能重新塑了墓碑，碑上的字也改过了；其三，迁坟的时候，从前的墓穴没有迁移过来，原因也可能是多方面的，后人的马虎，或者经济的窘迫，都是有可能的。

在王君查阅的资料中，像王枋这样的古冢，在资料上排成很长很长的一列，几乎翻过好几十页后面还有，王君感叹地想，我的家乡，真是人物荟萃的。王君没有很多时间和这些古代的人物一一去认识，即使姓王的也有很多，也力不能及，恐怕只能为其中的一个王枋做一点事情。

王君想到要做的、他觉得可能做得到的事情，是很明白的，将王枋的墓修一修，至少不是现在这样，让一块石碑倒塌在荒野之中，埋在寂寞的泥里。

半年以后，王君给旧友写信的时候，提到这件事情，信中说："兄是否记得小王山一游，见一倒地墓碑，名王枋墓，目前弟正为这件事情奔波，想不日将有结果……"

读了王君的信，旧友不免回想起当日小王山之情之景，只是对王枋墓一事，记不大得了。

二

诸家的老宅后来破败了，年久失修的房屋，杂草丛生的后花园，后花园里有一间披屋，诸秀芬就住在这里。

花园里没有花，只有一些杂草，狗尾巴草和癞痢头草，有数块石条石柱倒在杂草中，这些石条石柱，本来是一些坊，后来倒塌了，有些石条石柱上还刻有字句，比如有一根石柱上刻着：旧庐墨井文孙守，但是它的下联找不到了，因为另外一根石柱上的字：三更白月黄埃地，这句看起来不像是它的下联，有知识的人一看了，说，这两句都是上联，再有一根石柱上刻的是：海内三遗民，有人说，这是纪念明末清初的人。

这些两柱的石坊零乱地倒在这里，有一个横额上是四个字：功德圆满。

诸秀芬老了，眼花耳聋，思路也不太清楚，但是有一点她却是清醒的，她知道自己要死了，没有很多日子了，她说，我就要去了。别人说，你老是说这话。他们的言外之意，可能是说，你老是说这话，说了那么多遍，也没有见你去，你不是还在这里吗？不过人家也不是要咒诸秀芬死，因为诸秀芬活着和不活着，对别人并没有什么大的区别和重要的意义。

诸秀芬想，我没有子女，没有后代，我死了，谁会来给我办后事呢？人家说，你放心好了，我们会给你办的。但是诸秀芬不放心，自己的后事，自己是看不见的，看不见的事情，叫人不能放心，所以，诸秀芬想，我得自己先准备起来。诸秀芬一进入到"死亡"这样的思想，她的思路就清晰起来，变得有条有理。

她首先请来了一个石匠，石匠来的时候，看到园子里这么多石头，有些眼花缭乱，可能就像喜欢读书的人看见许多书，也像裁缝看见许多布那样，心里觉得很充实。

拿哪一块做你的墓碑呢？他问。

喏，这一块。

这块功德圆满不要了？

不要了。

把功德圆满的字凿掉？

凿掉。

不如换一块吧，石匠说，因为他觉得，第一，功德圆满四个字刻得很有劲道，要在他手里毁掉，他觉得有点可惜，这样的字，我是刻不出来的，他想，现在的人，都刻不出来的；第二，这块横额的取材，是最上好的石料，石匠是懂货的，一个没名气的妇女，拿块普通石头做就可以了。

不过石匠没有把这样的话向诸秀芬说出来，这种想法虽然比较实在，但毕竟这是不够礼貌不够恭敬的，石匠毕竟是替人做活拿人工资的人，他也不宜多说什么。

不换的。

那么我是要凿掉功德圆满？

是的。

那么凿掉了功德圆满再刻上什么字呢？

这个问题还在诸秀芬脑海里盘旋，她还没有想好，反正还有一些时间，她可以在石匠凿掉功德圆满的时间里，考虑好这个问题。

在石匠凿字的日子里，诸秀芬就到茶馆里去，她在茶馆里求教别人。

我的墓碑上写什么？

海内文章第一，山中宰相无双。

寸图才出，千临万摹。

至德齐光。

道启东南，灵翠句吴。

等等。

第一句是写明朝宰相王鏊的，第二句是文征明，第三是仲雍，第四是言子，等等。

这地方是文人荟萃，坐在茶馆里的人，看起来一天天地烟熏茶泡，吊儿郎当，无所事事，却原来都是有学问的人啊。

他们对诸秀芬给他们的施展机会欲罢不能，继续说下去。

义风千古。

功德圆满。

咦咦，诸秀芬笑起来，功德圆满已经被我凿掉了呀。

这时候石匠跑来了，喂，他对诸秀芬说，我要走几天再来，老婆生小孩叫回去。

你走好了，诸秀芬说，生个小孩这点时间我等得及。

就算我等不及了，她又说，你回来再做也可以的。

石匠走出去后，又回进来，说，刚才我出来的时候，有人在那边看，他们说你家是无主石坊。

石匠和诸秀芬的对话，引起了茶馆里的一个人的念头。

不如送给我吧，他请求说。

不给的，诸秀芬说。其实许多石头放在她那里也没有用，但是天长日久的，她天天看着它们，看出感情来了，觉得像她的孩子，她舍不得它们走。

或者，哪怕只要几块？他又说。

不给的。

一块。

不给的。

他最后失望地走了。

在日后的某一个夜晚，推土机推倒了诸宅的后墙，没有人听见，因为那时候诸宅已经没有人住了。

过了几天，报纸上登出来：建设者们在资金严重缺乏情况下，集思广益，广开材路，旧物利用，收寻到许多无主的石坊，现在这些石头，都已经镶嵌在古城的大街小巷、红栏朱桥和重建重修的祠坊里了。

三

相王庙，有一块刻着相王像的石碑，置在庙西楹。石碑上有相王的画像，在画像的左下方还有以下一些内容：谁谁谁绘，谁谁谁赞，谁谁谁书，谁谁谁题，谁谁谁勒石，这些谁谁谁，都是古代历代的名人，可惜的是，他们的名字已经看不很清，因为世世代代以来，前来烧香拜相王的老百姓，他们对相王有很深厚的感情，他们来到，都想要抚摸一下相王，但是相王石碑比较高大，相王的头在很高的地方，他们触摸不着，他们只能抚摸到下方落款的地方，日子长了，那些人落的款，就模糊掉了，写的赞语，也看不清楚了。

相王庙早已经不存在了，甚至它毁于什么年代，也没有人说得清楚，大家平时常挂在嘴上说的相王庙相王庙，其实只是相王庙的遗址。一座残殿和几间庙舍，后来有一家工厂占了这个地方，做起生活来。又后来残殿也倒塌了，工厂搬走了，但这个地方是好的，政府拿它送给了福利院，一些孤寡老人和孤残儿童住在庙舍里。他们在院子里的大树下悠闲地过着人生。又后来，庙舍成了危房，拆了，重新建设了福利院的宿舍，现在老人和孩子都住着窗明几净的新房子。

逢初一十五，方圆周围的老百姓都要到相王庙来烧香，工厂办在这里的时候，烧香的老百姓不顾门卫的阻挡，挤进厂门。

门卫急了，你们不能进去的，他说，这不是庙，这是厂呀。

香客们很生气，是你们烧香赶走和尚。

你们还好意思不让我们进去。

你们不怕得罪相王老爷啊。

门卫拿他们没有办法，不要说他了，就算是他们的厂长，也摇了摇头，随他们去吧，他说，谁敢不让他们烧香啊。

就在工厂隆隆的机器声中，他们当院站定了，点蜡烛，点香，跪下来磕头，嘴里念念有词。

只是，在原来的庙基上，接受他们顶礼膜拜的，只有那块刻着相王像的石碑了。

到了福利院的时候，香客就没有这么称心如意，福利院的一些孩子，他们看到有人进来烧香点蜡烛，再跪下来磕头，嘴里念念有词，他们会受惊吓，或者会瞎兴奋，瞎胡闹，做出一些让人匪夷所思的事情，所以无论如何是不能让香客再进来了。

香客后来也想得开的，不让我们进来，我们就不进来，就在你门口烧香好了，也是一样的，反正老爷会知道的。

于是就形成了很奇怪的现场，在福利院的门口，他们摆开场子烧香拜老爷，口中念念有词，行叩大礼，有人要完成很完整的一套做法，不能缺少一样，也有人比较简单一点，但是磕头跪拜是一定要有的。

有个外地人经过这里，正好看到壮观而且奇异的情形，他不由停住了脚步，问道，他们在干什么呀？

烧香呀。

烧香怎么在街上烧？我们那里，都是在庙里烧香的。

这也是庙呀。

外地人看了又看，怎么也看不出这是个庙。这是什么庙呢？他问，同时他心里想，这个地方蛮独特的啊，庙不像个庙嘛。

相王庙。

相王是谁呢？

相王就是相王。

外地人又看了看，仍然看不出什么名堂，他走了。留下和外地人说话的本地人，他的心里倒有些想法了，也有些懊恼的，相王就是相王，这叫什么回答呢，人家会以为他在掏糨糊的。

但是其实他自己也说不清楚相王是谁，关于相王是谁，你可以去问问烧香香的香客们。

喂，相王是谁？

相王啊，一个妇女说，相王就是相王老爷么。

喂，相王是谁？

相王啊，一个年轻的人说，相王就是相王菩萨吧。

喂，相王是谁？

一个老人生气地说，哼哼，连相王都不知道，真是聪明面孔笨肚肠，学养欠厚，他说，相王不就是伍子胥吗？

你要是觉得他们的话不可靠，你也可以去翻翻书的，书上多的是，几乎所有关于地方名胜的书上都会有介绍相王的。

一本书上：相王，南面讨击将军黑莫郝，墓在蛇门。

另一本书上：相王，神姓桑，名湛壁，盖不可考。

再一本书认为，相王是无名无姓的一个人，古代造城时，水大造不起来，他跳下去用身体挡住水，才筑起了城墙，他就是相王。

反正无论谁是相王，相王是谁，现在的他就在那块石碑上，他看着芸芸众生，不知道他在想什么。

石碑上的画像，线条清晰，刻勒有致，假如我们使用书面语，可以这样形容：人物形象十分生动，面容两颊丰满，口鼻略为集中，童顶鹤发，体态潇洒，等等。

但是有一天突然出来一条新闻：相王庙里的相王，根本就不是相王。相王碑上的相王像，根本就不是相王像。虽然没有再引申开去，比如说相王庙根本就不是相王庙，但是大家都会有这种怀疑和想法，既然相王也不是相王了，那么相王庙为什么不可能根本就不是相王庙呢？

在"文革"的时候，红卫兵和造反派用起重机将许多石碑拖到一起，想要集中摧毁它们。只是石头不像别的四旧，难对付的，他们用榔头夯了几下，已经腰酸肩疼，手上也起了泡，就算再夯十几下，这些庞然大物也是纹丝不动的，好像是在给它们挠痒痒，最多迸出一点点石子星星，还差点弹瞎了一个人的眼睛。红卫兵和造反派毕竟不是采石工人，他们是文弱书生，还戴着眼镜，他们终于夯不动了，就放弃了想法，站到石碑上，踩了又踩，踏了又踏，有一个人还仇恨地吐了唾沫，意思是叫它们永世不得翻身。

这是从前发生的事情，这些被拖在一起的石碑，在"文革"以后，又分别回归原地，可能在回归的时候，张冠李戴了，把不是相王石像的石像放到了相王庙这里来了。

那么相王石像呢？

没有人知道。

那么这个人是谁呢?

是老子。

是况钟。

是范仲淹。

是一个不知名的人。

专家们和爱好者们纷纷发表自己的看法。在后来很长的时间里,这事情也曾经有过数次的反复,有一个很有学问的人经过认真考证,又证明这块石碑就是相王,根本就没有搞错,但是他的说法被更多的人反对。不过这种争论一点也不要紧,不碍事,这地方的人,有时间也有学问,他们会深入研究的,不久一定会真相大白。

福利院终于松了一口气,他们说,这下子好了,耳根清净了,眼不见为净了。

但是他们估计错了,这样的惊爆新闻,一点也没有影响老百姓的信仰和信念,他们仍然和从前一样,到初一十五,就要去拜相王了。

如果他们是隔壁相邻的,他们走的时候会互相招呼一声:张家姆妈,走啦。

李家好婆,我等你一道去啊。

有一对年轻的恋人也相约了去的,女的坐在男的摩托车后面,她一只手抓着一把香烛,另一只手紧紧搂着男朋友的腰,男朋友虽然有点肉痒,但是心里开心,就忍着。

有一天一个小孩从福利院里溜出来,他好奇地看着烧香的大人,他不是相王啊,他说。

大人朝他看看,小孩,他们说,你不懂的。

但是他确实不是相王啊,小孩坚持说。

大人说,不是相王也不要紧的。

不是相王我们也要拜的。

拜了总归有用的。

拜了总归会保佑的。

谁保佑谁啊?小孩问,他真是什么也不懂。

菩萨保佑我们吧,大人说,你连这个也不懂。

噢，小孩说。

看起来他好像是听懂了，其实你根本就不懂，大人想。

四

老钱家有一座旧门楼，是石结构的。石结构的门楼现存已经很少，砖结构、木结构的还可以找到一些。

虽然是坚硬的石头，但毕竟经历了太多的风雨侵蚀，呈现出衰败现象了。一些石头每天在自己头顶上方摇摇晃晃，这可不是一件让人放心的事情，老钱一家和这个院子的邻居，走出走进，都提心吊胆的，尤其是有小孩的人家，整天好像在等着出事情似的，一有风吹草动，就问，石头掉下来没有？石头砸着小孩没有？

大家都说，老钱啊，你一定要修理了。

房子是老钱家的，修理自然是要老钱修理，可是老钱请人算了算修理的账，他没有这么多钱，除非把房子卖了，但是，如果房子卖了，房子不是他的了，也就不用他修理了，事情就是这样的。

老钱心里一直搁着这事情，老是不踏实，左右为难。老周早就知晓老钱这样的情况和这样的心理，他一直在动这个脑筋，只是含而不露，藏在心底，现在老钱已经有些急迫了，老周觉得差不多到时间出马了。

老周和老钱坐在老钱家的院子里说话，他们谈了昆曲，谈了收藏，谈了书法，他们都是通今博古的人，还谈了谈城墙。

后来刮过来一阵风，石结构的门楼那里，发出咯噔咯噔的声响，老周吓得跳了起来，要倒下来了！要倒下来了！他夸张地大声喊着。事后老周还对别人说，我为什么专挑了那一天去呢，我听过天气预报，那一天刮风。

老钱忧心忡忡，他们将椅子搬得离门楼远一点，但是老周仍然心慌慌的，不时地抬头看看门楼，做出随时要逃走的准备。

唉，老钱说，唉。

老周说，老钱啊，不是我说你啊，这个门楼搁在这里太危险了。

这样他们终于把话题扯到了门楼上去，老钱谈了自己的难处，老周认真地听着，其实我们知道老周心里一本账早就盘算得比老钱更清晰了。老周说，老钱啊，与其让危险悬在头上，不如让危险远离你吧。

老周终于说出了他的建议：既然老钱没有实力重修危楼，不如捐献给国家，国家把这个危楼搬走，替他们重新修一道围墙，还给老钱发一个荣誉证书，还有一点奖励的资金，等等。

老钱想了想，觉得这个主意也没有什么不好，不过，老钱觉得这个门楼就要拆走了，有一点恋恋不舍的，他说，你们要把它搬到哪里去呢？

老钱你知道的，老周说，正在兴建的名人墓，缺乏大量的好石好砖啊，老钱你知道的，这些有历史气息的砖石，现在是越来越少了。

这倒是的，老钱说，像我这个门楼，你觅也觅不到的。

门楼的事情就这么简单地解决了，很快就新修了牢固的围墙，居民进进出出，不用再担惊受怕，他们说，到底是人民政府，办起事情来刮拉松脆。

多年后，旧友来访，他们坐在茶馆里喝茶说话，然后出去，在郊外的山路上走着，旧友说，从前有一次，我们去过小王山，你还记得吗？老钱说，记得的。他们说到小王山，就想起了王君，王君已经去世了，他的墓就在小王山。

老钱告诉旧友，现在的小王山，跟从前他们去的时候不一样了，从前只是一座荒山，现在一半是墓区，另一些地方，开发了旅游。

旧友又想起其他的一些往事，他想起王君给他写过一封信，信上说，他正在为重修谁的墓奔波，王君说，这是小事一桩，不久就会解决的，但是后来他再也没有提起过这件事，可能是修好了，也可能是没有修好。

有这样的事吗？老钱记不起来了。

有，旧友说，是一个姓王的，叫王什么，我也记不得了。

是不是名人呢？老钱问。

不太清楚，旧友说，按道理应该是的吧，要不然王君为什么要替他重新修墓呢。

噢，老钱说，如果是名人，可能都已经迁到名人墓园去了。

名人墓园的门票很贵，四十块，另一个老友说。

演 习

医院接到上级通知，要求搞一次急救演习，届时上级领导要来现场检查，搞得不好，要扣分。医院很重视，专门开了会，给各部门分了工，大家很快领了任务去落实，最后只剩下一个环节，需要一位模拟病人。开会的人互相开起玩笑来，张大夫，你最了解病人，你扮演病人吧，王科长，你本来就像个生病的人，就你演吧，演起来活脱脱的。他们笑眯眯地你说说我，我说说你，看起来谁扮演病人好像都无所谓，是一件很简单的事情，但是等到负责会议的领导正式要跟他们落实了，他们又说，叫我扮演病人啊，开什么玩笑？又都不愿意了。领导也觉得，让医生或者干部去扮演病人，确实有些不太妥当，平日他们穿着白大褂，或者坐在办公室里和人谈话，做思想工作，都是一本正经的，忽然变成个病人被大家七手八脚地抬来推去，确实有点那个什么。如果真的生了病，那也是没办法的，但既然没生病，却折腾他们，是不大好。领导想，还是从劳动人民的角度里去考虑吧。

在医院里，所谓的劳动人民也是有不少的，比如清洁工，护理工，甚至比如看自行车的，开电梯的，食堂的，这里边有不少人是从别的岗位下了岗，又来医院找另一份职业的，这样的人，比较巴结，领导说话，他们比较听，不像医院的正式人员，有时候有些犟头甩耳朵。

领导把后勤的同志叫过来，说，你的那些人里，你去安排一个吧，要老实一点的，要弄得像个病人，不要身强力壮满面红光的，不像，说不定还拍电视呢。后勤的同志回来向领导汇报，他苦着脸说，他们不肯。领导有些意外，说，你跟没跟他们说，发加班费。后勤的同志说，我说了，他们不要加班费，他们说了，其他活，再苦再累，只要领导分配，他们都愿意做，只是扮演病人不行，装什么也不能装病人，不吉利的。领导说，这是迷信嘛。后勤的同志说，他们是迷信，现在迷信的人越来越多了，年初一抢烧头香把庙门也踏破了，把老和尚都挤倒了。

领导本来以为是小事一桩，现在看起来有些难度，演习的时间越来越逼近，不能再拖下去，为了保证演习的成功，不仅医护人员事先要反复练习，"病人"也要先热身的，领导着急起来，不仅因为演习的事情，也因为自己在单位里说话居然没人听而感到有些沮丧，他有些泄气。后勤的同志看不过去，有些于心不忍，说，要不，我再去找找看。

后来后勤的同志果然带了一个人来了，后勤的同志对领导说，这是老马，我跟他说了，他先是同意了，后来又不同意了，我再做他的思想工作，他又同意了，可是后来他又不同意了，我就把他拉来了。老马不好意思地笑了笑，后勤的同志说，老马你不要再犹犹豫豫了，答应就答应了，等于是帮医院一个忙了。领导给老马发了一根烟，拍了拍老马的肩，说，是呀是呀，你也是医院的一分子，等于是帮医院一个忙了。老马说，我是临时工。领导说，临时工表现好的，能转成合同工，表现不好的，也能辞退噢。老马说，是呀是呀，我知道。

就这么定下来是老马，老马的任务就是躺在某个指点的地方，闭上眼睛，然后被人抬上医院的担架，脸上露出很痛苦的样子，插氧气的时候，可以睁一下眼睛，如果睁开眼睛的话，嘴里一定要哼哼，表现得很难过等等，这些都不难的，老马一学就会，演练的时候，老马很快就过关了。老马的同事说，老马啊，到那天看你装死啊，老马说，不是装死，是装病。

那一天果然来了电视台拍电视，上级领导也果然来了，大家很紧张，但是一切进行得有条不紊，先是警铃响起来，事先守着的医生护士冲出来，上了停在院子里的救护车，救护车开出去，在老马等待的那个地方抬上老马，送上救护车的时候，已经有护士往他鼻子里插氧气，老马微微地睁开眼睛，哼哼了两声，救护车往医院急驶，途中有医生按住老马的胸脯做人工呼吸，老马觉得有些痒，想笑出来，但是想到正有摄像机对着，便憋住了笑，车上的医生护士也不出声，但是老马感受他们身上发出的气息，好像看到他们和他一样憋着的笑脸，到了医院，有人喊，抢救室抢救室，老马被抬着直奔抢救室，进去以后，抢救室的门立即关上了，等候在抢救室里的医生都已经准备就绪，手术刀叮当响……这一切发生的过程中，老马始终闭着眼睛，但是凭他对医院的熟悉，即使没有演练过，老马也能一一判断出来，老马正在想，下一步还有什么呢，有人拍了拍他的肩，好了好了，起来吧。演习就结束了。接下来领导讲话，在上级领导的关心下，在大家的共同努力下等等，上级领导也讲了话，演习很成功，体现了这所医院的整体素质等等，整个活动就到此为止了。

本来是一件不大的事情，又是假的，过去了也就过去了，老马回家也没有跟老婆提起，老马的老婆嘴巴太啰嗦，老马对付她的一条基本原则：无论好事坏事，能不说的就不说。老马怕老婆无意中看到新闻，这天晚上故意将电视调到另一个台，也是新闻节目，一点也没有引起老婆的怀疑。但是偏偏老马有一个亲戚，那天晚上看电视的时候，似是而非地看到了这一条新闻，他看到了整个的抢救过程，看清了躺在担架上的老马的脸，因为一边在做着家务，就没有注意听播音员的画外音，他不知道这是一场演习，以为老马真的得了急病送医院抢救呢。亲戚一急，就打电话过来了，电话是老马接的，一听老马接电话，亲戚有点意外，说，咦，你是老马吗？老马说，是呀，我的声音你都听不出了？亲戚又愣了愣，才说，咦，你好了？老马说，我什么好了？这么一问一答，老马脸上的困惑一一被老婆看在眼里，她怀疑的眼光盯得老马心里有些发毛，赶紧捂住话筒对老婆说，是小四。

老婆听说是小四，不再有什么兴趣，去忙自己的事情了。这边电话里，小四仍然是疑惑的口气，怎么可能，怎么可能，他说，你怎么可能一下子就回来了，你是不是瞒着家里人？他们都不知道？老马啊，不是我说你啊，别的事情可以瞒，这样的事情不能瞒啊，我知道，你是怕他们担心，可是你想一想，现在不让他们知道，等到他们知道的时候，会不会已经晚了，已经来不及了？小四云里雾里，老马一头雾水，但是老马并不是笨人，他想了想，想明白了，噢噢，老马说，我知道了，我知道了，你是说医院的事情。小四说，你以为我说什么呢，还有比这个事情更重要的事情吗？我看见你躺在担架上，鼻子里插着氧气，是氧气吧？脸色煞煞白，眼睛都闭上了，我叫我老婆来看，她都吓得哭起来了。老马说，小四哎，你搞错了，那是演习。小四在电话那头"咦呀"了一声，竟然半天没有说话。老马说，喂，小四，你听见了吗？小四说，我听见了。老马说，好，那就挂了啊。

老马的老婆开始听说是小四，她本来不喜欢这个亲戚，就走开了，但是后来她注意了一下老马的神态，心里又犯嘀咕，如果是小四的电话，老马为什么要有这鬼鬼祟祟的样子，所以等老马挂了电话，老婆就问道，小四说什么？老马说，也没什么，他单位里的鸡毛蒜皮的事情。老婆追问，什么事情？老马没料到老婆追根究底，没有想好台词，一时说不出来了，支支吾吾的，说，也没有什么事情，小四也没有说清楚，我也没有听明白。

老马听见老婆哼了一声，心知不妙，本来是想省点事的，结果可能反而惹出是非来了，赶紧把事情坦白出来吧，于是将医院要演习、没有人肯扮演病人、最后只得他去扮演、然后拍电视、小四看电视时没有看清楚，以为他真的生了病，所以打电话来问，等等，一一说了出来。老马怕老婆怪他，别人不肯做的事情，为什么他要去做，为此，老马特意解释了两点，第一，有加班费的，第二，领导说了，临时工表现好，可以转合同工，表现不好，要辞退。

老马说完了，如释重负。

老马的老婆也像小四一样，听了这个说明，半天没有说话，不同的是，小四在电话那头愣着，老马的老婆则是在老马面前愣着，眼睛盯着老马，眼睛里充满疑问，而且有好多疑问，一时不知先问哪个。

老马的老婆终于没有问出什么来。老马忐忑地等了一会，没见她发问，老马想，老婆大概想通了，相信了他，因为有事实摆在那里的，她也不能不相信，如果老马是说谎，这个谎太容易戳穿，老马也不至于这么笨，如果她觉得老马不应该去扮演病人，但是老马也已经将当时的情况说明了，不去也得去，再说了，去都已经去了，事后再怪他不应该去，也是多余了。

饭后老马照例出去散散步，老马前脚出门，他的老婆后脚就抓起电话打给小四，问小四怎么回事，小四说，咦，老马没有告诉你？老马老婆说，他是怎么跟你说的呢？小四把事情说了，老马老婆说，他也是这么跟我说的，不过小四，你相信吗？小四支吾着，他不好说，因为本来他看见的就是老马得急病的事情，现在要叫他相信那是假的，从前人家都说口说无凭眼见为实，现在事情倒过来了，变成眼见无凭口说为实了，所以小四觉得不好表态。小四的沉默，使得老马的老婆一阵紧张，一阵战栗，而老马老婆的紧张又传递到小四那里，小四说，表嫂，你千万千万要沉住气，碰到这样的事情，家属头一个不能慌，你一慌了，病人的精神支柱就没有了，精神一垮，人是没有几天的啊。老马的老婆哽咽着说，小四，我知道，我知道，你说得对，我先要挺住。小四说，有什么需要我帮忙的，你千万不要客气，已经都到了这时候，不能再讲客气啊。

放下电话，老马老婆看看浑然不知高高兴兴的孩子，泪水忍不住就要出来了，但她还是强忍住了，一股崇高的感情油然升起，一切的一切，我要担当起来，她坚强地想。

老马的老婆头一个想到去找老马的同事赵发，赵发正在喝着小酒，边将花生米扔进嘴里嚼着，听了她的话，赵发哈哈哈地笑，又饮一口酒，又笑。老马老婆听赵发的笑声，听得心惊肉跳，赵发平时不这么笑的，今天笑起来，怪怪的。赵发不等老马老婆说什么，又道，你们女人啊，平日里对男人那么凶干什么，轮到有事情了，又手足无措了，早知如此，平日不要那么凶啊。赵发这话一说，老马老婆的心立刻跳到了嗓门口，又落下去，又吊起来，又落下去，这么几下子，老马老婆的眼泪就"刷"地下来了，赵发一看，又笑开了，啊哈哈，啊哈哈，他说，现在就哭老马啦，现在哭还早一点吧，啊哈哈。老马老婆也顾不得难为情，边哭边问，赵发，医生怎么说，还有多少日子？那个老鬼三长在哪里？早期还是晚期？有没有扩散？

赵发见老马老婆当真了，便不再笑了，说，不要乱说了，越说越离谱了，也亏你想得出来，你咒老马啊？老马老婆听他这一说，愣了愣，赵发又说，没有的事啊，一场演习啊。老马老婆说，你骗人啊。赵发说，我骗什么人，你疑神疑鬼的要干什么，没事干了啊？不过话说回来，你们这个老马也真是的，这种事情，谁肯去？他们找到谁谁也不愿意，什么加班费，加十个班的费我也不去的，偏偏他要去，扮演什么不好，去扮演个要死的病人，当时我就劝他的，他还不听呢。老马老婆说，赵发，你也别安慰我了，我来的时候就已经有了思想准备的，是福不是祸，是祸躲不过，赵发，我扛得住。赵发朝她看看，翻了个白眼，你有病啊，神经啊。

赵发不耐烦，说话呛人，在老马老婆看来，是赵发一片好心，他是一心帮着老马瞒她呢，她泪眼婆婆地看着赵发，又伤心绝望又感动，想到人间这么美好的感情，而老马却要走了。一瞬间，她甚至有一种瘫软站不动的感觉了，但是她坚持住了，我不能倒下，就算老马真的要走了，我也不能哭哭啼啼，我要强颜欢笑地送他走，让他走得安安心心，我还要告诉老马，为了老马，为了孩子，我决不嫁人。

老马老婆回到家里，老马散步已经回来了，他问老婆到哪里去了，老马老婆含糊了一下，说，外面看看。老马也没有再问什么。老马老婆说，你身体要是不舒服，就早点睡。老马说，我身体没有不舒服。老马老婆说，不要硬撑着。老马说，电视剧开始了。老马老婆还想说什么，但是又不敢给老马太多的精神压力，看到老马往沙发上一坐，她便也跟着坐下了。

接着他们一起看电视连续剧，是一个儿女情长的故事，已经播放了十多集，正是剧情最紧张的时刻，老马老婆一集不拉地看到今天，投入得一塌糊涂，几乎每天都会哭哭笑笑。老马则不是太喜欢，但是家里只有两台电视机，另一台孩子占着，老马不能看，老马不看这个也没其他可看，便跟着有看无看地瞎看看，哪知看着看着，倒也看进去了，只是不像老婆那样哭哭笑笑。但是今天的情况有些不同了，老马老婆看看电视，就忍不住要去看老马，老马被剧情吸引，也没有注意老婆的古怪，老马甚至被剧情打动了，流下了眼泪，老马老婆知道老马触景生情，想到自己的事情了，她无法劝慰老马，只能伤心地对老马说，你别哭，你别哭。老马是大男人，本来是偷偷地淌眼泪的，被老婆说穿了，觉得很难为情。

这天半夜里老马老婆惊醒了几次，她惊醒后，伸手摸摸老马的额头，有一次被老马感觉到了，反过来摸摸她的额头，老马说，你做噩梦了？

第二天一早，老马上班去了，老马老婆在家里六神无主，不知道该怎么办，恰好这时，小四的电话来了，他也仍然关心着老马的事情，老马老婆将赵发前前后后说的话和老马的异常表现等等都向小四说了，小四听了，立即说道，表嫂啊，你不要急，我马上过来。

老马老婆现在心里稍稍踏实了一点，她平时是不大喜欢小四的，觉得这个人有点寿头寿脑，多管闲事，专门打听别人家的私事，老马老婆有点看不惯他，但是想不到在她碰到天大的困难时，竟是小四来支撑她，帮助她，真是患难时刻见真情，老马老婆想着，心里酸酸的，又想掉眼泪。

小四来了以后，两人先是互相安慰一番，然后简单地商量了一下，一致觉得先要将真实的情况摸清楚，再对症下药。小四陪老马老婆一起来到医院办公室，见到了领导，老马老婆的眼泪就下来了，泣不成声，领导并不认得他们，但是知道肯定是医院的职工或者家属，要不然也不会跑到办公室来找他。领导拿了面纸给老马老婆擦脸，又拿一次性的杯子给他们倒了水，老马老婆几次想说话，却是伤心得说不出来，只得由小四来说，小四也很难过，但是他毕竟是男人，还能够将事情说得清楚。小四说，老马是个好人，天大的事情宁肯自己承担，也不愿意让别人替他担心，得这病也不知已经多长时间了，他一直瞒着，坚持上班，是要为家庭多作一点贡献，等等，说得领导也是热泪盈眶了，激动地插嘴说，老马真是的，老马真是的，他装得没事似的，谁也没有看出来他生病啊。小四说，是呀，我们也都蒙在鼓里的，是昨天晚上我看到电视新闻，你们医院正在抢救他，我才知道了事实。

小四终于说完了，老马老婆和小四都呆呆地望着领导，领导的嘴张得很大，像个无底洞，他脸上的表情，先是惊讶，慢慢地挤出古怪的笑意，最后，变成了平静，几乎没有什么表情了，他什么话也没有说，打开抽屉，拿出一张纸，交给小四，老马老婆赶紧凑过去，他们一看，是一份关于开展急救演习的通知。

老马老婆和小四走出来了，他们一时没有话说，只是往前走着，走着走着，老马老婆忽然停了下来，几乎在同时小四也停下来，老马老婆说，他们商量好的？小四也说，可能事先想到我们会去。老马老婆说，那个通知上，好像连图章也没有的。小四说，倒没有注意。老马老婆说，我们再回头去看看。小四说，看不出的，敲个图章又不难，拿个萝卜就能做图章了，就算没有图章，他也能自圆其说。老马老婆说，是的，他们如果真的要瞒我们，办法总归会有的。

他们站在医院的院子里，看着病人和家属们来来去去，老马老婆一时没有了主意，现在小四就是她的主心骨了，她问小四，我们怎么办？小四说，不如到老马那里看看，但是不要让他发现我们，在旁边观察观察，说不定能看出什么来。老马老婆此时已经完全没有了主张，唯小四是听了。

老马在医院的工作是看守住院部的大门，现在正是开放探视的时间，探望病人的家属亲友进进出出，老马坐在传达室里，有些茫然地看着他们。老马老婆远远地看着老马，也看不太清楚老马的神情举止，又问小四，小四，这么看也看不出什么，我们怎么办？小四是有主张的，他想了想，说，与其这样不明不白，不如你我逼着他去找医生，当着我们的面让医生给他检查，医生说什么，我们不都听到了吗？老马老婆说，他不会跟医生先连档好吧？小四说，所以，我们现在就去，让他措手不有，来不及连档。

老马突然看到老婆像从地下冒出来了，吓了一跳，竟有些语无伦次了，你，你，你怎么？老婆泪眼婆娑地拉住老马，走，老马，你跟我走。老马不明白发生了什么事，他是要忠于职守的，虽然传达室有两个人，他也不能在上班期间擅自离开，老马抵抗着老婆的拖拉，犟着身子，说，干什么嘛，干什么嘛。看到有许多人朝他们观看，老马汗都冒出来了。看老马身体虚成这样，出这么多虚汗，脸是蜡黄的，说话也是有气无力的，老马老婆心疼得不行了，觉得自己也快要倒下了，赶紧叫小四，小四，快来帮我扶着。小四过来扶着老马，老马说，小四，你也来了，家里有什么事吗？小四说，家里没有事，表嫂不放心你的身体，你就听她一回，我们一起去找医生，好吗？

老马被他们架着，小四本来是有力气的，老婆的力气也突然大得奇怪，老马几乎是被他们抬着，脚也可以不沾地，但是老马觉得未免太滑稽，死活要将自己的脚沾到地上，这么拖着架着，找到医生那儿，医生认得老马，所以也没有叫他们排队，只是指了指检查的床，让老马躺上去，对其他病人打个招呼，就走到老马身边，老马，哪里不好啊？老马说不出话来，他的老婆又要哭出来了，还是小四沉得住气，对医生说，你先替他检查检查。医生点点头，一边摁老马的内脏，一边问，疼不疼？这里疼不疼？老马说，不疼，这里不疼，这里也不疼。老马老婆说，医生，别听他的，他不肯说。医生看了她一眼，说，你先别说话。继续问老马，这里感觉怎么样？那里感觉怎么样。老马老婆看着医生的脸色，只要医生稍稍皱一皱眉头，或者轻轻叹息一声，她就掉下眼泪来，说，呜呜，老马啊，都怪我不好，都怪我平时对你太凶了，害得你有话都不敢跟我说，出了这么大的事情你都不说，现在查出来，会不会太晚了啊，会不会来不及了啊，啊啊，啊啊。她说得呜呜呜的，别人也没有听得很清楚。医生最后拍了拍老马，起来吧，我这科，没有问题，你到别的科再看看？

老马又被架到别的科，这个科的医生不认得老马，就没有刚才那运气，要排队等候。小四在旁边观察了这么些时候，不知想起了什么，匆匆出去了，老马老婆说，小四，你可别走远啊，我心里乱，等会儿会没有主张的。小四说，我去去就来。

老马这科那科地转了几个来回，也没转出个什么可疑的毛病，倒是有几个医生对他们的动机产生了怀疑，老马你要干什么，他们说，你的身体，像头牛似的，红光满面，你来跟我们捣什么乱。听医生这么说了，老马老婆也下意识地朝老马再看看，也果然看到老马红光满面，身壮如牛，老婆想，咦，怪了，刚才看他，面黄肌瘦，虚弱无力的，怎么这会儿看上去像变了一个人呢，老婆心里有点来气，推了老马一下，你装什么死啊。老马委屈地说，我装什么死了？

这时候小四急急地跑来了，表嫂表嫂，小四说，我拿到录像带了，老马没有骗我们，确实是演习，这带子上都有，我在电视台已经看过了，哎呀呀，老马啊，我可是费了九牛二虎之力，找了熟人，又找熟人，最后一直找到台长批了，才同意借出来。他欲将录像带交给老马老婆，老马老婆却没有接，说，其实你看到就行了，借什么带子呀。小四说，我怕你不相信，眼见为实，回去放一放吧，老马扮演病人，活像的，老婆说，放什么放，哪有那么多闲工夫？

此时老马嘿嘿一笑，这一笑，把老婆的气都给笑出来了，她脸涨得通红，手指点着老马的脑袋，骂道，你个死人，你个活死人，你无事生非，没事找事，你吃饱了撑的啊，你到底安的什么心，你捉弄我啊，你耽误我一天上班，我告诉你，要扣工资的。

大家都在旁边笑，小四也笑，小四说，好啦好啦，弄清楚了就好啦。医生也说，早知道查出来没有病你要骂人，还不如说老马有病呢。听到这儿，老马老婆才笑了出来，说，那还是没有病的好，骂几句又不会死的。

事情就这么过去了，一切又都恢复，和从前无二，唯有老马觉得有些异常，被医生摁来摁去的身体的某些部位，怪不舒服的，开始也辨不清哪里不舒服，后来感觉到是胸口的问题，发闷，咳嗽，隐隐作痛，过了一两天，更难过了，连呼吸都有点困难，老马在医院待的时间也长了，有些这方面的经验，心里有点慌了，去拍了个心肺的片子，片子出来，医生看了，脸色阴郁地说，肺部有个阴影，不知是好是坏呢。当即开出另一张单子，明天继续查。

老马回到家，哭丧着脸，将报告单递给老婆看，说，不好了，有个阴影。老婆正在切菜，用手臂肘子将老马伸过去的手连同那张报告单一推，横了老马一眼，说，烦什么烦，不看见我在忙啊。

苏
杭
班

苏杭班是仍然在航行着的,但是乘船的人比过去少了,虽然航船上的设施比过去好,有卧铺,也干净的,从苏州到杭州,是一个晚上的时间,天黑的时候离开苏州,天亮的时候就看到杭州了。所以有些节省时间的人,他们还是会乘航船的,他们是些什么人呢,我们也不太了解了,据说有一些出来旅游的人,他们会乘苏杭班的。好像报纸上也登过苏杭班的消息,我们只是偶尔经过轮船码头,这时我们会看到有一艘苏杭班停泊在岸边,它叫沧浪号,或者叫平江号。船身是白的,但不是通体雪白,也会有些其他的颜色相间,岸上会有几个人在走动,他们可能是工作人员,现在还不到开船的时候,旅客还没有上码头呢,到检票的时候,才会有人从栅栏里边走出来,但是他们不会是蜂拥而出的,不像在火车的站台上,也不是在长途汽车站那里。现在坐船的人总是少数了,他们零零星星地穿过候船大厅,走到码头上,他们走上码头后也许会四处看一看的,但是码头上没有什么好看的,甚至有一点败落的景象,有一点萧条的样子。石缝里有几根野草长着的,也有几个烟头,但是不多,所以看上去也不脏,不脏的地方可能会有一点意境的,但是乘客们也可能不去注意意境的,他们就上船去了,船就停在他们的眼前,脚下会有一块跳板的,不过不是从前那种狭窄的一条,现在乘船的这些人里边,有没有过去曾经在农村里待过的人呢,也可能是有的,他们会想起从前在乡下时的事情。如果河滩比较浅,船不能靠岸很近,这样跳板就要很长的,那个跳板又长又软,有弹性的,走上去晃来晃去,胆子小的人会叫起来，但是农民是无所谓的，他们好像是走在平地上一样，仍然可以大步大步地走。

这就是轮船码头了，它是一个比较老的码头了，它的位置好像好多年都没有挪动过，在我们小的时候，如果要乘船，也是从这里出发的，现在我们都已经是中年以上的人了，我们仍然是要从这里上船。只不过，现在我们也不坐船了，虽然常常会想起从前乘船的事情，也常常会在心里涌起一点感想，我们想，其实乘船是有一种浪漫的情调，有时候会有一种忧伤的情绪，船的汽笛声，把我们带到很远很远的陌生的地方，我们这么想着，就会向往乘船的日子，又怀念乘船的时光，但是毕竟我们不再去乘船了。

其实乘船也不是一件难的事情，如果决定要乘船，也是方便的，到轮船码头去买票，就上船了，就是这样简单，可能我们中的许多人还记得年轻的时候，会有三五结队的朋友，突发奇想地在某一个夜晚就出发了，走到哪里就停下来了，坐了一坐以后可以继续往前走的。

现在我们出行的脚步比从前沉重一些，苏杭班仍然是在开着的，仍然会有人步履轻松地来到轮船码头，他背着一个包，带着一点钱，还有几包烟，就出现在售票的窗口了。

梅埝。

到梅埝吗？售票员的口气有点奇怪，好像有点不理解他的行为，或者没有听清楚他的话，所以她重新又问了一遍的。

但是售票员的口气并没有影响到他，梅埝，他说。

一张吗？

一张。

停靠梅埝的苏杭班不是下晚出发早晨到达的苏杭班，它是苏杭班里的另一种，是每一个小码头都要停靠的苏杭班，它的终点也是杭州，但是它十分地慢，几乎要走二十四小时才能到达，我们要有足够的耐心呀。

它沿途停靠的码头是这些：吴江，同里，七都，南麻，屯村，黎里，梅埝，铜罗，桃源……

以上是属于江苏省的，属于浙江省的有这样一些：嘉兴，嘉善，湖州，乌镇，塘西，西塘，余杭……

另有一班更慢的苏杭班，现在肯定已经停航了，它停靠的站埠更多，除了以上这些，至少还有以下这些：尹山湖，庞山湖，南塘，塘南……

这些是在江苏境内的一部分，还有浙江境内的，比如像余墩、严墓、窦庄等等等等。

这些站点，是在运河上的，或者是在与运河相连的岔河上，在我们有兴致的时候，不妨阅读这些站名呢。

有关运河的知识是这样的：大运河，即京杭运河，简称运河。我国古代伟大水利工程。北起北京，南至杭州，经北京、天津两市及河北、山东、江苏、浙江四省；沟通海河、黄河、淮河、长江、钱塘江五大水系，全长 1794 公里，等等。

现在乘客已经上船来了，船是一艘旧船了，油漆是斑斑驳驳的，坐凳也有些七跷八裂，不过他并没有很在意，他随便拣一个座位坐下，船就快要开了，船上有几个农民，他们互相是认得的。

老八脚啊，上同里啊。

丝瓜筋啊，回南麻啊。

他们都是短途的旅客，跨上船，坐一站，至多两三站，他们就要上去了，然后又有另外几个农民上船来。

阿六头啊，交茧子啊。

阿妮毛啊，拷头油啊。

在他们说话的时间里，汽笛已经响起来。

到了。

到了。

再会啊。

再会啊。

他们又上去了，船稍稍地停一停，等候上船的人上来，船又开了。

只有乘客是一个像模像样的乘客，他身背行囊，脚上穿着旅游鞋，农民朝他看了看，咦咦，他们想，这个人是干什么的呢？

从前像乘客这样的人在船上是多的，他们可能是下乡工作的干部，是插队的青年，是走乡下亲戚的城里人，是从别的地方到这里来外调的人，是读书的学生，是来画画的画家，是什么什么人，但是现在船上没有这些人了，所以这一个乘客就显得比较突出，农民们会互相地探询一下。

陌生面孔啊。

陌生面孔。

从苏州下来的。

苏州下来的。

要到哪里去呢？

不晓得的。

要去干什么呢？

不晓得的。

他们也许可以问一问他本人，这样他们的疑团就解开了，但是他们并没有去问他，因为毕竟他和他们是没有什么关系的，农民并不一定知道萍水相逢这个词语，但是这个词语的意思他们是融会贯通的，他们不一定要去关心一个陌生的人，他们还是愿意谈谈自己的事情。

街上头油也拷不到了。

人家现在不用头油了。

今年茧子又不灵了。

不灵的。

辛辛苦苦的。

辛辛苦苦的。

江南运河的两岸，从前是有许多桑地的，现在也还有一些，养蚕的人家比过去少了，但也还是有一些，他们在早春的时候到镇上的茧站买蚕种，用棉花捂着，然后看着蚕种慢慢地变成又瘦又黑又小的蚕，再然后这些小蚕就慢慢地长大了，变成又白又胖的蚕，它们吃桑叶的声音是沙沙沙沙的，如果家里养蚕养得多，这声音听起来有些壮观的。

乘客是不大了解这些内容的，这是江浙农村的生活，与他的老家是不一样的，那么他的老家是在哪里呢？

农民间忽又会议论他一两句的。

看起来人高马大的，不要是北京人啊。

东北人也高大的啊。

大概不是广东啦什么的，他们想，广东什么的，还有福建那样的，人都长得矮小，现在改革开放以后，农民的知识也多起来了，他们甚至还会学一两句广东普通话。

生生（先生）啦。

稍载（小姐）啦。

农民笑了笑，汽笛又响了。

到了。

到了。

再会啊。

再会啊。

他们有的下去，有的上来，上来的人他们先看一看有没有熟悉的人，如果没有，他们就不打算多说什么，有一个人往地上吐了一口痰，一个妇女把一个包紧紧地搂在胸前，并且有些警惕地看看别的人。

有一个船上的服务员来扫地，她可能看到地上有许多瓜子壳，觉得有点脏了，就过来扫一扫，她扫的时候，大家自觉地把自己的脚抬起来，让她的扫帚从脚底下过去，只有那个陌生的乘客他没有注意到，因为他的目光一直是看在船窗外的，在看什么呢，可能是运河两岸的风光，也可能是天空，但是天空灰灰的，并不好看呀，所以服务员有些不高兴地说，喂。

他这才惊醒过来的样子，学着其他农民，也把脚抬起来，等到服务员扫过他脚底下这一块，他问她：请问？

什么？

到梅埝是什么时候？

下午五点。

服务员走开去了，听到他们的问答的农民想，噢，原来他是到梅埝的。

他们又想，咦，梅埝有什么呢？

他到梅埝去干什么呢？

他们这么想着，就会发出一些议论的。

他们的说话，那个乘客可能是听不懂的，因为从他的脸上表情看起来，他是没有知道他们在说他，至少是与他有关的话题，他的脸色有些茫然，也许他也想听听他们说话，消解掉一点坐船的枯燥和单调，但是因为语言的不通，他无法介入他们中间，但是他对他们是友好的，他是和他们同舟共济的，他从心底里觉得他们质朴亲近。

因为他们都是上上下下的短途旅客，所以现在坐在船上的他们，几乎没有一个人是和他一起从苏州上船的，他们中间已经有了时间和空间的差异，不过这一点乘客却不是太清醒的，在他的眼里，虽然也看着他们上来下去，但他并没有牢牢地记住谁从哪里上来，谁又从哪里下去了。

农民们接着梅埝的话题仍然把注意力集中在他身上。

他是从哪里下来的呢？

不晓得呀。

不晓得。

他们上船的时候，他已经坐在那里了。

你是从哪里下来的呢？有一个农民终于去问他了，他会说一点乡间的普通话。

他看起来是似懂非懂，但是他稍微地想一想，把几个不太明白的词语连贯起来想一想，就明白了农民的意思。

我从苏州。

喔哟哟，苏州。

苏州到梅埝，坐船坐煞人哉。

苏州到梅埝，老早就通汽车哉。

他会不会不晓得噢。

他会不会头一次来噢。

他们的这些说话，乘客仍然是听不懂的，因为他们中间虽然有人会说一点乡间普通话，但毕竟只会一两句，只能在要紧的时候应付应付，要想用乡间普通话来谈论事情是不行的，也是不习惯的，所以他们一交谈起来，又是乡音了。

他们对他做了一个手势：汽车。

什么？

他们又做那个开汽车的手势，是手抡住方向盘转一转那样，然后嘴里发出象声词：巴巴呜，巴巴呜。

噢噢，他笑了笑，汽车，我没有坐汽车，他说。

噢噢，他们点了点头。

他是要乘船到梅塆去，他们想，他是有意要乘船去的。

梅塆有个插青小卫的啊，有一个人的思路突然地一跳，跳到从前的日子里去了，你们从前有没有听过梅塆小卫的名气啊？

听到过的。

听到过的。

咦咦，我怎么没有听到过。

他们冲这个说话的人笑笑，你还小来，你那时候穿开裆裤来。

嘻嘻，这个人也笑了笑，是从前啊。

当然是从前啦，插青的时候，那时候早啦。

小卫有一次带了几十个插青，每人拿一把菜刀，冲到桃源去打架，把乡下人吓煞了。

小卫有一次到三里桥去捉鬼，鬼没有捉到，捉到三个背娘舅。

小卫有一次把公社知青办的主任一把头颈拎起来掼到地上。

小卫有一次……

小卫有一次……

他们知道小卫的人，都不由得想起了从前小卫的一些事情。

喂，你姓卫吗？

韦？我不姓韦。

怎么会是小卫呢，要是小卫，他肯定听得懂我们的话，一个有点见多识广的农民说。

是的呀，另一个农民也想到了另一个问题，年纪也不对的，小卫要五十出头了呀。

小卫要是回来，也是老老头了。

眼睛一眨，真是快的。

不会是小卫的，再一个农民现在也想起来了，他们刚才都被一时的单纯的念头冲淡了理智和信息，现在他们慢慢地想起其他一些事情来了，所以这个农民把他的信息提供出来了，他说，小卫后来到美国去了。

咦咦。

到美国做什么呢?

到美国管他做什么呢，就是洗盘子，也能洗出房子汽车的。

唉唉。

美国，唉唉。

他们谈论小卫的话题，乘客肯定是听不懂的，在他听起来，他们像是在学鸟叫，因为他们的话都是在舌尖上滚来滚去的，不是从胸腔里发出来的，甚至也不用震动喉咙口的，他们的舌头和牙齿很精巧灵活，不断有声音穿透齿缝渗出来，在他的眼前绕来绕去。

离梅埝还远着呢，但是乘客已经有点饿了，他从背包里拿出了面包和矿泉水，农民注视着他的一举一动，他们的眼睛直勾勾地看着他的，这是他们的习惯，他们从小到大，再到老了，就一直是这样看人的，直勾勾地，眼珠子弹出来，他们不管人家是不是不自在，也不管人家是不是不愿意他们盯着看，他们从来不会想到这一点的，他们想看就看，坦白地，直率地，不知道掩饰一些，也不知道拐弯抹角一些，并且他们也从来不掩饰看过以后他们有些什么想法，这些想法先是从他们的脸上明显地流露出来，紧接着他们就开始说了。乘船到底不惬意的。

突突突，突突突。

颠得骨头酥。

震得肉麻。

他们的中心思想，仍然是想不通这个乘客为什么要坐船，因为从苏州坐汽车到梅埝，只要一个多钟头时间，而坐船呢，几乎要大半天呢，他还要在船上吃干粮，只是他们不能和他深入地探讨这个问题，一来因为语言不通，二来呢，他们也没有时间了，因为他们很快又要到达自己的目的地了，他们又下去了，又有人从他们下去的地方上来了。

喔哟哟，上来的人有一点大惊小怪，她说，喔哟哟，今朝轮船晚点哉。

其实只是稍微晚了一点，可能是因为她有事情，等得心急了，喔哟哟，慢得来，等煞人哉，她说。

咦，船上的一个人说，你等不及好去乘汽车的呀。

我不乘汽车的，这个刚刚上船的妇女说，我喜欢乘轮船的。

轮船是慢的呀。

我宁可慢的，她说，我到屯村湾，汽车要绕一大圈。

她从屯村湾嫁过来，已经好多年了，她总是乘这个轮船回娘家的，从前这样大大小小的航船一天有好几班的，后来少了一点，再后来就剩下这一班了，再以后呢，这一班也要取消了。

我也听说的，一个人说，是要取消了。

不取消也不行了，另一个人说，轮船公司没有生意。

蚀本生意。

轮船公司不开轮船开什么呢？

开汽车。

那可以叫汽车公司了。

嘿嘿嘿。

他们笑了笑，好像取消不取消航船跟他们没有关系似的，好像他们现在不是坐在船上似的。

连那个喜欢坐船的妇女也没有觉得有什么不好的，她说，没有航船，我叫他们机帆船送一送好了，也方便的。

在运河里航行了多年的航船也许就要停航了，但是没有人对这个事情表示惋惜，他们说了说航船的事情，又去说其他了，妇女说她的弟媳妇和她的嫂子打架，她回去劝架，说着说着她自己生气了，就转过身子，背对着其他人，好像是他们惹她生气的。

嫁出去的女儿还要去管娘家的事啊，一个人说。

本来以为她听见了要更加生气的，不料她转回身来却有点精神振奋的样子，她说，哎，我是要管的，她们服帖我管的，我不回去，她们凶煞人啊，我一到，她们放屁也要夹紧屁眼的。

嘿嘿。

老鼠看见猫啊。

你雌老虎啊。

我是要做雌老虎的，她说，我不做雌老虎，她们就做雌老虎，我老爹老娘兄弟阿哥，给她们活吃吃。

在他们说话的期间，那个陌生的乘客曾经站起来，他走到张贴着时刻表的地方看了一会儿，又回到自己的位子上，他的头脑里回想着时刻表上写着的一排站名，屯村湾，他不由得说出了其中的一个。

有一个人听见并且也听懂了他的普通话，是屯村湾，他说，前面一站就是屯村湾。

咦，那个屯村湾出来的妇女有点兴奋地看看他，你到屯村湾吗？

他到梅埝，别人代他回答了。

那他怎么说屯村湾呢？妇女有点不甘心，她是希望他和屯村湾有些什么关系的。

你们屯村湾有名气的，他们说，你看人家外地人也晓得。

屯村湾么，也没有什么值得的，妇女说，要么，要么一个沈园。

沈园厉害的，他们说，外国人也要来看的。

要么是故居。

是宰相的故居哎。

要么是什么什么，妇女说，虽然她一开始说屯村湾没有什么值得的，但是其实她后来说出来的都是屯村湾厉害的东西。

这时候汽笛响起来了，屯村湾到了，妇女说。

我也要下船了，乘客自言自语地说着，拿起自己了的背包，站到靠船头近一点的地方去。

咦咦。

他是要到梅埝的呀。

他怎么到屯村湾下了呢？

他难道是想到哪里就到哪里的吗？

其中有一个农民是到梅埝去的，他的一个老乡在梅埝做一个工程，他想去看看有没有活做，他一开始听说这个陌生的人是到梅埝去，心里竟也有点开心的，现在看他要在屯村湾下了，这个农民就有一点后悔，会不会刚才我们说梅埝其实没有什么的，被他听懂了，他想。

农民们这么想着，他们就眼看着他下船去了，他们从船窗里往码头上看，看到他站在码头上停了一会，有一点茫然四顾的样子，那个妇女跟他说了几句话，他摇了摇头。

她在跟他说什么呢，他们想。

你要到沈园吗，往那边走。

你要到故居吗，往这边走。

你要到什么什么吗？

只是这些话都是他们猜测的，他们并没有听到妇女和这个远方乘客的对话，是他们的想象而已。

后来他们发现乘客又朝船上看了看，甚至他有点犹豫的样子他们也看出来了，是不是又想回到船上来呢，他们想，其实回上来也好的，屯村湾其实也没有什么的，说起来好听，其实从前只不过是一个小镇而已，乡下的农民只不过到那里买点猪肉剪段布料而已，他们想，你要是要到梅塝办事情的，还是不要下去的好，这一下去了，你就要等到明天这时候再上船，你就耽搁一天了。

但是乘客听不见他们的想法，最后他终于是下定决心往外走了，他们看见他和那个妇女走出码头，他们是沿着一条路走进屯村湾，还是分头走开了，这个结果他们没有看见，因为码头外面的建筑物挡住了他们的视线。

唉，走了走了，他们想着。

其实他们见识的人生是很多的了，上来下去，走了又来，没什么所谓的，他们很快又会看见别的人上来下去，走了又来，就算没有别人，也有他们自己呀，他们自己不也是一直在上来下去，走了又来吗？

现在陌生的乘客已经走进屯村湾了，他走在古镇的古老的街上。

先生哎，进来坐坐，喝口茶吧。

先生哎，买个纪念品啊。

他只是随意地看了看他们的店和商品，并没有停下来，等他看到一个客栈的时候，他才停了下来。

先生，来了啊。

要一个房间。

好的。

服务台上的女孩子穿着民俗的服装，她把登记表给他，他就登记了一下。

她看着他填的登记表，一字一字地念着他的名字：王－家－卫，她一边念着，一边又去看他的身份证，她又要去念身份证上的号码了。

不是王，他纠正说，是黄。

是王呀，她说，我知道是王，王家卫。

咦咦，有人从服务台旁边走过的时候，他停了下来，他的女朋友勾住他的手臂，她性急地要拖他走开。

咦咦，你干什么停下来。

看看，他说。

看什么呢？

王家卫？他看了看服务员，又看了看这个正在登记的旅客，王家卫？不会吧，他说。

不是王家卫，这个人说，是黄家卫，他指指了服务员，她说错了。

我没有说错，是王家卫呀，服务员说，我是说王家卫呀。

什么王家卫呀，他的女朋友是急于要出去走，所以又来勾他，并且又拖他。

噢噢，被女朋友拖拖拉拉的他现在明白过来了，她是王黄不分的，他说，我还以为那个什么呢，但是想想也不可能的，哪有这么巧的事情。

嘿嘿，黄家卫笑了笑。

我哪里王王不分，服务员有点不高兴的，她拿出一把钥匙交给他，喏。

他看了看钥匙牌上的号码，是208。噢，在二楼，他说。

苏杭班在继续开着，它仍然是那样的速度，仍然是那样的姿势，船头把水劈开，船尾那儿，水又合拢了。天色渐渐地往下晚去了。苏杭班驶离屯村湾的时候，有长长的悠悠的笛声从水面上传过来了。

钱科钱局

不知从什么时候开始，人与人之间的称呼，发生了比较大的变化，或者也可以说，是在不知不觉之间，种种的称呼，一直发生着变化。社会上的叫法，从同志到师傅，从师傅到先生小姐，从先生小姐又到什么什么，刚开始变的时候，可能大家还有点儿不适应，也有人不想跟着叫的，但是不跟着叫就跟不上形势，就会被人冷落和看不起。比如那一阵你到商店买东西，你冲着年轻的女营业员叫同志，叫师傅，她可能理都不理你，甚至还给你白眼，但是到了后来一阵，你冲她叫小姐，她说不定又不高兴了，因为这时候的小姐又多了一层特殊的含义，据说有脾气不好的小姐回答人家，你才小姐，你们家三代小姐。这都是流行在社会上的东西，现在大家是见怪不怪了，就连党政机关、高等院校、中小学，也都跟上了，管市委书记叫老板，管博士生导师叫老板，小学生管班主任也叫老板，老板真是打翻了种子罐，遍地开花。

其实在称呼改变的过程中，还有一点是比较明显的，那就是简略和简化了某些称呼，比如某局长，现在只喊某局，某处长，现在是某处，科长呢，则是某科，省略了后面的那一个长字，谁要是再连着长一起称呼别人，大家反倒不习惯了。一个姓桂的人当了广播电台的台长，一喊桂台，就让人联想到商场里的柜台，另一个姓宋的当了总经理，喊宋总就像是送终，也不知有否流传到部队上，如果已经到了，那么姓牛的排长不就是牛排了，姓黄的连长是黄连，姓范的团长是饭团，事情就是这样。

钱科已当了好多年的科长，从前人家称钱科长，也不觉得有什么不妥，后来改称钱科了，就有人开玩笑，钱科听起来就是前科嘛，你还犯罪分子二进宫呢，不好不好，钱科说，那怎么办呢，我天生姓钱，又不好改姓的，别人就说，钱科啊，反正你也快要提副局了，干脆就称钱局吧。

是呀，大家都附和说，我们钱科，论水平，论资格，论什么什么，也都该是钱局了。

这八字还未见一撇呢，地下组织部倒已经抢先任命了，这可是官场的大忌，所以有张三反对了，他说：不行不行，凡是快要得到提拔的人物，都得闷着头假作不知，心里再得意再激动，也得咬紧牙关守口如瓶，脸上要如丧考妣，不得透露半点风声出去，到时候，一提就提起来了，叫反对的人、想使坏的人措手不及。

李四却持不同意见，你那是老黄历了，现在要提拔的人物，都要提前公示，登报贴榜，想瞒也瞒不了。

王五又不同意李四的意见，王五说，公示的人物，八字那一捺也已经出来了，组织部早已经考查完毕，常委会也已经讨论过，反是反不掉的了。

大家七嘴八舌，胡乱说话，其实关键是看钱科自己的态度。这种事情，换了别人，恐怕是不会同意的，哈哈一笑而已。但钱科这个人，有个弱点，就是要面子。其实钱科是个好同志，钱科的优点，可以说出很多，工作认真，助人为乐，团结同志，等等，但好同志也会有好同志的毛病，钱科的毛病就是要面子。老话说，死要面子活受罪。钱科这半辈子下来，为了要面子，受的罪可是不少。不过受罪不受罪，这只是旁人的看法而已，钱科自己并不这么认为。而只要钱科自己没觉得是在受罪，那就行了，就像穿鞋，大小自知。

就比如眼下，他们喝着酒，吹着牛，有人要把钱科叫作钱局，钱科笑眯眯地并不反对，更不是声色俱厉地叫他们不要胡说，以免害了他的前程。钱科这个人，对前程也是看重的，但是更喜欢的是现场会，现场有面子，比前程要紧得多。

钱科就是这样当上钱局的，钱科朋友多，本单位的，外单位的，机关里的，社会上的，一下子就传开了，很快，所有认识的人，见了钱科都称钱局了，最后钱科的老婆也知道了，她很生气，她认为钱科是有意瞒着她，升了局长，肯定加工资，多奖金，就逼着钱科拿出来钱，钱科拿不出来，老婆的疑心就重了，甚至怀疑到别的问题上去了，钱拿不出来，用到哪里去了？钱科虽然官不大，但抽烟喝酒，一般不用自己掏钱，除此之外，哪里还需要花钱？如果需要花钱的话，会花到什么地方去？这么一路想下去，钱科的老婆简直肺都气炸了，最后钱科这罪受不下去，也不能再死要面子了，只好照实说了，我哪里升局长，他说，是他们乱叫的，老婆说，你骗谁呀，局长也是可以乱叫的？钱科说，反正就是这样的。

钱科的老婆想了个办法，第二天等钱科上班后，她往钱科的单位打电话，有意不打到钱科办公室，而是打到值班室，说，我找钱局，对方果然说，您稍等，过了一会，钱科就过来接电话了，还奇怪地嘀咕着，怎么打到这个电话上来了，钱科的老婆在那边冷笑一声，说，你是钱局吗？钱科听出来是老婆的声音，"哈"了一声，说，你干什么嘛。钱科的老婆就"啪"地将电话挂了。

这天钱科下班回家，老婆准备了一桌子丰盛的酒菜，和儿子一起举着酒杯对钱科说，祝你升官发财。钱科笑道，嘿嘿，说什么呀，老婆向儿子使了个眼色，儿子说，爸，其实我跟妈也不是非要你当什么什么长，你当局长，是我的好老爸，你不当局长，也是我的好老爸。钱科高兴地说，这才是我的好儿子。钱科的老婆和儿子都面露笑容，皆大欢喜，然后母子俩又一同举杯向钱科说：祝钱局身体健康。

大家都接受了钱科变钱局的事情，开始还只是朋友之间，同事之间，喊一喊，开始喊的时候，还多少带有点玩笑性质，但时间长了，谁也不觉得这有什么好笑的，后来连局里的领导、正副局长，也都习惯跟着大家喊钱局了，有电话找钱局的，接电话的人自会喊钱科来听，即便是打到了局长室，局长也会喊，钱局电话，甚至还站在走廊里喊得大家都听见，写信寄到局里钱局收的，收信的人也自会拿来交给钱科，介绍新朋友新相识时，大家会说，这位是钱局，钱科照例一笑，照单全收，以后新朋友新相识也都称钱局，再以后新朋友新相识就变成老朋友旧相识了。

有一回市政府的一位分管领导来局里参加局领导班子的民主生活会，坐定以后，他向局班子的人一一点头招呼，点到最后，心下有点疑惑，问道：到齐了吗？局长说，到齐了，分管领导说，那钱局呢，钱局出差了？

局班子里大家都有点尴尬了，面面相觑了一阵，最后局长说，钱局不是局长，他是科长。分管领导说，不是局长怎么叫他钱局呢？局长说，是大家开玩笑开出来的，都叫惯了。分管领导说，这也可以开玩笑吗，那我下次见到你，是不是可以喊你刘市长呢？这下把局长给吓坏了，脸都发白，其他副局长副书记，都低垂了头不吭声，气氛一下子紧张起来。幸好分管领导相当善解人意，立即就调解气氛了，他说，不过话说回来，这位钱科，好像当科长也有些年头了，工作很认真负责的啊，分管领导还记起了一件事情，便说了出来，这件事情也足以证明钱科的工作确实是认真责任的。

局里本来正在考虑提钱科的事情，因为以钱科的年纪，再不提，就没有机会了，现在领导这么一说，正中局长下怀，大家心情舒畅，因此这一场民主生活会，也开得十分融洽，分管领导在总结讲话时，表扬了局班子，说他们是一个民主的团结的好班子，要建议其他的部委办局来向他们学习取经。

接下来的事情就是向组织部建议提钱科了，组织部说，提钱科，也是我们日程上的事，在你们局，按资历、论表现，也都轮到他了，但是据群众反映，钱科平时不够注意自身的形象，还没有当局长，大家就钱局钱局地叫，这把我们组织部放在什么位置上了？你们回去先跟他谈，将这个毛病改掉了，群众没有意见了，再考虑提的事情。

这就是要大家改口，不能再喊钱科为钱局，还是要喊回来，要实事求是，是什么长就喊什么长，钱科就是钱科。

局长回去就和钱科谈话，钱科啊，局长说，我想，你肯定是希望要一个货真价实的真局长，而不要这个徒有虚名的假局长吧？

钱科说，那是。

局长说，那就好。

以后钱科见了人，凡喊他钱局的，他都得一一去纠正，别喊钱局了，还是喊钱科吧。

钱科一向是一个潇洒的人，你喊他钱局他挺有面子，但是你若不喊他钱局，喊他钱科，或者老钱，或者连名带姓喊，或者就喂他一声，也都好说，钱科除了要面子，其他方面，不是个计较的人，现在却这么顶真地去纠正这个事情，使得大家怀疑起来，猜什么的都有，更有聪明的人，知道组织部的策略，明白了上级领导的用心，说，钱局啊，祝贺你啦。

钱科说，不是钱局，是钱科。

人家说，哎呀，早晚是钱局，早喊晚喊一样的喊嘛。

钱科这天回家，跟老婆也说了这个事情，钱科说，你自己，还有儿子，你也要跟他说清楚，以后要是还听别人喊我钱局，你们都要纠正他们，叫他们喊我钱科，不要喊钱局，大家这么乱喊，影响不好，领导都找我谈话了。

老婆本来是不想理睬他的，但是见他认真地说了又说，她不由得也认真起来，她观察钱科的脸色，她的脸上则写上了越来越多的疑问，钱科深知她牵强附会的习惯，赶紧抢在前边说，你别胡思乱想，不是机构改革，不是犯错误，也不是降职，什么也不是，我本来就是科长，现在还是科长，就是这样。

老婆听着听着，忽然就"啊呀"一声叫了起来，头一天他们儿子的学校发下表格来，是她代他儿子填的，在父亲的职务这一栏中，她替他填上了副局长，此时想了起来，她坐不住了，从凳子上弹跳起来。

他们的儿子本来在自己房间里听 CD，外面的事情从来与他无关的，现在外面动静大了，他便出来看看，干什么嘛，他说，半夜三更的，人家听了，以为什么呢。

他的母亲说，你爸爸不是局长，却让人家喊他局长，丢不丢人啊。

多大个事，她的儿子说，这有什么，我还巴不得有人喊我总统呢。

可是，他的母亲说，可是我在你的表格里给你填上了。

这有什么，她的儿子说，多大个事，填了局长又怎么样，我填市长省长他们又能拿我怎么样？他说完了这话，就再也不理他们了，将耳机重新套上耳朵，回自己房间去了。

这会儿轮到钱科着急了，组织部正为这个事情考察他，万一考察出来，这可是白纸黑字，比人家口头乱喊乱叫要严重得多，口头喊一喊，他可以不承认，我又没有叫他们喊，是他们自己要喊的，这不能怪我呀，他还可以找一些托辞，但是表格上填写了，就赖不掉了，那可是你自己亲手填的呀，钱科一急，就责怪老婆，老婆气不打一处来，说，你还有脸怪我，你不是局长，为什么要喊你钱局，人家乱喊，你可以不答应啊，你为什么要答应，你就这么想当局长啊。

钱科无言以对，硬着头皮替儿子打电话给老师，老师，我是钱某某的爸爸，钱科说。

钱局您好，老师客气地说。

钱科开不了口，就先跟老师说了说孩子的学习，老师表扬了孩子的学习，又跟老师说了孩子的品行，老师又表扬了孩子的品行，老师说，钱局啊，到底是干部家的孩子，你们家的孩子各方面都很自觉。

钱科就更犹豫了，支吾了半天，也不知该怎么开口，倒是老师听出他有事情，便热情地鼓励他，钱局，您有什么话要说吧，您尽管说。

钱科最后才结结巴巴把事情说了，说完就闭了嘴，老老实实地等老师的批评，但是老师并没有批评他，而且好像根本也没有当回事，老师的口气仍然是客气和热情的，老师说，啊，表格弄错了啊？不是科长是局长？

钱科赶紧说，错了错了，不是局长是科长。

老师是个年轻的女老师，她听钱科说话像绕口令，不由"噗嗤"一声笑了出来，说，不是科长是局长，不是局长是科长，没事的没事的，弄错的事情是经常发生的，明天重新填一张就可以了。

钱科没有料到事情这么简单就可以解决，赶紧说，那，那就谢谢老师了。

老师说，不用谢，还有没有其他错的地方，你跟孩子说一说，明天可以一并改掉。

钱科说，其他没有错了。

老师说，那好。

钱科的"钱局"事件，在大家的努力下，渐渐地平息下去，毕竟钱科这个人为人不错，想害他的人不多，大家又觉得，钱科如果真的能变成钱局，对自己也不无好处嘛，所以，这些日子，只要是钱科关照到的，大家都遵照他的话办，努力将喊顺了的钱局再改为钱科，倒是钱科自己有点不适应，有几次，人家喊他钱科，他都不以为是喊的他。

组织部经过认真的考察，知道钱科改了毛病，组织部也很高兴，这至少说明钱科是个好同志，同时也说明组织部是有威信的，这样两好并一好，钱科的考察工作基本告一段落，考察材料也整理完毕，分管市长已经点过头，分管书记也是默许的，现在就只剩最后一步，市委常委会上过一过。大家都觉得这是十拿九稳的了，一般的部门，提个副手，争议本来就不会很大，加上组织部的美言，本局的力荐，分管市长书记的赞许，就算现在喊他钱局，也不能算为时过早了。

不料事情却发生了一点变化，节外生枝了，使得钱科的提拔遭到了阻碍。其实问题并不出在钱科身上，也不出在他们局里，更不是群众有意见，恰恰是一件与钱科根本不搭界的事情，影响了钱科。分管市长先前力荐了一个人，以为是没有问题的，不料却被组织部否定了，分管市长心中有气，觉得组织部不给他面子，便要发难，但是拿什么事情发难呢，组织部的工作做得挺好，几乎是滴水不漏，分管市长思前想后，忽然心头一亮，想到了"钱局"事件，他在会上严肃地说，我们的组织部门，虽说不是保密局，但也不应该是长舌妇，大事小事，八字未见一撇，就传得天下尽知，这叫什么干部纪律嘛，然后他就说出了钱科称钱局的事情，说，这个人，组织部刚刚列入考察名单，机关里上上下下，都已经喊他钱局了，这不是组织部透出去的风声，还会是什么？

组织部这可是冤枉大了，他们心想，组织部走漏消息的事情也不是没有，但偏偏钱科不是，你分管市长也明明知道，这钱局的称呼，是在考察之前就喊起来的，跟组织部的考察有什么关系嘛，你这是鸡蛋里挑骨头、象牙筷上扳刺，更何况，在组织部考察期间，钱科也已经改正了这个问题，群众也没有意见了，再说了，钱科也是你自己看得中的人，现在为了攻击我们，你就不惜牺牲他了，总之不管怎么说，组织部气量再大，也不要不明不白地背黑锅嘛，他们就将事情的经过委委屈屈地说了出来，也让到会的同志了解一下事情的经过和事实的真相。

其实到会的大部分同志，是知道这个事实的，其中认得钱科的人也不少，他们也都称呼过钱科为钱局，也有人像分管市长那样，还曾经误以为钱科真的是钱局，后来知道了，大家也只是啊哈一笑而已，但是有一个人不太了解事情的经过，他就是新来的市委书记，市委书记听了这个故事，也觉得很好笑，他笑眯眯地说，是不是我们市里，都有这样的习惯啊？

这话听起来很温和，却使大家的笑意都收了起来，分管市长本来只是想攻击一下组织部，发泄一点个人的意气，并不想断送一个人的政治生命，现在觉得事情有点麻烦了，赶紧说，其实也没有什么大不了，是大家开玩笑开出来，和他本人没有关系的。

组织部也有点着急了，他们也是本着对同志负责的精神，不希望为了一点点小事，毁了一个好同志的政治前程，更何况，这钱科也已经到了赶末班车的时候，这一趟赶不上，恐怕就彻底赶不上了，所以他们也赶紧出来解释，是呀是呀，他们说，这位同志本人，是很严格要求自己的，只是大家喜欢跟他开玩笑，他的群众关系相当不错。

本来是要互相攻击的两方，现在统一到同一个立场上了，都在为钱科说话，但是市委书记的党性原则性跟他们不一样，他说，你们不要和稀泥嘛，有问题也不应该掩盖嘛，开玩笑也应该有个度，是不是？一个科长，为什么有这么多人喊他局长，到底怎么回事，你们为什么不搞一点调查研究呢？

钱科提钱局的事情搁浅了，而且他是在一把手那里留下了不太好的印象，这浅就不知道要搁到什么时候了，大家都觉得挺对不起钱科，眼看着钱科的年纪离提干高压线越来越近，一旦触到了这根线，别说局长提不上，连科长的位置都得腾出来让给年轻人，所以，剩下来的事情，就是替钱科安排后事了，考虑到那时候，怎么也得安排个局级调研员再离岗，好歹也让钱科与那个"局"字沾点儿边吧。

这事情是明摆着的，所以大家也不用再避讳什么，干脆又复称钱局了，开始钱科面子上有些过不去，一会儿要提了，一会儿又不提了，比干脆不提更让人失面子，钱科支支吾吾地想解释什么，但想来想去又觉得实在没有什么好说的，何况大家重新又都称他钱局了，称得是那么地自然，那么地亲切，一点也不勉强，好像钱科天生就是钱局。现在钱局的日子，过得平淡如水，安份守己地等着那一天的到来，到那一天，钱科将离开科长的岗位，让给一位年轻的同志，年轻的同志做了科长以后，经过努力，再争取提副局、正局，甚至更上一层楼。

但是后来事情又出现了一次反复，这一年恰碰了前所未有的水灾，在抗洪救灾中，钱科也立了功，市委一班人看了他的材料，很受感动，他们在会上议论钱局长钱局短，市委书记最后说，这个同志，身为一名局领导，年纪也不小了，但他的表现，却比年轻人还勇敢，值得我们每一个党员干部学习，但是书记说话的时候，发现大家的脸色有点犹豫，他便重新看了看材料，看是不是自己搞错了什么，这时候组织部长凑了过来，低声地说，他不是局长，是科长。

怎么会呢，书记说，先前有一次常委会，你们不是已经报了吗，不是已经讨论过了吗？难道我记错人了？

您没有记错，组织部长说，就是那次，只是，只是，后来，就没有提。

为什么？书记生气地说，翻云覆雨，出尔反尔，将一个同志的政治生命当儿戏？

就是因为，组织部长说，就是因为，当时还没有提的时候，大家就称他钱局，不太那个，不太严肃，所以，所以……

这个问题，书记说，我早就跟你们谈过，一个科长，到底怎么会被这么多人喊作局长的呢，为什么不搞一点调查研究，是不是因为他水平高，工作好，早就应该提拔了，是群众用一种特殊的方式在提醒我们的组织部门和我们当领导的？你们看，现在事实证明了，事实就是如此，钱科是个好同志。

钱科提钱局的材料连夜从保险柜里调了出来，好在前次已经整理过，现在只要加上近期的内容，即可形成。

替钱科整理材料的这位老兄，与钱科也熟，也历来是想提拔钱科的，但是他人微言轻，说不上话，现在钱科的机会又重新来了，他想，我得打个电话给钱科。当然他不会出卖组织原则违背组织纪律去告诉钱科你要提拔起来了，那样做既害自己又害钱科，这一点，他明白得很，但是只要他抓起电话，跟钱科问一声好，打两个哈哈，钱科要是聪明，就会明白了。

这一天，正是钱科的生日，亲朋好友与他一起喝酒，过了这个生日，钱科提钱局的希望就彻底地没有了，所以，与其说大家在祝贺他，还不如说他们在触他的政治阳寿，但是他们都喝多了，哪里还考虑那么多啊，后来，钱科的手机响起来了，有一个人笑道，老婆查岗了，其实钱科的老婆正在现场，她气鼓鼓地说，是小老婆吧。

钱科看了看来电显示，这个号码似熟非熟，一时想不起来，钱科接听了，就听到那边有一个人在说，钱局啊，你在哪里？

从前有座山

为什么天空这么黑，只因牛在天上飞，为什么牛在天上飞，只因你在地上吹。

——新儿歌

一

岛上不通电，也没有电话，许多年里，乡政府的指示，都是王才坐船送过来的。如果碰上雨季或台风季节，就会耽搁较长的时间，有时候，春耕生产的精神，到秋收的时候才传达到。还有一次，王才去贴一张通缉逃犯的告示，他贴到笠帽岛的时候，一个到县城走亲戚刚刚回来的农民说，咦，这个人前天就给毙掉了啊。大家便笑起来，带有一点对王才的嘲笑，也带有一点对乡政府的嘲笑。不过王才不觉得有什么好笑，这是乡政府交给他的工作，迟一点早一点，赶得上趟赶不上趟，他都得做好。

王才不认得字，但是他工作认真负责，几十年，他的工作没有出过一次差错。王才早已经习惯了这样的生活，一年四季，他总是在水上漂着，在岸上待一个星期，他就会生病，有气无力，没精打采，连话也不想说。如果这一阵乡政府的指示不多，王才会主动去督促一下，他以为乡政府忘记了。

　　王才的老婆不习惯老是没有男人在家的日子，她忍不住找了另一个男人，王才不在家的时候，他就到王才家来做王才应该做的事情。王才后来也知道了这个事情，王才说，那就叫他来吧。以后王才回家的时候，走到村口，就歇下来，和坐在大树下的老人说说话，然后他差一个小孩去报个信。小孩跑到王才家，对着屋里说一声，王才回来了。然后王才才回去。

　　有一次事情出了点差错，不知道是小孩没有去报告，还是小孩声音太小里边的人没有听见，或者是明明听见却当作没听见，反正王才进屋的时候，看到他们两个还躺在床上，王才就到灶间拿了一把刀，把两个人劈死了。

　　王才逃跑了。但是他只躲了一夜就躲不下去了，天蒙蒙亮的时候，王才忍不住跑到乡政府去了，他看到乡政府的桌子上，平时放文件那地方，照例地堆着一叠新印出来的文件，王才闻到了那股熟悉的油墨香。文件是黑头的，这是该张贴的文件，如果是红头的，就是要发到村长手里的。王才想，我该去送文件了。他将文件打在他的包袱里，就赶早班船出发了。

　　王才背着包袱，从一个岛转辗到另一个岛，他将告示张贴在代销店门口的墙上，就走了。王才走后，也许过一会儿就有人来看告示，岛上有文化的人不多，得有认得字的人经过，才能念出来，也有的时候，很长时间也没有人注意到这个告示，甚至都被雨淋掉了风刮掉了，也没有人注意到。

　　在其中的一个岛上，王才贴出告示后大概过了几分钟，就有一个人过来看告示了，他正好到代销店来买香烟，看到有告示出来了，他就念了念。他的文化不高，只有初小的水平，他念告示的时候，结结巴巴，连标点符号都念出来，而且还念错了，他说：王才，逗号，男，逗号，四十岁，逗号，杀人犯，句号，于某月某日某时杀害某某某和某某某，句号，现王才畏罪、畏罪什么逃？

　　下面那个"潜"逃的"潜"字，他不认得，念成了"替"，现王才畏罪替逃，替逃？替逃是什么意思呢？他自言自语地说。

　　替逃吗，开代销店的那个人站在店里望外说，替逃就是替人家逃跑嘛。

　　念告示的人因为自己没有弄明白替逃的意思，反而被代销店的人说出来了，觉得有点没面子，他哼了一声，不服气地说，那也不一定，如果他是替别人逃跑，那他就不是杀人犯，他不是杀人犯，捉他干什么呢？

　　也许他是同伙呢。

念告示的人本来也已经想到了这一点，但是又被代销店的人抢先说了，他心里有点憋闷，就找这张告示的茬子，他说，捉杀人犯，贴到这里来干什么，杀人犯难道还会逃到我们这里来？

关于这一点，代销店的人和他的观点是一致的，代销店的人说，是呀，不过王才就是那样的，乡里叫他贴，他就要贴，有一次他还——他的话说到一半，念告示的人就做了一个手势，不让他说下去，他自己重新念起了告示：王才，逗号——咦咦，他说，王才？

王才嘛，这有什么奇怪的，代销店的人说，他跟送信的王才同名同姓嘛。

他们念着告示议论着的时候，王才背着包袱，沿着岛上的小路往码头去，乡政府发过来的渡船，一般只停半个小时，下客，上客，下货，上货，半个小时以后，船不等人就开走了。

第二天在另一个岛上也有人在看这张告示，他的文化水平稍微高一点，他看得比较顺利，看了以后，他也发表了自己的想法，他说，这张告示写得太简单，不说为什么杀人，不说怎么杀的，不说两个被杀的人是什么关系，不说他们是干什么的，这叫什么告示嘛？

一个星期以后，乡政府的渡船又到了，新来的通信员将一份红头的文件交给村长韦忠，他让韦忠签收，韦忠说，以前王才的时候都不签的。通信员说，乡政府说，从今往后，都要签收了。韦忠就签了自己的名，他看了看文件的标题，标题是：在全乡范围加大力度开展计划生育教育。

王才从此再也没有出现过，关于王才的下落，在洞湖乡下属的十七个住有居民的岛上，产生出许多种的说法，大家最相信的，有这么两种：一、王才自杀了；二、王才跑到湖里的荒岛上去了。

王才是个谜。但是岛上的人不认为他是个谜，这有什么，他们说，杀了人，自杀，或者逃走，这有什么奇怪的。

二

那个上岛的男人，是王才领过来的。王才把他领到韦忠家门口，喊了一声，村长，来客人了。韦忠在院子后面的竹林里蹲坑，韦忠的老婆在院子里拾掇刚收下来的新鲜白果，她戴着脏兮兮的手套，手套上沾满了黏糊糊的银杏汁，王才看她手不好拿，就把两封信和一份文件搁在她的凳子上，韦忠的老婆张着两只手说，王才，坐一坐嘛。王才说，不坐了。等韦忠蹲好了坑出来，就看到王才的一个背影。

王才走了以后，村长韦忠看到客人拿王才搁在凳子上的文件看了看，韦忠说，是什么文件？客人听韦忠这么问，就念了文件的标题：有关在全乡推广联产承包的通知。

韦忠听了以后，没有马上说话，他想了想，有些疑惑，他的眉头皱了皱，说，这是什么，联产什么？

客人说，是联产承包，就是分田到户吧，听说在安徽还是哪里先搞起来的。

怎么是他们先搞起来了呢，韦忠不解地说，我们从前就搞过了，我们那时候就把田分给大家了嘛。

你是说解放初期吧？土改吧？客人有点奇怪地看了看韦忠，过了一会他才问道，村长，你们有过"文化大革命"吗？

"文化大革命"？韦忠也奇怪地说，"文化大革命"怎么会没有过呢？

那你们在"文化大革命"做什么呢？

韦忠又想了一会，说，噢，就是一个回乡的知青，带着小学里的孩子们，把庙里的菩萨敲了一下。

敲坏了吗？

也没有敲坏，就是敲掉一点泥皮，后来又搪上了，韦忠说，小孩嘛，力气小的，那个女的，也没有力气。她只会说，我们那里早就敲了，你们怎么还不敲？后来她就走了。

还有什么呢？客人说，就这一件事情吗？

韦忠说，还有啊，还有啊……

还有就是游村嘛，韦忠的老婆说，游刘婆婆。

刘婆婆是谁？

刘婆婆么，韦忠支支吾吾地说，刘婆婆么，反正，反正，她可能，反正，她从前……

韦忠也没有说出来，韦忠的老婆也只是暧昧地笑了笑，但是客人已经听懂了，是在岛上吗？客人说。

是在上海，是从前啊，不是现在啊，韦忠说，是解放前啊。

客人打一个喷嚏。他是从上海来的，他是一个食品厂的采购员，他本来计划来采购青婆婆岛的银杏，但是想不到交通这么不方便，从乡政府发过来的渡船，一个星期一班。客人上了岛，就要在岛上待一个星期，他可以吃住在村长家里，但是他得打发这漫长的七天时间。

客人又打一个喷嚏，他揉了揉鼻子，说，咦，怎么搞的？接着他感觉身上好像有点痒，但又说不清痒在哪里，他四处地挠着，那也是隔靴搔痒，挠不到真正的痒处。咦，是不是有蚊子咬我，他到处看着，用手拍打着，想找到咬他的蚊子。

其实不是蚊子咬他，他是过敏了，是银杏过敏，不过他只是一般的过敏，不算严重，严重的身上都会肿起来，肿得眼睛都变成一条缝。

一个老公公急急忙忙地走过来，韦忠一看到他的身影，就赶紧对客人说，罗公公来了，他要是和你说话，你可别接他的茬。客人还没有来得及体会村长的提醒，罗公公已经站在他们面前了。客人因为不知所以，不免有点紧张。不过罗公公并没有跟他说话，他只是问韦忠，她来过吗？韦忠说，没有，他又问，她走了吗？韦忠说，走了。

客人觉得有点奇怪，他觉得他们的对话不符合逻辑，罗公公问的这个人，既然都没有来过，怎么又走了呢。

噢，罗公公说，她走了，他边说边郑重地点了点头，就往外走了。

韦忠告诉客人，罗公公是在找刘婆婆，他每天都出来找刘婆婆，不过，韦忠用手指指自己的脑袋，说，他有毛病。

游村以后，刘婆婆就不见了，村上也没有人注意刘婆婆是不是跟渡船走了，还是躲起来了，反正刘婆婆这一走，就再也没有回来过，再也没有出现过。从那时候起，罗公公就每天在村里寻找刘婆婆。开始大家不知道他有病了，还跟他开玩笑，后来才发现情况不对，大家就不理他，不和他说话，但别人不说话，罗公公就不走，一直等到他们跟他对话了，他才走开。

他们的对话永远是：她来过吗？没有。她走了吗？走了。

罗公公的子女都觉得挺丢脸，但是罗公公是疯的，他们也拿他没有办法。

罗婆婆说，唉，随他去吧，谁知道他脑子想的什么。

也许罗公公的婚姻不幸福，刘婆婆才是他爱的女人，客人这么想着，他的想法被韦忠洞穿了，韦忠说，其实罗公公跟刘婆婆没有什么关系，刘婆婆十六岁就到上海去了，那一年，罗公公才两岁。

那么是不是刘婆婆回来以后的事情呢？客人很想知道这里边的故事，但是村长说，这里边没有故事，刘婆婆回来第二天就游村了，游村第二天她就走了，罗公公只是在游村的时候看到刘婆婆的胸前挂着一双旧布鞋，他连刘婆婆的脸都没有看清楚。

这时候罗公公已经走到韦忠隔壁的人家，他问道：她来过吗？

没有，隔壁人家说。

她走了吗？

走了。

罗公公就该走了，但是他有些放心不下，他又折回来了。罗公公说，韦忠，我又返回来了，不过，我不是来找你的，刚才我们已经对过话了，现在我是来找这位客人说话的。

罗公公显得有点神秘，他摸摸索索地从身上取出一张小纸条，又将纸条放到不知所措的客人的手里，我知道你是上海来的，罗公公说，你回去以后，帮我找一找她，你告诉她，我在等她。

客人不由得点了点头，你去过上海？他问道。

去过。

这是——地址？

是地址，罗公公说，不过这个地址不好找，在上海的西北角。

韦忠向客人摆了摆手，说，你别上他的当，他骗你的，他没有去过上海。

韦忠不避讳罗公公在，罗公公也不计较韦忠说他骗人，好像他们在说另一个不在场的人。

一个星期后，乡政府的船来了，客人就跟船走了，他是上海一家食品厂的采购员，他以后不会再来青婆婆岛了。银杏确实是好东西，但是将它们运出去太难了。

客人一直还揣着罗公公的那张纸条，他心里老放不下这件事情，但是他一直很忙，等到他下决心要去找这个地方的时候，他发现自己已经老了，后来他因病去世，他的家人在整理他的遗物时，发现了这个可疑的地址，但是他们所有的亲戚朋友和有关系的人物，都与这个地址无关。

那时候他的儿子忽然笑了起来，他的女儿也笑了，他们异口同声地对母亲说，妈，不要是爸的老情人噢？

后来老太太就揣着这张纸条了，她心里也放不下，但是直到最后她也没有去找。她想，唉，人都不在了，还找什么呀。

又过了几年，老太太也去世了，子女整理她的遗物时，又发现了这个可疑的地址，只是他们并不觉得它有什么可牵挂的，他们回想起当年父亲去世时的情形，现在母亲也去了，他们心里酸酸的。这个地址就被当作没用的东西和其他该处理的遗物一起处理掉了。

三

王才的儿子做一个梦，梦见王才站在他的面前，对他说，儿子啊，你怎么不来看看我？王才的儿子说，爸，你在哪里呀？王才说，你知道我在哪里。王才的儿子就醒了，他把这个的梦告诉了养父母，养父母就在家里折了锡箔，点了香，烧给王才，他们念叨着说，王才，缺钱花了吧，这一阵大家忙，把你给忘记了，今天赶紧送过去，你就买点喜欢吃的吃吃吧。

王才的儿子看着养父母忙完了，就去上学了。他现在不姓王，姓吉，叫吉利，跟他的养父姓。吉利背着书包蹦蹦跳跳去学校，金老师正站在学校门口，眼巴巴地看着吉利。本来吉利是蹦蹦跳跳的，一看到金老师，吉利的脚步就慢了下来，就磨磨蹭蹭了，他的脸色也犹豫了，吉利在想，怎么才能绕过金老师的眼睛呢？但是他绕不过去的，金老师就是专门在那里守他的，金老师向吉利招手，吉利，你过来，吉利只好过去了。

吉利，有没有信噢？金老师的眼睛一直看在吉利的手上，吉利手里空空的，什么也没有拿。

吉利张着两只空空的手，向金老师摊了一摊。

金老师又说，吉师傅昨天没有回来吧？

没有，吉利说。

金老师的脸色就缓和了些，她笑了笑，说，是呀，昨天风大，我猜到要停航的。

吉利不敢看金老师的眼睛，因为他说谎了，他的养父吉师傅昨天明明回来了，刚才还在给他的生父王才烧锡箔呢。但是这谎不是吉利要说的，是养父教他说的。吉利还小，还不太明白养父为什么要他骗金老师，但是他隐隐约约地知道金老师在等信，但是一直等不到。每天金老师看到吉利空着手到学校，金老师的眼睛就暗淡无光了。吉利问过金老师，吉利说，金老师，你在等谁的信？金老师说，你李叔叔。吉利不知道李叔叔是谁，金老师说，就是我小孩的爸爸呀。

金老师的小孩还在金老师的肚子里。

吉利的养父吉师傅是乡邮局的投递员，每七天一次往返乡邮局，拿上信件和包裹，他在七天内，要将这些东西送到湖里的九个岛上去，另外的八个岛，是贵师傅送的。

吉师傅对吉利说，吉利，你记住，如果没有金老师的信，你就说我没有回来。她要是问我为什么没有回来，你就说，风大，下雨，喝醉酒，没赶上渡船，没领到工资，反正，随便你怎么说，总之要说我没有回来。

吉利说，我说你肚子疼。

可以。

我说你牙齿疼。

可以。

吉利按照养父的要求向金老师说谎，有些事情他虽然朦朦胧胧，但是他很害怕金老师的目光，他总是想逃避金老师，但是金老师不让他逃避，她总是守在那里，甚至在上课的时候，金老师念课文的时候，她都会看着吉利的脸。

吉利有时候做梦，都会梦到金老师眼巴巴的样子。

有一天吉利终于有了一封信，他把信交给金老师，但是金老师一看到信封上的字，就哭了起来。

吉利急了，他扒着金老师的手，指着信封，急急地说，金老师，金老师，是李叔叔的信，是李叔叔的信，你看，你看，信封上写着：北京李叔叔寄，肯定是李叔叔的信。

那天晚上，金老师的儿子金桂子出生了。

金桂子师范毕业后，回乡教书了，不过他被分配到另一个更需要老师的地方。那个岛，虽然和他出生的地方一衣带水，岛名也十分相像，但在行政区域上，它却是属于另一个县的。

学校给新来的金老师腾出一间小屋，这间屋子是从前的老校工住的，后来老校工去世了，学校没有再请校工，校工的工作，由校长代替了。校长告诉金桂子，打从老校工不在后，这屋里已经住过好几任外派的老师了，但是后来他们都走了。

金桂子打扫屋子时，在床底下发现一个旧纸盒子，盒子里是些乱七八糟的杂物，还有几封已经很旧很黄却没有拆封的信，盒子里撒了防潮的石灰，信封的纸皮并没有受潮，反而变得生脆了，邮戳也还依稀可见。

金桂子捧着这些信，哭了。

金桂子去问校长，从前的老校工识字吗?

我不知道，校长说，我来的时候，老校工已经去世了，关于他的事情，是以前的老师告诉我的。

金桂子拿出这些信给校长看，校长想了想，说，我们学校没有金虹老师，我查过学校几十年的花名册，就没有姓金的，不过，现在有了，你就姓金。校长又想了想，又说，这可能是一些无头的信，也就是，寄错了的信，写错了地址，写错了人名，总之是哪里出了差错。

那你们为什么不退回去?

校长说，我那时候还没有来呢，但是我想，那时候的交通，不像现在这样方便，邮差来一趟，得十天半月，碰到雨季台风，时间会更长，可能老校工就忘记了。

不过，校长又说，也可能，老校工想自己寻找收信人，但是他一直没有找到，后来他就去世了，没有来得及交代给别人。

他是哪一年去世的? 金桂子问，他本来是很怨恨这个老校工的，但是听校长这么说了，金桂子心里，就已经原谅了他。

我不知道，校长说，学校的花名册上，没有他的名字，他不是老师。

金桂子往北京的114打电话查询一个叫李中山的人，但是北京有几百个李中山，即便是年龄差不多的，也有几十个，金桂子不知道哪个是他的父亲，他也不知道他的父亲还叫不叫李中山，还活不活着。

后来金桂子一直在犹豫，父亲迟到了二十几年的信，他要不要带回去交给母亲。

四

岛上的家庭旅馆，说开就开起来了。开始只有一两家，两三家，后来慢慢多起来。香姐也想开了，就跟水官说，水官，我们也开吧。水官听了，细声细气地答道，你说开就开了？

其实不是很难的事情，买几张小床，买几顶蚊帐就可以了。

不要被子褥子了？水官说，夏天还要电风扇呢，浴盆也不够，他们还要洗澡呢，还有热水瓶。

但就算这些加起来，也不是很难，香姐家的旅馆也还是开出来了，到了周末，就来人了。

这是一群年轻人，他们住到香姐家，交了房钱和饭钱，吃了香姐的鸡和青菜，还有大米饭，就下湖游泳，从湖里爬起来，又去登山，他们沿着山脚到处找上山的路。岛上的村民看着他们没头没脑的样子，就笑了，那里没有路啊，村民说。

没有路那怎么上山呢？

那就不上山。

山顶是不是有什么呢？

有一座庙。

庙里有什么呢？

有一个菩萨和一个老师傅。

老师傅是老和尚吗？

是一个老和尚，不过也可能是一个老尼姑。

咦咦？

人老了，有时候是看不出来的，村民说，再说了，他没有头发，他的衣服是和尚和尼姑都可以穿的衣服。

咦咦，村民的话使他们觉得不可理喻，难道庙里的老师傅是男是女他们都搞不清楚？但是村民并不觉得有什么不可思议，这有什么，他们想，又有谁问过菩萨是男是女呢。

那他是什么时候上去的呢？

很早的时候。

那他什么时候会下来呢？

没米的时候。

那他现在还有没有米呢？

前天才刚刚背上去。

他们是想上山的，他们也想看看这个老师傅，他们觉得自己是火眼金睛，只要他们一看，就知道老师傅是怎么回事。但是既然没有上山的路，老师傅暂时也不会下来，那就算了，山也不是非上不可，老师傅也不是非看不可。他们可以沿着山脚下的小路转一转，边走边唱：从前有座山，山上有座庙，庙里有一个老和尚和一个小和尚，小和尚叫老和尚讲故事，老和尚讲，从前有座山，山上有座庙，庙里有一个老和尚和一个小和尚，小和尚叫老和尚讲故事……

天色渐渐地黑下来了，他们买了很多酒来喝，又抽烟，放录音，乱哄哄地笑，但他们中间有一个名叫任幸的女孩子，她没有参加他们的胡闹，独自一人走了出来。

那时候香姐坐在银杏树下，她的孙女躺在摇车里，香姐和孙女一起唱着：依依伢伢，依依伢伢。

香姐向任幸笑了笑，坐，香姐说，坐吧。

任幸坐了下来，她看了看摇车里的小孩，开始我们都以为她是你的女儿呢，她说，这地方很安静，住在这里，心里会很清静的，没有烦恼。

风轻轻地吹过，银杏树的叶子刷刷地响了一阵，风过之后，又归于平静了，任幸又说，一个人心里不烦，就不会显老，是不是，阿姨，就像你这样，看起来特别年轻。

你们才是真正的年轻，香姐说，你们还刚刚开始呢。

我们是化了妆的，任幸说这句话的时候，忽然想到，我们这些人，这一辈子的人生，能有几天不化妆的日子？

香姐看得出任幸心情不大好，但她不知道她为什么心情不好，她也不好去劝她，便没有说话，有一阵子，两个人都沉默了。夜色渐渐地深着，度假宾馆工地上的灯火穿过树隙隐约地照过来，这是一位外商在这一带湖区投资的连锁宾馆，石和木，砖和瓦，都就地取材，将来是传统建筑的外壳和现代生活的内容。香姐说，等宾馆建好了，以后你们再来，就可以去住宾馆，宾馆的条件好。

是呀，任幸说，但是你们的家庭旅馆，会受影响了。

香姐说，会的，不过桃英说，我们可以到宾馆去做服务员，那样就可以拿工资，但是我去不了，每家只能去一个人。

桃英就是蒋桃英吧，任幸说，我们在临湖宾馆看到过她的照片。

蒋桃英十八岁那年，离开家乡到上海去了，她结了婚，又离了，又结婚，嫁了一个外国人，就出国了，后来她又回来了，回到自己的家乡，投资建造连锁度假宾馆。

香姐说，其实，当时和桃英一起走的，一共有三个人，她们同年，她叫桃英，蒋桃英，另一个叫韦香姐，还有一个叫梅珍，也姓韦，韦梅珍。

任幸说，那么，那个韦香姐和韦梅珍呢？

香姐说，后来她们没有走得了。

任幸说，阿姨，这三个女孩子里，有你吗？

有的。

任幸说，你是韦香姐？

香姐说，我儿子跟我说，妈，当初你要是走了，我现在就是上海人了，我们水官也说，是呀，我会追到上海去寻你的，我也是上海人了。

任幸忍不住笑了，她说，韦香姐，你要是去了上海，现在你老公和你儿子，还会是他们吗？

香姐也笑了，说，我也不知道，她指了指摇车里的孙女，就连这小丫头，也不知道是不是她呢。

后来任幸也回屋里去了，她伸出手，大声地说，把酒给我，我也要喝。

第二天早晨，他们又爬起来了。虽然隔夜喝醉了，但毕竟年轻，一夜就可以恢复过来的，他们神清气爽，嘻嘻哈哈，呼啸着往码头而去，登上快艇，快艇劈浪而去，转眼就消失在广袤的湖面上。

他们住过的房间里，扔满了空易拉罐和空酒瓶，香姐进来收拾垃圾，扫地，抹桌子，重新摆好被弄乱了的家具，她忽然想起了当年的事情。

香姐是在最后的一分钟动摇的。那时候桃英和梅珍都上了船，她们转身来拉香姐的时候，香姐忽然跨不上去了，她想她的小官人了，几个月后，到了新年里，她就要过门到他家去了，他瘦瘦小小的样子浮现在她的眼前，香姐心里痛起来。香姐跟他说我要到上海去，他问她，你几时回来？香姐说，我不回来了。他就不说话了。

船公在船上催促，他返回捕鱼岛后，还要再发一趟船到笠帽岛，他不满意地责怪她们，说，拖泥带水的。

但是香姐到底还是逃走了，她一口气奔到水官那里，水官正在大树下着象棋，他看到香姐气喘吁吁地奔回来，就细声细气地说，我知道你不会去的。

接着就是梅珍了。梅珍是在临湖长途汽车站被她的爸爸韦庆和叔叔韦忠捉住的。所以有一阵梅珍一直记恨香姐，本来别人也不知道她们要到上海去找采购员，香姐逃回去的时候，说了出来，梅珍的爸爸和叔叔就追出来了。不过后来时间长了，梅珍也不再记恨香姐了。

过了一年，梅珍也出嫁了，她嫁到临湖乡做了一个石匠的妻子，后来她自己也学会了石刻工艺，她夫家所在的那座半岛，面湖的那一边，做成了公墓，许多墓碑上的字，都是梅珍和她的老公雕刻的。

第三个人是蒋桃英。那时候雨越下越大，蒋桃英透过车窗看着梅珍的爸爸韦庆和叔叔韦忠把梅珍拖拖拉拉地架着往远处走，他们越走越远。蒋桃英听不见梅珍的声音，但是她能够感觉到梅珍在喊着，放开我，我要到上海去，我要到上海去。

现在只剩下蒋桃英一个人了，蒋桃英心里忽然难过了，空空荡荡的，没处着落了，她睁大眼睛看着雨地里，她希望她的爸爸妈妈也来把她拖回去，可是他们没有来。

雨哗哗地下着，车子开动了，车轮压过，水花就四溅开去了。

　　家住在青石弄的顾好婆早晨起来洗刷完毕，吃了早饭，对子媳说，我到公园去啊。子媳说，妈慢慢走，路上小心车子。顾好婆说，我知道的。她沿着长长的窄窄的青石弄走出去，步履有些蹒跚，毕竟已经七十多岁，不再是年轻时的样子了。顾好婆小心地避让过快车道上的汽车摩托车和慢车道上的自行车，左拐右转地穿过几条街，朝公园的方向走去。

　　她的小辈中的某一个，跟在她的身后，一直看到她进了公园的大门，小辈才返回去。好婆是去公园了，他向家里其他人汇报一下，然后大家放心了，就上班的上班，上学的上学，各管各做自己的事情去了。

　　这时候顾好婆已经穿过公园从公园的后门出来了，不远处就是她要去的那所医院。医院里有不少人认得她，他们都跟她打招呼，顾好婆，来了啊。顾好婆一边答应着，来了来了，一边走进病房，她负责护理的一位李老伯，看见她来了，笑了，嗯嗯，我今天想吃小馄饨，他说。他的口气甚至有点嗲兮兮的，口齿也变得不太清楚，将"吃"说得有点像"气"，这样说话，使得他有点像个小孩了。有一次他的子女来看他，听到他这样的口气，脸上都有点尴尬。咦咦，他们想，他在家里不这样说话的，他在家里面孔一直是板板的，不肯笑的，没有好声好气的。不过，尽管他们觉得这样有点怪怪的，但是他们不仅不能说什么，而且还要尽量地讨好顾好婆，因为他们的父亲脾气古怪，已经气走三个护工，顾好婆是第四个了。如果顾好婆再不肯做了，他们很怕再也找不到人了。

等顾好婆从外面买了小馄饨回来，李老伯的吊针已经打上了，顾好婆小心地喂他吃馄饨。他可能有点饿了，想要狼吞虎咽，但是顾好婆不会让他狼吞虎咽的。慢慢地好了，顾好婆说，你又不用去上班，不急的。

唔唔。李老伯嘴里有馄饨，说不出话来。

烫不烫啊，顾好婆说。

唔唔，唔唔。

今天馄饨鲜不鲜啊？

唔唔，唔唔。

验血的单子出来了噢。

唔唔，唔唔。

护士小姐告诉你了？

唔唔，唔唔。

我早就说过，你没有什么毛病的，你是自己大惊小怪。

唔唔，唔唔。

有一天有几个人来到李老伯的病床前，他们看着他的气色，谈论起来，一个人说，看起来快了，你看他气色这么好，哪里像个生病的人。另一个说，你看他吃这么多，比我们没病的人还吃得多，他的毛病肯定已经好了。他们议论了一会，就有一个人上前问李老伯，老先生啊，他说，你什么时候出院啊？李老伯说，我不晓得，我要听医生的。那个人又说，医生说你好得多了吧，医生叫你出院了吧。他们这么自说自话地说着，后来李老伯终于听出一点奇怪来了，你们是谁？你们要干什么？他警惕地瞪着他们，你们到底要干什么？那几个人被李老伯一追问，显得有点慌张了，他们说，我们不想干什么，我们只是想请顾好婆照顾我们的老娘，我们的老娘就躺在隔壁的病房里，就是三十五床的那个老太，她不要别人伺候，一定要顾好婆，所以所以，他们说，所以我们来看看你的身体是不是好了，我们这一看啊，就放心了，老伯你的身体真的好了哎，马上可以出院了哎，这下我们就可以雇顾好婆了，这下我们就有救了。李老伯一听，气得脸都涨红了，啊啊，他说，你们想赶我走啊？你们要抢顾好婆啊？你们做梦吧，你们休想吧。我告诉你们吧，我的病没有好呢，我的病重着呢，我的病好不了了，我要一直住下去了。

　　这时候顾好婆的子女在自己的单位里上班，同事之间，如果谈起家常，也可能会问起顾好婆的情况，她的小辈总是欣慰地说，我们家老太太现在想得穿了，不再去伺候人了，她天天到公园去白相，身体好得来。

　　但是有一天事情快要穿绷了，一个熟人可能是看到了顾好婆在医院里，他问起她的子女，你们家老太太生病了啊？没有啊，她的子女觉得有点奇怪。熟人也奇怪了，咦，那我怎么在医院里看见她的？你可能看错人了，顾好婆的子女说，我们家老太太身体好得很，好多年都不上医院了。是吗？熟人疑惑地说，那也可能是我看错人了，但是那个老太太真的很像你们家的老太太。

　　顾好婆的子女这一次还没有往心上去，认错人的事情也是经常有的，并没有什么稀奇。可是过了几天又发生了同样的事情，仍然是一个熟人，当然不一定是上次那一个，但是他说的内容和上次是一样的，他在医院的住院部看见老太太，他以为老太太生病住院了。

　　这一次顾言引起警惕了，他不再犹豫，就到医院里去了，他根据熟人提供的情况，来到住院部，找到那个病房，他站在门口往里边一看，就看见了顾好婆，顾好婆正在帮李老伯换衣服，她嘀咕地说，怎么像个小人，两天不换衣服，就臭烘烘的。李老伯像个小孩似的笑着，嘿嘿，嘿嘿。

　　事情真相大白了，顾好婆又一次瞒着他们去做伺候人的事情，她的子女们很生气。顾好婆一次次答应他们，一次次信誓旦旦地保证，不再出去做保姆了，但是她一次次地说话不算数。你怎么可以这样呢？顾言严厉地说。可是顾好婆狡猾地说，顾言哎，你把事情弄清楚再生气好不好，这不是保姆，这是护工哎，什么叫护工？护工差不多就是护士。顾言说，护工怎么是护士？根本不一样的嘛。顾好婆说，差不多的，差不多的，反正都是姓护的。顾言知道她马上还会有许许多多无数条的理由说出来，他已经无力反驳了，只是说了一句，就算护工和护士差不多，你也不能做了，你看到过有七十多岁的护士吗？

　　顾好婆又会说什么什么，然后顾言也会说什么什么，比如会有以下这样的对话：

　　是不是我们待你不好啊？

　　不是的。

　　是不是我们家庭条件不好啊？

不是的。

是不是？

不是的。

是不是？

不是的。

那你为什么还要出来做保姆？

嘿嘿，顾好婆说，嘿嘿。

你还笑呢，顾言说，我们气都气死了。

我们的脸都被你丢尽了。

我们单位要罚我们款了。

我们被送上道德法庭了。

我们差不多要被曝光了。

等等。总之他们真的是憋了无穷无尽的气在肚子里，他们的这个老娘，唉，不说了。

如果顾言走进病房，必定发生以上这样一段事情，但是这样的事情过去发生得太多太重复，以至于顾言已经不愿意再走进去再重复一遍，他觉得实在没有意义，太没有意义，所以他没有进去，而是退了出来。

顾言垂头丧气地回去了，他走在青石弄里，响底的皮鞋敲打着青石弄的石头，敲得他心里很乱，无处着落的感觉。

他们在家里商量来商量去，也没有办法商量出来。后来他们终于泄气了，算了算了，随便她吧，让她去吧。他们说。可是他们又说，不行不行，不能让她去的，人家要骂我们的。然后他们又说，唉呀呀，骂也骂了几十年了，再骂骂也无所谓啦，反正我们面皮也骂厚了。他们一会儿这样说，一会儿那样说，颠来倒去，一会觉得这样好，一会觉得那样好，一会又觉得这样不好，一会又觉得那样不好，最后在他们都无可奈何的时候，顾言心生一计，他说，不如去找李家的子女吧，跟他们商量商量，他说。

好啊好啊，他的弟弟妹妹都赞成他的主意，他们说，哥啊，这个事情就交给你啦。

在到李老伯家去的路上，顾言准备着台词，等会儿他要对李家的子女说，请你们替我们的老娘想想吧，我们的娘已经七十多了，还要叫她伺候你们的老爹，你们的老爹看起来比我们娘年轻得多，身体也强健得多，你们怎么好意思做这样的事情。他推测李老伯的小辈也许会说，我们本来也觉得不好的，可是你们的娘一定要来做这个护工。如果是这样的对话，顾言就接着说，你们就算不替我们娘想，也替我们想想，我们的娘七十多岁的人了，还在外面做护工，伺候别人，人家会怎么看我们做小辈的，以为我们是忤逆子孙呢。顾言想，我这样说了，李老伯的小辈肯定会赞同，他们会说，这倒也是的。如果到了这一步，事情就比较好商量了，他们都是通情达理的人，甚至连老先生本人，虽然极愿意顾好婆伺候，但是被小辈晓之以理之后，也会同意忍痛割爱的。那么，到最后事情会怎样解决呢，顾言想，最后可能只有我妈一个人很不通情达理，她对老先生说，好的呀，你不要我伺候，我就不伺候你了，不过，我不伺候你，我去伺候别人，一样的。

顾言一路这么想着，开始觉得能成功的那一股劲又渐渐地减消了，既然最后老太太仍然是要去伺候别人的，他不是又多此一举了？这些年来，他多此一举的事情还少吗？

但是现在顾言已经不好回头了，因为他已经站在李家的门口了，门并没有关闭，虚掩着，他轻轻地一推，门就开了，里边有三个人，围坐在一张方桌前，他们听到门声，眼光立刻投过来，啊哈哈，来了来了，他们说。但是他们显然等错人了，顾言不是他们要等的人，他们愣了片刻之后，回过神来，啊哈哈，他们说，是李炎叫你先来顶替的吧？

顾言知道他们搞错了，他急忙摆手说，不是的不是的，你们搞错了。我是来找李炎的。

他们没有问他找李炎干什么，也没有问他是李炎的什么人，朋友，同事，债主，情敌，等等之类，他们一句话也没有问，只是眼巴巴地盯着他，拿眼神勾着他。

李炎什么时候回来？顾言问。

他们也没有说李炎什么时候回来，是要回来的，还是不回来，还是快回来了，还是早着呢，还是怎么怎么，他们不说话，仍然眼巴巴地盯着他，拿眼神勾着他。

那我等他，顾言说。

他们一起笑起来，这就对了，他们说，既然你坐在这里等他，还不如替他玩两把，输了叫他付，赢的你带走，规矩。

说话间一个人已经捣了牌，另一个人已经抓了牌，抓了三抓就轮到顾言了，顾言一伸手，就抓到一张大鬼，啊哈，他不禁笑了出来。

顾言牌运极好，捉了两把全鸡，还弄了人家一个金太阳，三次倒迁王分，等到李炎来的时候，顾言手里又抓了一付鸡牌了，顾言说，你让我打掉这一付啊。李炎说，你打你打，我上个厕所，泡杯茶，正好。李炎上好厕所泡好茶过来，站在顾言的身边，顾言果然捉了一全鸡，带着胜利的微笑在数钱，他一边数一边说，让你让你，今天手气太好了，但是他并没有站起来，甚至连屁股也没有挪一下，他的手仍然伸向叠着的牌，抓了一张，又抓了一张。

咦咦，李炎说，你怎么老占着我的位置呢？

是呀，那三个人中的一个说，你只是来替一替李炎的，怎么烧香赶出和尚了呢？另一个人则肯定地对顾言说，你的手气不可能永远这么好下去，你就要转霉运了，不信你打下去看。他们中的最后一个人说，输赢是无所谓的，大丈夫能输能赢，但是老顾你把我的意志挑起来了，跟李炎打牌，死样活气的，叫牌都不敢叫的。

咦咦？李炎觉得莫名其妙，他很生气，他认定是他们三个人中的某一个带来了顾言，他说，你们搞搞清楚啊，这是我的家啊，这是我李炎的家啊。

李炎？他们听到李炎的名字，好像才清醒过来，回头去看李炎，他们这么看了一下，忽然想到了什么，他们说，咦，李炎啊，你家老爷子都生病住医院了，你还有心思打牌啊？李炎说，有护工的。他们说，护工不是炒了你们鱿鱼么？李炎说，走了一个，又来了一个。

他们一边抓牌一边对顾言说，老顾你知道李炎家老爷子吗，你知道他用过多少个阿姨了？一个五十多岁的，走了，一个四十多岁的，也走了，一个三十多岁的，后来又走了。

现在的这个，肯定是二十多岁啊。

他们异口同声地说，边说边笑，李炎也跟着他们一起笑，但是顾言没有笑，因为他抓到了一个三联对，又抓到一个二联对，他的眼睛都弹出来了，他激动得大声地叫起分来：180分！

顾言的老婆邱小红在家里等顾言回来，他们约好了上街买一个壁挂的空调，她左等右等也不见顾言回来，就对女儿说，顾丽萍啊，我先出去啦，你爸爸回来，叫他到购物中心来找我啊。顾丽萍说，知道啦。邱小红又说，你告诉他在购物中心一楼，要是一楼找不到我，就到二楼。顾丽萍说，我知道啦。邱小红又说，要是二楼也找不到我，顾丽萍说，我知道啦，就到三楼，要是三楼也找不到你，就到四楼，要是四楼也找不到你，就到五楼。邱小红说，五楼？购物中心有五楼吗？

邱小红穿过青石弄出来的时候，有一个小孩正穿过青石弄进去，她是顾丽萍的同学。

阿姨好，她说。

刘香啊，邱小红说。

她们交叉而过。

邱小红来到购物中心，她先在一楼看了看空调，营业员蜂拥而上地向她介绍空调，这使得邱小红有些手足无措，脸色也尴尬起来，后来她决定先不看空调了，反正顾言还没有来，买空调的事情她一个人决定不了，不如先去看看其他。邱小红往二楼去的时候，注意到了一条标语，十分醒目地挂在楼梯口：母亲节女式服装7至8折优惠。邱小红心里也忽然地一悠，就想到了母亲。母亲是跟她哥一起住的，因为嫂子比较凶，母亲总是有点愁颜不展，邱小红想着，心里就有点难过，她本来是要登电扶梯上楼的，现在退了下来，她到商场一楼入口处的角落里，那里有几架公用电话，邱小红给哥哥家打了电话，电话正是母亲接的，母亲在电话那头，一听是女儿的声音，立即紧张地说，小红啊，没出什么事吧？母亲的声音里充满了挂牵和不安，邱小红赶紧说，没有没有，我好好的。母亲说，丽丽好吧，邱小红说，好的。母亲说，顾言好吧，邱小红说，好的。母亲说，这我就放心了，你突然打电话来，我还以为有什么事情呢，吓了我一跳。邱小红的眼泪也差一点掉下来，她的喉头竟然有点哽咽了，她说，妈妈，女儿想念你，妈妈，你的养育之恩，女儿永远不会忘记，邱小红先是拿方言说的，但是拿方言说这些话，邱小红觉得有些别扭，她就改用普通话了，妈妈，你虽然是一个劳动妇女，但是女儿为有你这样的妈妈感到骄傲，感到无比的幸福，妈妈，我爱你。邱小红说到这里，听到母亲在那边急切地说，什么？什么？

小红，你说什么？小红，你怎么啦？邱小红的眼泪已经哗哗地淌下来了，她说，妈妈，我爱你，永远爱你，就挂断了电话。

虽然有人朝邱小红看，但是邱小红并不觉得难为情，她内心的情绪得到了宣泄，心里畅快，轻松，她用纸帕揉了揉眼睛，重新乘了电扶梯上到二楼，这里是女装天地，可能为赶母亲节的商机，又增添了不少新品，一上来，邱小红就觉得眼花缭乱，心驰神往。

家里衣服够多的了，衣橱里都挂不下了，邱小红想，我看看而已，打发时间而已，她抱定主意今天不买衣服，但是顾言一直没有来找她，邱小红转了都快一个小时了，试衣也试过好几回，营业员说，这件衣服太适合你了，好像是给你定做的，或者说，你皮肤白，穿这种颜色显得年轻，邱小红说，我再到别处看看，营业员说，好的，或者说，想买你再回头好了。她们的态度很好，没有一个人因为邱小红试了衣不买而耍态度的，这使得邱小红觉得很过意不去，最后她终于坚持不住了，拿起一件款式新颖的连衣裙，其实刚才已经试穿过了，实在是挑不出什么毛病，但是邱小红仍然要求再试穿一遍，营业员替她拉开了试衣间的门，邱小红进去穿了，出来照镜子，两位营业员异口同声地赞叹起来，邱小红也很满意，镜子里的她，是那么的年轻漂亮，像是换了一个人，唉唉，人靠衣装啊，邱小红正想着，忽然从镜子里看到有一男一女两个中年人扶着一位步履蹒跚的老太太走过来，这一瞬间，邱小红心里感动起来，老太太的子女真孝顺，还陪这么老的老人来逛商场，不知道是儿子和媳妇还是女儿和女婿，就在邱小红这么想着的时候，她又觉得这三个人面很熟的，这使得她不由回过头来，脱离镜子，正面去看他们，她看清楚了他们脸上的焦虑和担心，邱小红失声地叫起来，妈！哥！

因为邱小红穿着的是那一件新款新潮的连衣裙，使得她的妈妈哥哥和嫂子，顿了一下才认出她来，老妈妈当即就哭了起来，小红啊，小红啊，你把妈妈急煞了，你把妈妈急煞了。

哥哥对邱小红说，妈妈接了你的电话，就认定你出事了，就一直哭到现在了，我问她，小红到底说了什么啊，她又说不出来，只是哭，只是说，小红啊，小红啊，你千万不要想不开啊，你千万不要做傻事啊。你叫我们怎么办啊，急煞了，电话打到你家里，也没有人接，打顾言的手机，也是关机的，只好查你的来电，查到是购物中心的公用电话，赶紧打的来了，你想想，从我家到这里，多远的路，哥哥最后说，小红啊，你可害苦我们了，是不是顾言欺负你了？是不是丽丽惹你生气了？是不是要下岗了？是不是又跟老婆婆闹矛盾了？小红啊，你到底跟妈妈说了些什么呀？

我跟妈妈说，妈妈我爱你，邱小红说，今天是母亲节。

邱小红的哥哥和嫂子这才发现，商场里到处打着母亲节打折的标语。既然打折，邱小红的嫂子说，我们也看看服装。

哥哥说，你今天家里怎么一个人也没有？邱小红说，丽丽个小猢狲，我叫她在家里做功课的，又逃出去了。

邱小红走后，刘香就来找顾丽萍了，刘香说，顾丽萍，我们干什么呢，顾丽萍说，看书吧，刘香说，好的，看书吧。她们各人拿了一本书，就看起来了，看了一会，顾丽萍说，看书没有劲，刘香说，哎，看书真没劲。她们放下书本，在屋子里转了转，想找一点有趣的事情做，她们看到了邱小红的化妆品，顾丽萍说，刘香，你要不要化妆？刘香说，顾丽萍你要不要化妆？她们笑起来，就化妆了，画了眉毛，又描了眼线，涂了口红和胭脂，她们对着镜子看看，又互相看看，这件事情总算做完了。现在她们又觉得无事可做了，顾丽萍说，刘香，我们再干什么呢？刘香说，顾丽萍，我们再干什么呢？顾丽萍说，讲故事吧，刘香说，讲故事吧。

故事是顾丽萍讲的，是来娣的故事。

来娣像个小女孩子的名字，但是她已经七十多岁了。

那时候隔壁邻居家的媳妇生了小孩之后就死了，虽然家里还有爸爸爷爷和奶奶，但是因为没有了妈妈，这个小孩老是生病，老是哭，哭得她的爸爸爷爷和奶奶都没有办法，都朝她哭了。但是因为她是一个小孩，她是不懂事的，她不会因为大人都哭了，自己就不哭了，她仍然是要哭的，而且哭得更响亮，好像是要和大人比一个高低，结果，比得大人都败下阵去，她自己的嗓子也哭哑了。哭哑了嗓子的小孩子还在哭着，她是没完没了了，决心要哭到底了。

来娣十二岁，她坐在自家的房间里，她妈妈教她做刺绣，来娣不大喜欢做这样的事情，但是她没有理由不做，一个女孩子，不做刺绣干什么呢。后来来娣有点生气地将手里的针线一扔，烦得来，她说，吵死了，隔壁的小死人吵死了，来娣很气愤。

咦，来娣的妈妈看看来娣，她说，她那样哭的时候，还有她家里大人一起哭的时候，才烦人呢，像哭死人，你倒不说什么，现在已经没有什么声音了，你倒嫌烦了。

怎么没有声音，来娣说，怎么没有声音？

来娣的妈妈认真地听了听，她说，确实的呀，她的声音已经哭哑了，已经很轻了。

她的声音太难听了……来娣的话还没有说完，人已经站了起来，一阵风一样地奔了出去。

来娣奔到隔壁，指着那个仍然在哭的小孩说，你再哭，你再哭！

小孩家的大人说，来娣呀，你叫她不要哭，你有办法吗，我们都被她哭得没有办法了。

来娣说，有办法，打屁股，我哭的时候，我妈妈打我的屁股，我就不哭了。

小孩家的大人说，可是不行呀，她那么瘦，屁股上全是骨头，我们舍不得打她的。

另一个大人说，她这么小，打她她也不懂的。

来娣说，我就打，我就打。她抱起那个小孩，对着她的瘦小的屁股打了两下，你再哭，我打你，你再哭，我打你，来娣露出很凶的脸色说。

后来的事情就很奇怪，小孩真的不哭了，小孩家的大人耳根一下子清静下来，他们简直不敢相信，咦，她不哭了？咦，她不哭了？他们疑疑惑惑地说，他们甚至有点失落和手足无措，他们呆呆地站在那里，眼巴巴地看着小孩，紧紧地盯着她的嘴巴，他们好像在等待，等待什么呢，等待从小孩的嘴巴里，再次地传出号啕的哭声。他们可能以为小孩是暂时的休息，她休息一会儿，就会重新开始的，所以现在他们有时间喘一口气。

但是小孩一直没有再哭，不仅没有哭，她好像还笑了一下。

嘿嘿，她不哭了。

嘻嘻，她不哭了。

她家的大人惊喜不已，有一个大人甚至喜极而泣，又掉下了眼泪，谢谢你啊来娣，谢谢你啊来娣，他们连声地感谢来娣，来娣却没有觉得有什么好谢的，她把小孩放下来，就要走了，可是来娣刚一把小孩放下来，她还没有走到门口，撕心裂肺的哭声又爆炸了，哇——

来娣啊，来娣啊，他们的大人惊慌失措，来娣啊，来娣啊，她又哭了。

来娣皱了皱眉头，烦不烦啊，她回过来，抱起小孩，说，看你个死样，哭你个死！

她骂了两句，小孩不哭了，瞪着泪眼看着来娣的脸，但是来娣还是继续骂道，哭你个死啊，你妈妈死了，还有你爸爸呢，就算你爸爸也死了，还有你爷爷呢，就算你爷爷也死了，还有你奶奶呢，他们还没有死呢，你哭来哭去是要哭他们死啊？

来娣真是很不会说话，她说的话太难听了，但是小孩家的大人并没有在意，可能因为来娣自己也是一个小孩，也可能因为他们被小孩的哭搞得已经不知道青红皂白了，所以他们只是看着来娣骂这个小孩，只是听着她的那些难听的骂人的话，他们唯一期待的就是小孩不再哭，在他们心里的想法，是很简单的，只要小孩不再哭，来娣干什么都不要紧，不要说骂娘，骂祖宗十八代也不要紧的。

来娣仍然在骂着，她又想出了新鲜的骂法，你在你妈妈肚子里就哭了，你把你妈妈都哭死了，你还要哭，你这个哭人精，你要把你家大人都哭死啊，等等。

小孩再也没有哭，她睡着了。

来娣的家，在东采莲巷。这条街巷的民居，是那种前门沿街后门面水的格式，来娣和她的妈妈那时候临水而坐，刺绣的绷子正架在临水而筑的那间屋子里。隔壁小孩的哭声，是先传到河面上，再从河面上传到来娣家的。

刘香你知道来娣是谁吗？顾丽萍问刘香。

我知道，刘香说，她就你是奶奶。

那时候来娣的妈妈很生气，我们家来娣，也是金枝玉叶的，我们家来娣，也是金枝玉叶的，她说，但是隔壁的人家已经把付给来娣的工钱拿来了，这使得来娣的妈妈动心了，因为来娣的爸爸病重躺在床上，等着钱去看大夫呢。

东采莲巷已经是另外一种模样了，那家人家早已经不在那里，那个哭闹不停的小孩，也该是一个六十多岁的老太婆了。

顾丽萍讲完了来娣的故事，她们又和顾丽萍饲养的一只小乌龟玩了玩，后来顾丽萍说，刘香，我们出去吧，刘香说，出去吧。

顾丽萍和刘香走出家门，今天是休息日，难得不上学，她们要出去尽情地玩一玩。顾丽萍关上了房门，又锁了防盗门，她将钥匙挂在颈脖上，她的钥匙圈上，套着一个小流氓兔，刘香看了看，她蛮喜欢这个可爱的兔子。这时候屋里的电话铃响了，刘香说，顾丽萍，你家有电话，要不要进去接？顾丽萍说，不高兴去接了。她们边说边离开了家，在青石弄巷口的小店里，顾丽萍和刘香一人买了一块口香糖，她们边嚼边走。

拐上大街的时候顾丽萍说，那时候我爷爷拿着一根棍子对我奶奶说，你再出去做佣人，我就打断你的腿。

打断了吗？刘香问。

顾丽萍生气地朝刘香翻了一个白眼，就快步往前走了。

牵　手

　　盲人的世界到底是很单调还是很丰富，这只有盲人自己知道。从前曾明眼睛好的时候，从来不曾想过这个问题，曾明的眼睛不是一下子坏了的，他先是得了一种眼病，医生就预言曾明的眼睛不行了。那时候曾明还以为医生小题大做危言耸听，不怎么在意，医治也是医治着，心里并不是很着急，后来渐渐地有了些感觉，开始相信医生的话，并且为以后的日子做了比较充分的准备，最后曾明真的成了一个盲人。

　　虽然曾明以为是做好了准备的，但是到了真的完全走进黑暗的那一天，曾明却难以接受这个事实。曾明在很长的一段时间里一直烦躁不安，他敏感，多疑，暴怒，无理可讲。当然，这一切，在别人看来都很正常，谁瞎了眼也不会有一个好的心情，家人和朋友都一味地忍让，迁就，轻言细语，这愈发地使曾明感觉到他的孤独。这么折磨了一些时候，曾明慢慢地适应了盲人的生活，在黑暗的世界中生存下去，这就是曾明必须选择的路。曾明被介绍到街道办的福利工厂去工作，工厂离曾明的家不远，开始由家人领着走过几趟，很快曾明就可以自己去上班了，家人到这时候方才松了一口气。

　　曾明在福利工厂做一种很机械很简单的活，往一块小小的金属板上拧两个螺丝，很适合盲人做，别说盲人感觉好，即便不是盲人，闭着眼睛也能干这活，曾明试了两天班，挺适应的，第三天就正式上班做活了。

　　在福利厂做活，其实也只是一种意思罢了，说消闲也好，说解闷也好，别人也不指望他们能创造些什么，所以对于大家的要求是很低的，低到几乎没有，每天拧多少个螺丝，上几小时的班，都没有明确的要求，工厂发给大家的工资也都一律对待，当然那也只能是意思意思，也没有人指望着靠这几个钱发了财或者办什么大事的。

上班的时候，把一台收音机开着，现在的电台，节目很丰富，多半是直播形式的，请社会各界人士到电台去直接和听众交流。盲人们对于这样的交流感触是很深的，他们常常放下手里的活，给电台打热线电话，电话就在他们做活的屋子里，所以常常一个人去打电话，大家都能听到他和电台主持人以及被邀请的嘉宾的对话，说到好玩的地方，大家都笑，说到伤心处，大家都沉默。曾明很快就被这种形式所吸引，他开始往电台打热线电话，觉得生活有意味得多了。

拧螺丝这样的事情对于曾明来说，真是小菜一碟，曾明手脚很麻利，进厂不多久，就已经很熟练。他虽然不知道别人一天能做多少个，也不便开口问，但是他可以听声音，每完成一块，扔进纸盒，就有一声金属的撞击声，听那金属撞击声的频繁与疏朗，他多少能判断出许多人是不如他的。

有一天就出了一件事情，曾明在做完了第一百个的时候，起身去方便，不小心和邻近的老陶撞了一下，把自己的纸盒和老陶的纸盒都撞翻了，两个人纸盒里的金属板翻到了一处，他们一起蹲下来，往自己的纸盒里捡金属板。才捡了几十只，曾明就再也摸不到了，朝纸盒里再数一下，还不足 50，便有些急，道："怎么，没有了，我已经做了 100 只了，怎么只有这一点点？"

老陶随口回道："又不是计件的，顶什么真。"

曾明想想也是，放妥了纸盒就出去方便，回进来的时候，听得老陶在说："这一小会儿，做了 100 只，骗谁呀？"

有人应和老陶，道："就是，充什么老大，才来几天。"

曾明心里就有气，忍不住道："我确实是做了 100 只，我数好了的。"

老陶道："怎么这么凑巧哇，刚好 100 呀。"

曾明说："是的，我数到 100，才起身去上厕所。"

有几个人笑了起来，老陶又说："你若是做了 100 只，那我就等于没做，我这盒子里，总共 50 来只，加你那里 50 只，都算你的吧。"

曾明道："不可能，不可能的，我确实是数清楚的。"

老陶笑道："那你过来看看。"

曾明道："你若搞鬼，我怎么看得见。"

老陶说："你若搞鬼，我也一样看不见呀！"

曾明说："反正你我，我们两个，心里有数。"

又有人笑，说："那是，瞎子吃馄饨，心里有数。"

另一人说："老陶的为人，我们知道的，眼睛虽是瞎的，说话却不瞎说。"

再一人道："老陶的动作，是我们这些人里最领先的了，若说老陶做不过新来的，谁信？"

曾明闷了一会儿，道："你们的意思，是我瞎说？"

大家一阵笑，没有人回答曾明的问题，曾明便起身到另一间屋里找工厂的负责人，负责人听曾明说了，也是一笑，道："算了，又不计件，不要计较了吧。"

曾明说："我不是计较，凡事总有个道理。"

负责人说："你这个人，也太认真，什么道理呀，扯也扯不上，你们这些人，凑到一起，本来就是给你们解解闷儿的，不能太计较，这与工资又不挂钩。再说，老陶那人，也确是我们厂里的骨干，手脚也快，态度也好……"

曾明这一天回到家里，把事情向家人说了，家人听罢，都道，算了算了，和他们计较什么。

曾明再没有说话，他觉得无话可说。晚上听电台节目的时候，曾明打了一个热线电话给心理咨询主持人，把事情说了，主持人告诉他，这算是一种病态心理，主持人说我觉得你解除病态心理的最好办法，就是找人倾诉，你现在虽然和许多人都说了这件事情，但是你心里仍然憋着，你还没说够，到你说得够了，你的病态自然会消除。曾明觉得主持人这话说得颇有道理，他确实还很想和人说说这件事情，但是他的生活圈子里，在他周围的人中，已经没有人能够耐心地听他说。正当曾明犹豫的时候，节目主持人向曾明提供了一个线索，他告诉曾明，在离曾明住处不远的另一条街上，有一位街道办事处的调解主任，主持人建议曾明找那位刘主任说说，刘主任是调解战线的先进，主持人认为，曾明会得到些东西的。

就这样曾明在某一天果真找到那地方去，人们把他引到调解主任的办公室时，曾明听到刘主任正在调解民事纠纷，他听刘主任说得在情在理，很快就把当事双方说通了，高兴而去。曾明听到喝水的声音，接着刘主任问他："你不是我们这个街道的？"

曾明说："是，我特意过来找找你，是电台的主持人叫我来的。"

刘主任一笑，说："是小丁吧？我和他很熟，他常常介绍人来我这里。"

曾明听到刘主任给他泡茶，紧接着手就触到了茶杯，热乎乎的。曾明喝了一口水，就把事情说了，说罢却有好一阵没有听到刘主任的声音，只是觉得周围有一种沉静压抑的气氛，曾明还以为刘主任走出去了呢，忍不住问道："你在吗？"

刘主任说："我在……"停顿一下，问道，"你是盲人？"

曾明心下有些奇怪，但并没有往深里想，只是点头道："是的，得了一种奇怪的眼病，医不好。"仍然感觉到那种气氛的存在。

刘主任又不说话。曾明听到屋子外走廊里人声嘈杂，便愈发感觉到这屋里的寂静，曾明几乎能够听到自己的心跳，也能感觉到刘主任的心跳，终于，刘主任开口了，在曾明的感觉中，刘主任的声音好像离得很远，和刚才说话的那个地方完全不是一回事了，曾明仔细听着刘主任的声音，像是来自另一个世界。刘主任说："这么说来，你失明的时间不很长？"

曾明道："半年吧。"

"你……"刘主任又停顿了一下，问道，"你失明以后，做梦吗？"

曾明想不到刘主任会提这样的问题，愣了一下，摇了摇头。

刘主任又问一遍："你失明以后，做梦吗？"

曾明努力地回想每天夜间的情形，但是那些情形总是模糊不清，曾明说："没有，好像没有梦见过什么。"曾明说话的时候，心里又掠过一丝疑虑，他不明白刘主任问他这个做什么，或许是一种心理治疗吧。

刘主任给曾明的杯子里加了开水，回到自己座位上，说："盲人做梦，若能看见东西，古时候称作天眼开。"

曾明想了想，说："那恐怕说的是先天的盲人吧，像我们这样，应该是能做梦的，人若盲了，已经够痛苦，若连梦也做不起来，那就更惨，不能这么不公平吧？"

刘主任说："我想也是，只是盲人不做梦，这是事实呀。"

曾明道："你怎么知道？"

刘主任没有回答曾明的这个问题，却回到了曾明的主题上，说："你心中的这股气，其实不是对着老陶的，你说是不是？从根本上说你对于自己的失明一直郁闷不平，看起来你已经适应了失明以后的生活，其实你并没有适应，你还需要继续适应……"

曾明打断刘主任的话："没有失明的人，怎么能够体验失明人的滋味，就像你，怕是不能体谅我的心情吧？"

刘主任笑了一下，说："也许吧……我问你一个问题，你说，在盲人中，是先天的盲人更痛苦呢，还是后天的失明更痛苦？"

曾明一时回答不出来。

刘主任说："这个问题我总是想不明白，我总是在想……"下面的话被一阵人声打断，有人进来说道："刘主任，又来人了，这是李老太太，和儿媳妇闹矛盾，要死要活的，你劝劝。"

刘主任道："好的，李老太太你请坐。"

曾明知道刘主任有工作了，便站起来，道："刘主任，你先忙，我先走了，过日我再过来就是。"其实他心里，实在对这位刘主任有些不明白，觉得和他已经没有什么话说，也觉得自己那事情，实在也算不上什么事情，他觉得自己已经不想向人说了，他现在的大半的心思，都在想着刘主任的那个问题，是先天的盲人更痛苦还是后天的失明更痛苦……

刘主任说："好，你小心点儿，来，牵着我的手，我领你出去。"

就有一只热乎乎的手伸过来，触到曾明的手，曾明牵住那只手，那只手将他带出屋子，穿过走廊，又走过一段十字路口。一路过来，刘主任没有和曾明说话，曾明再一次感受到在刘主任办公室里感觉到的那种沉静和压抑。最后刘主任停了下来，曾明也立定了，刘主任帮曾明认定了方向，便将自己的手抽出来，曾明谢过刘主任，朝着认定了的方向，慢慢地向前走，走了几步听到背后有人在骂，你瞎了眼。曾一明并没有感觉到自己撞了谁，也不知那人是骂的谁，忍住了没有开口。

曾明继续到福利厂上班，大家和他仍像以前一样亲切，好像谁都不记得曾经有过一丝不愉快的事情。老陶是个爽快人，不计前嫌，再说，那事情实在也算不上什么嫌，就当它根本没有发生过一样。

刘主任的那个问题，曾明是一直记着的，他也问过一些先天失明的盲人，问他们的感觉，但是他仍然不能比较两者之间的差别。曾明在努力寻找答案的过程中，有时候突然觉得自己一下子明白了这个问题的用意，也有的时候，觉得自己很糊涂，心里一片茫然。

过了些时候，一天夜里，曾明做了一个梦，梦见刘主任对他说，你怎么不来了，我很想你。醒来后，曾明努力回忆梦里的情景，却怎么也回忆不起来，他只知道自己确实是见到了刘主任，刘主任也确实对他说了那番话，但是梦里的刘主任到底是个什么样子，曾明记不起来。曾明想，这不奇怪，因为他根本就没有见到过刘主任的样子，他大概是不可能在梦里看清楚他的。

有了这个梦以后，曾明的心有些不宁。过了几天，他又到刘主任那里去，这一回曾明只让人把他引到走廊端头，他自己沿着走廊，很快摸到了刘主任的办公室，进去，刘主任说："我已经听到了你的脚步声。"

曾明说："你的耳朵真好。"

刘主任说："你来得正好，今天是我的休息日，我们一起出去走走好吗？"

曾明说："到哪里？"

刘主任说："你牵着我的手，走到那地方你就知道。"

一只热乎乎的手伸过来，曾明的手被那只手牵着，他们一起往外走，以曾明的感觉，好像到了一个类似公园的地方。

刘主任说："你听到了什么？"

曾明说："鸟叫，很多很多的鸟。"

刘主任笑了，说："是的，他们都在这里遛鸟，今天比赛。"

曾明说："比什么？"

刘主任道："比鸟的叫声。"

在一片叽喳的鸟鸣声中，曾明突然感觉到自己内心一片明亮，刘主任热乎乎的手又伸过来牵住了他的手，说："走，我们上那边看看去。"

他们牵着手走了几步，曾明听到身边有人在说话，他们说，瞧，两个瞎子手牵着手在走路呢。

乌

妹

上午九点钟乌妹开了店门，天气很热，没有生意，乌妹坐在那里看着外面的街，就听到呜呜呜的警车声音过来了，乌妹跟小丽说，又要捉人了，话还没有说完，警车已经停在店门口了，跳下来两个警察和一个女的，女的指着乌妹说，就是她！警察说，你看准了？女的很吃准地说，就是她！警察就上来捉乌妹了，乌妹说，你们干什么？警察说，到派出所再说。警察叫乌妹上警车，乌妹不肯，警察就来拉她，邻居都围过来了，乌妹大声地说，我没有，我没有，警察说，闭嘴！

乌妹被带到派出所，叫她坐在一张长椅上等，乌妹又急又害怕，哭起来了，乌妹边哭边说，你们干什么？你们干什么？警察生气地说，你不要吵啊，看你是女的，要不就给你上手铐啊。乌妹看看警察手里亮铮铮的手铐，大声的哭闹变成低声的抽泣。

警察的背上都汗湿了，他们先喝了喝水，又到电扇前面将背对着电扇吹了吹，后来就过来了，他们坐在乌妹对面，说，你先说还是等我们问？乌妹说，我说什么？警察说，别装，到这里的人，没有挺得过去的。乌妹又要哭了，警察说，别耍滑头，哭哭笑笑，我们见多了，老实一点啊，不老实先关你三天再来问你。乌妹吓坏了，脸都变了色，却不敢再哭了。警察问道，昨天下午四点你在哪里？乌妹说，我在店里。警察说，谁能证明你在店里？乌妹说，小丽。警察说，小丽是谁？乌妹说，小丽是我店里的洗头妹。警察说，你不要说谎，蒙不过去的,你老实告诉我们,昨天下午,你有没有到博古广场?乌妹说,没有,我没有,我开店做生意的,我怎么走开,我走开了,顾客来了怎么办?小丽只会洗头,不会吹风的。

警察记了一些内容,停卜来,他对另一个警察说,搞什么搞,你去把张娟叫过来。张娟就是那个指认乌妹的女的,她在隔壁的屋子里等着,被叫过来后,警察说,张娟你再仔细看看。张娟看了看乌妹,脸色疑惑起来,咦,咦,她说,咦,不是啊,好像不是她啊。警察眉头一皱,厉声说,你搞什么搞?张娟也慌了,又说,咦咦,刚才我看她时,就是她,现在怎么看着不像了?

事情就是这样被搞错了,又纠正过来,张娟认错人了。不过并没有立刻就放乌妹走,为慎重起见,为了不随便冤枉一个好人,也不轻易放走一个坏人,警察让张娟再去找个当事人来,张娟去找来了,那个人一看乌妹,就笑起来,哪里跟哪里呀,他说,张娟你那眼睛是眼睛吗?这样才决定当场放走乌妹,警察说,对不起啊,搞错了。

乌妹被这突来其来的惊吓和波澜起伏弄得有点傻了,警察叫她走,她还呆呆地坐在那里,警察说,走吧走吧,没你的事了。乌妹站起来,心里有点茫然,慢慢走出去,走到外面,被大太阳一照,睁不开眼睛。

乌妹的爸爸妈妈正好赶来了,他们看到乌妹脸色白白地站在派出所门口,乌妹的妈妈先哭起来,乌妹啊,你怎么啦?乌妹啊,你怎么啦?乌妹清醒了一些,说,他们搞错了。乌妹的爸爸说,搞错了?什么搞错了?乌妹说,他们要捉的人不是我,他们捉错了。乌妹的妈妈拉着乌妹左看右看,乌妹啊,你的脸色这么难看,他们打你了?乌妹说,没有。乌妹的爸爸说,那他们别的没有说什么?乌妹说,没有,就说搞错了,就叫我走了。乌妹的爸爸又说,他们什么事啊?乌妹说,我也不知道什么事,就问我昨天下午四点钟有没有到博古广场去。乌妹的爸爸说,你到博古广场去干什么?乌妹说,我没有去,他们以为是我去的,后来知道不是我。

他们打了的,先送乌妹回到店里,邻居看到乌妹回来,都过来了,他们说,乌妹啊,放出来了?乌妹将事情经过说了,大家说,噢哟,原来是搞错了,把我们吓得。一个胖胖的妇女说,我最怕听见呜呜的警车声,我会发心脏病的。大家笑起来,说,你做贼心虚啊。

也有一个人很生气，他是对派出所的做法生气，他说，他们怎么可以乱抓人，不问青红皂白，派出所弄得像地痞流氓了。群众被他一提醒，也都对派出所有意见，说，现在的警察，是蛮强横的，乌妹啊，他们有没有对你凶？乌妹说，凶是凶的，还说要铐我手铐，还说要关我三天再问，我吓得来。群众更加生气了，说，他们搞什么搞，抓错了人，有没有向你道歉？乌妹说，他们说，对不起，搞错了，你走吧。群众七嘴八舌地说，这算什么，这算什么道歉？乌妹，你要叫他们正式道歉的，不然这口气咽不下的。乌妹想起警察的态度和派出所的气氛，她还是心有余悸，她说，我不敢的，再说了，他们知道搞错了，就没有再对我凶。

事情过去就过去了，知道的人知道是虚惊一场，但也有人并不知道事情的来龙去脉，只是听说乌妹被派出所捉了，并没有亲眼看见，更没有知道乌妹是被搞错了的，很快就放回来了。他们关心乌妹的，在下班以后，买菜经过，或者吃过晚饭的时候，他们过来看看，看到乌妹在店里，很奇怪，说，咦，乌妹，放出来了？乌妹说，他们搞错了。他们说，什么事呢？乌妹说，跟你说搞错了呀。他们又说，搞错了？搞错了他们说什么事呢？乌妹说，他们说我昨天下午到博古广场去的。他们说，到博古广场去干什么呢？乌妹说，跟你说我没有去，是他们搞错了。老是这么问、答，问、答，去了张三，又来了李四，乌妹烦不胜烦，她对小丽说，关门吧，今天早点关门。小丽说，晚上的生意不做了？小丽又说，白天热，晚上会有生意的。乌妹说，不做了。她们就关了门，睡觉了。

可是第二天仍然有人来问乌妹，乌妹啊，昨天怎么老早就关门了，听说捉进去了，吓煞了吧。乌妹说，还好。到底什么事啊，他们把你怎么了？乌妹说，也没有怎么，问了几句就知道搞错了，就放我走了。说了说，乌妹就给顾客洗头，本来洗头是小丽的活，但是乌妹要自己洗，她专心地给人洗头，按摩，就不说话。看得出乌妹情绪低落，不肯多说什么，别人也是体谅她的，毕竟经过一场惊吓的，不愿意提起，也不应该勉强她，去戳她的心境。

又过了一两天，乌妹的姐姐来了，她一脸焦虑，进来就抓住乌妹的手臂翻来翻去地看，没有看出什么，说，你不是打针的？你是吸的？乌妹说，吸什么？姐姐很生气地说，吸什么？现在这世界上还有什么可吸的？！乌妹，我们可是正经人家啊！乌妹说，什么呀？姐姐说，人家外面都在说，乌妹怎么怎么了，乌妹被捉进去了。乌妹说，什么呀，你乱说什么呀？姐姐说，怎么我乱说，人家都在说，传到我这里，恐怕半世界的人都知道了，爸爸妈妈急坏了，叫我先来，他们马上过来。乌妹说，你们发神经，没有的事。姐姐说，没有的事？那你到博古广场干什么去，你不知道博古广场是什么地方？乌妹说，我没有到博古广场去。姐姐说，你没有到博古广场去，警察怎么叫你去问？乌妹说，警察搞错了，他们认错人了，不是我。姐姐说，认错人？他们怎么不认错我，偏偏认错你？乌妹一赌气，说，我不跟你说了。

那个洗头的顾客头上还沾着洗发液，站起来就要走了，我来不及了，我要去赶车，他说，他的眼睛下意识地瞄了瞄乌妹的指甲，小丽拿了块干毛巾，递给他，你擦擦。顾客往后一退，不用了，不用了，他说着，扔下五块钱，逃一样地走了。

姐姐这才坐下来，长长地叹了一口气，乌妹啊乌妹，怎么会这样啊？乌妹说，爸爸妈妈也怀疑我？姐姐说，你小时候，可是最乖的小孩，成绩也好，从来也不闯祸，爸爸一直拿你来比我的。对了，一会儿爸爸妈妈来，你可千万不要承认什么啊，妈妈心脏不好，爸爸血压高，你不是不知道。乌妹说，你要我承认什么？姐姐说，你挡得住我的嘴，你挡不住那么多人的嘴啊，你知道现在他们都在乱说啊，说得难听啊，他们的那些话，我都学不出口。

乌妹气得说不出话来，脱口骂了一句。姐姐吓了一跳，说，你骂人？小丽在一边也气不过了，虽然她只是打工妹，按说没有她说话的份，但她看不过去，气愤地说，都怪警察，他们乱捉人。乌妹和姐姐都看着小丽，小丽被她们看得有点不知所措，愣了愣才说，不是他们乱捉人，哪有这样的事情？

乌妹被小丽的话一提醒，霍地站了起来就往外跑，姐姐说，乌妹你到哪里去？乌妹你到哪里去？乌妹头也不回。

乌妹一口气跑到派出所，看到一个警察坐在那里，乌妹就说，你们要道歉的，你们要道歉的。警察朝抬头朝她看看，没有理她，又低头继续做自己的工作。乌妹说，你们要赔偿我的名誉，你们要赔偿我的名誉。警察又抬头看她，他不认得她，但想了想还是问了一句，道歉什么？乌妹说，昨天你们把我捉进来，后来又说搞错了，叫我走。警察说，怎么了呢，搞错了，叫你走不对吗？难道搞错了还留下你才是对的？乌妹噎住了，过了好一会儿，才回过神来，说，但是你们不可以随便捉人的。警察说，不是跟你说搞错了吗，不是已经放了吗，放了你不就是纠正错误了吗，你难道从来不做错事情吗？乌妹说，我做错事情没有这么严重的后果。警察说，有什么严重的后果呢？乌妹说，现在大家都传说我吸白粉。警察说，那你吸了没有呢？乌妹说，我没有。警察说，没有不就得了。乌妹说，人家说得太难听了。警察说，谁说你找谁去啊，怎么找到我们警察，警察又没有说你吸什么。乌妹又愣住了，她心里特别委屈，觉得无理可说，无处申诉，不由得眼泪又淌下来了，警察说，哭什么哭什么。他觉得让一个女孩子在面前淌眼泪心里有点过不去，拿个手纸盒递给她，等她擦了擦，警察说，是昨天的事情？是谁处理你的事情的？乌妹说，我不知道，一个高高的，一个胖胖的，很凶的。警察想了想，起身到另外一间去，过了一会儿，出来了，另外还跟着一个，也不是昨天捉乌妹的，这个警察说，笔录上有，是搞错了，是许强和王非的案子。他又看看乌妹，你怎么说呢？前一个警察代乌妹回答，现在人家都说她犯了事，传得很难听，还影响了她的生意，后一个警察说，干什么的？前一个警察说，理发店的。后一个警察又问乌妹，你怎么个意思呢？乌妹反倒说不出。前一个警察说，她要我们赔礼道歉，他回头问乌妹，是不是这样，你觉得只要我们出面说一说，别人就不好再乱说什么了，是不是？乌妹点点头。

后一个警察想了想，说，那好吧，既然是我们搞错了，影响了你，我们会抽个空，到你店里去一下，当着大家的面，把事情说一说，算是向你道个歉，你觉得怎么样？乌妹说，你们什么时候来，警察又想了想，说，明天吧，明天下午。

乌妹回去以后，说了，警察要来道歉，群众听了，觉得警察蛮够意思的，警察这么忙，还要专门上门道歉，确实是为老百姓考虑的，有一个群众还说，那是嘛，人民警察为人民。

第二天下午警察来了，仍然是开着警车，呜呜呜地来，到了店里，警察对乌妹说，对不起啊，那天的事情是我们搞错了，给你添麻烦了，我们是专程来向你道歉的，对不起。另一个警察说，你对我们有什么意见，你尽管提好了。乌妹说，没有意见。她还叫小丽倒了两杯水给警察喝，警察喝了，说，谢谢，我们走了。警察上了车，警车又呜呜地开走了。店里有一个顾客，看到这样的情形，他很感叹的，说，现在的警察跟从前的警察真的不一样了。

因为是上班时间，当时在场的群众不多，隔壁扩冲照片的阿平和在隔壁纯净水站的小伍，他们事先知道警察要来道歉的，听到警车的声音，看到警察跳下来，走进去，知道是来了，但他们正在忙手里的事情，等他们忙完了过来，警察却已经走了，好在乌妹会告诉他们的，小丽也会说的，还有那个顾客，他亲眼看见警察真心诚意向乌妹道歉，群众听了，也觉得事情就平息了，既然警察都上门来道歉了，别的还有什么好说的，更何况，警察本身又没有做什么不好的事情，又没有拿乌妹怎么样，虽然使她受了一点惊吓，但人家也不是有意。

乌妹给爸爸打个电话，说，爸，他们来过了。乌妹的爸爸一时没有想过来，一紧张，问道，谁？谁来过了？乌妹说，警察呀，警察来过了。乌妹爸爸更紧张，啊？警察又来了？警察又来干什么？乌妹听到旁边妈妈又急又慌的声音，怎么了呀，怎么了呀，你把电话给我，你把电话给我，妈妈说。但是爸爸没有把电话给妈妈，乌妹觉得好笑，她笑了笑，说，他们说要来道歉的，就来了，道过歉了。那边爸爸愣了一下，才说，啊？来道歉了？电话后来还是到了妈妈手里，妈妈说，乌妹，乌妹，告诉妈妈，他们说什么了？乌妹说，他们说，对不起，我们搞错了，给你添麻烦了。这时候有个顾客进来要剪头，乌妹说，就这样啊，妈，我就挂了，对了，你跟姐姐说一声，免得她不放心，挂了啊。乌妹挂电话的时候，听见妈妈还在那头不放心地"喂喂"。

乌妹正在给顾客剪头，姐姐的电话来了，问怎么回事，乌妹又一一地说了，小丽听着，也在一边点头，最后姐姐说，这样姐也放心了。这话一说，是要挂电话的口气了，但却没有挂，又说，乌妹，我是你姐，你有什么事情，尽管跟我说啊。听乌妹应了，这才挂了电话。乌妹继续给顾客剪头，才剪一两剪刀，姐姐的电话又来了，姐姐说，乌妹，听姐一句话，姐有经验的。乌妹说，什么？姐姐说，什么事情都不要一个人扛着啊。乌妹说，知道了。挂了电话重新再去剪头，顾客有点意见，皱着眉，但是他没有说出来。

群众都有正义感和善良的心肠，如果你是坏人，他们会去告诉别人，你怎么怎么地坏，干了什么样什么样的坏事，他们的嘴是封不住的，如果你不是坏人，像乌妹这样，是被搞错的，被冤枉的，他们就会替你澄清，他们听到别人瞎议论，就会指责人家，说，你们无中生有，乌妹不是那样的人，人家警察都来道歉了，你们再瞎说就是诬陷，等等，等于是替乌妹做了免费的宣传。所以，开始几天，有人经过这里，还会往店里探探，有些不懂道理不懂礼貌的人，甚至还指指点点，看到乌妹或小丽看见了，他们就走开了，到背后去交流。但这样的谣言不攻自破，很快就偃旗息鼓了。

后来一个中年妇女来烫头发，她问了价格，觉得是适中的，她说，那边店里也是这样的价钱，就在你这里烫吧，你这里看起来清爽。就坐下来，又问，你的药水好不好？乌妹说，好的，进口药水。湿了头发，就卷起来。卷头发是小丽卷的，但是乌妹反正也空着，就和小丽一起卷，一个卷左边，一个卷右边，卷着的时候，妇女从镜子里看着小丽和乌妹，看了看，她的眼睛就盯着乌妹，说，你是乌妹吧？乌妹说，我是乌妹，你怎么知道我的名字？妇女笑了笑，也没有说怎么知道的。乌妹说，你不是住在附近的？我没有见过你。妇女又笑了笑，还是没有多说。卷好头发以后，小丽用几块热毛巾一层一层地包住她的头，又用浴帽给她套上，高高地耸起来，像个少数民族的妇女了，妇女对着镜子笑了笑，说，嘿，这样倒也蛮好看的。乌妹将电子钟摁了时间，妇女说，要烫多长时间？乌妹说，你要嫩一点还是老一点？妇女说，嫩一点么，显得自然一点，老一点么，经得起时间。乌妹说，那就取个中间，十分钟。小丽忙完自己的事情，就站在一边等待，按规定，学生意的学徒是不可以坐的，虽然乌妹不是很严厉的师傅，但是小丽还是自觉的，这么站着，一时没有话说，妇女就说了，唉，我没有吃早饭，肚子饿得来。乌妹说，啊？妇女摸出点钱来，伸给小丽，说，小丫头，麻烦你到对面帮我买个面包，咸的，我不要吃甜的。小丽看了看乌妹，乌妹说，你去买吧。小丽就去了。

小丽一走出去，妇女就笑了，说，小丫头老实的，其实我肚子不饿。乌妹说，那你？妇女说，我把她支走呀，不支走怎么跟你说话。乌妹说，你要跟我说什么？妇女显得神秘起来，声音也压低了，说，烂菜叫我来的。乌妹一愣，烂菜？烂菜谁？妇女听乌妹这么问，吓了一跳，愣了一会，站起来跑到店外，退到人行道上，抬头看看店招，念道，乌妹美容美发，对的呀，是乌妹美容美发呀。她又进来，说，你是不是乌妹啦？乌妹说，我是乌妹。妇女说，那你问烂菜谁什么意思？乌妹说，我不知道烂菜是谁。妇女想了想，后来想明白了，说，你不相信我？也难怪，你只和烂菜过手，你又没有见过我，你也不知道我是哪路神仙，是不是？定时的电子钟响了起来，时间到了，乌妹摘下妇女头上的帽子，用手试了试她头上的温度，小丽已经买了面包回来了，交给妇女，妇女咬了两口，说，你再帮我买一瓶矿泉水来。小丽说，我们有纯净水。妇女说，我喝不惯纯净水的，我要喝矿泉水，小丽说，纯净水就是矿泉水呀。妇女说，不是的，才不是的呢。乌妹不说话，但小丽还是又去了，妇女抓紧对乌妹说，帮帮忙啦，帮帮忙啦，我也是没有办法才来找你，我也是没有办法才来找你的。

乌妹虽然摸不着头脑，但她知道里边有什么差错了，连忙说，你肯定搞错了，我不知道你说的什么，我真的不认得烂菜。妇女脸色就有点变了，甚至很急了，说，你前几天被派出所弄进去的？是不是你？乌妹不好说是，又不好说不是，只能说，反正我不是你要找的人，你搞错了，你认错人了，我跟你没关系的。妇女说，那你到博古广场去干什么？乌妹说，搞错了，我没有去过博古广场。妇女瞪着眼睛看着乌妹，看着看着，惊慌失措起来，转着头四处张望，却也没有什么可望，店又不大，除了理发需要的东西，其他也没有什么，妇女又往店外街上看，也不知看到什么还是没看到什么，突然就"啊呀"了一声，站起来就跑，乌妹说，你的头，你的头。妇女的头上扎着许多小卷，奔到外面，迎面小丽已买了矿泉水回来了，对她扬着，哎，你的矿泉水，你的矿泉水！妇女还是头也不回地奔走了。

小丽举着矿泉水，问乌妹，师傅，她干什么？乌妹说，不晓得，有毛病啦。小丽说，她把我支走跟你说什么呢？乌妹说，你倒人小鬼大，你晓得她是要把你支走？小丽说，那谁还看不出来，什么吃面包，什么矿泉水，骗人也不是这样的骗法。乌妹没有告诉小丽妇女跟她说的什么，但是乌妹自己把事情前后连起来想了想，却想出一身冷汗来，急忙追到门口，再看那妇女，早已经跑得不见了踪影，乌妹心慌慌的，嘴里不由自主地说，什么呢，什么呢。说着的时候无意地一回头，看见了小丽在背后注视着她的眼光，怪怪的，眼睛里好像长出钩子和钻子来了，乌妹有些生气，说，你干什么？小丽说，我没干什么呀。

夜里乌妹做了一个梦，梦见警车又来了，呜呜呜地叫着，群众都来围观，警察上前来，二话没说，就拿手铐铐住了乌妹。乌妹说，你们干什么，你们干什么，你们搞错了。警察说，老实告诉你吧，我们可没有相信你的话，放你走，就是放长线钓大鱼的，我们跟踪了很长时间了，总算钓出了神仙姐姐这条最大的鱼。警察拿出一盒录像带，又搬来一台放像机，从电视里放出来，群众一片惊呼，乌妹，乌妹，是乌妹。那上面确实是乌妹，还有那个烫头发的妇女，她们正在说话。警察说，证据都拿到了，你不要再玩花招，说吧，你们都是单线联系的，她怎么会直接跑来跟你接头了？乌妹说，谁？警察不回答乌妹的问题，只是沿着自己的思路往下说，她是不是发现了我们跟踪她，突然跑了？乌妹说，谁？警察说，你不知道？你还追到门口送她，她头上还卷着卷子，你自己看看，像什么样子？乌妹看画面上的妇女，头上卷着卷子，脸色惶然，像个疯子。警察继续说，如果不是发现了什么，她为什么这么慌张地逃走？另一个警察说，你在这里问也是白问，她怎么肯说，带走。警察拖着手铐，手铐拖着乌妹，乌妹痛得大声叫喊起来，啊唷哇！

早晨起来的时候，小丽说，师傅，昨天晚上你做梦了？乌妹想了想，有些记不清了，说，好像是做了个梦，好像有什么人来了，乱哄哄的，许多人。小丽说，你说梦话了。乌妹说，我说什么梦话？小丽说，你说我要吃虾肉馄饨。乌妹不好意思地"嘻"了一下，想了想，说，这个梦倒记不得了。

　　王淑芬这几年的日子可是过得不太平，先是下岗，拿了168块钱的下岗工资，再到处找活干。她做过写字楼的清洁工，在大商场站过柜台，还做钟点工，帮人家烧饭。后来有一阵，厂里又好一点了，又把他们叫回去上了几天班，但终究好景不长，最后还是不行，好在这时候王淑芬也满了工龄，到了年纪，可以办内退了，她就办了内退，回家了。这时候，两个孩子都已经大学毕业，有了稳定的工作，算是出头了，老公的单位情况尚可，这样王淑芬不必再东奔西走去辛苦了，正要过几天安逸日子，不料又遇上房屋拆迁，拆迁办分配的拆迁房，王淑芬不满意，所以要先住过渡房，然后自己去相满意的房子，买下来，装修好，再搬家。忙完这些事情，王淑芬坐在新家的客厅里，长长地舒出一口气来。老公和孩子都上班去了，王淑芬有的是时间慢慢欣赏她自己的杰作，她用干净的抹布这里抹抹，那里抹抹，心里很满足。

　　就像所有从老房子搬迁到新公寓楼的住户一样，王淑芬遇到的头一件事情，就是没有人说话。有几次她在楼梯上碰到不知是几楼的邻居，她赶紧朝他们笑，想和他们搭话，可是人家脸上虽然是微微地一笑，并不是拒人以千里之外的，但是他们的头又随即微微一低，就与王淑芬擦肩而过了。王淑芬知道他们不想说话，她有些失落，她也曾到附近的居委会看过，但是新区的居委会和老城区的居委会不大一样，老城区的居委会像个杂乱的茶馆店，而这里的居委会呢，就是一本正经的办公室，王淑芬走进去，有一个人问她，你找谁？你有什么事情？她回答不出来，就退出来了。

王淑芬去菜场买菜，她在菜场慢慢地兜来兜去，问价，讨价还价，她买了萝卜、菠菜、百叶，买了一点猪肉。回去包百叶结吃，她对卖猪肉的人说。卖猪肉的人伸手指了指旁边，那边有公用的免费绞肉机，可以将买来的肉放到那里边绞一绞，省得回去自己斩了，但是王淑芬不用，她要回去自己弄，反正有的是时间。王淑芬已经完成了今天的采购任务，但她不想马上离开菜场，菜场上闹哄哄乌糟糟的气氛，使她觉得亲切，从前在厂里做的时候，嫌机器太吵，耳朵里老是嗡嗡嗡的，那时候工人抱怨地说，哪天让我们耳朵根子清静一点，那真是谢天谢地啦，要去烧高香啦。后来他们下岗了，他们的耳朵根子清静了，但是他们也没有谢天谢地，也没有去烧高香，反倒是有人怨天怨地，怨菩萨不开眼。王淑芬提着菜篮，慢慢地经过一个摊位，又经过一个摊位，有一个摊位的妇女喊住了她问道，阿姨，你的萝卜买多少钱一斤？王淑芬说，一块钱。这个妇女撇了一撇嘴，买贵了，她说，你买贵了，你不会还价啊？王淑芬说，我还的，她要一块三呢，我还到一块，她就不肯再还了，也是像你差不多年纪的一个妇女。妇女说，年纪差不多，良心恐怕差得多，她的萝卜不及我的好，我这么好的萝卜也只卖一块，你下次到我摊上来买。王淑芬看了看妇女的萝卜，说实话她也看不出有多大的差别，但是她不大好意思回绝，她说，好的，下次到你这里来买。在说这些话时，王淑芬一直是看着妇女的萝卜，并没有去注意妇女的模样，后来她的眼光从萝卜上挪开了，和妇女道再见的时候，看了看妇女的脸，没想到这一看使得王淑芬愣了一愣，咦，这个人脸好熟，但是她一时想不起来是怎么熟的，她向妇女堆开笑脸，希望对方认出她来，可是妇女一点也不认识她，她的眼睛空空洞洞的，里边没有一点点内容。王淑芬想，可能我认错人了，幸亏没有要紧打招呼，打错了怪难为情的。

这天王淑芬回去后，眼前一直晃动着这个妇女熟悉的面容，这使王淑芬有点心神不定了，脸孔那么熟，我肯定是认得她的，她反复地想，我是在哪里认识她的呢，是原先厂里的同事？不是的。是从前的邻居？不是的。是亲戚朋友的亲戚朋友？不是的。王淑芬将可能的人物一一想过来，仍然没有想出来，老公下班后，王淑芬说，我今天在菜场看到一个人，脸熟得来。老公说，谁啊？王淑芬说，我想不起来了。老公说，我也经常这样，看到一个人，明明是熟的，就是想不起来，老了，老年痴呆。王淑芬说，她在菜场卖菜，摆了一个摊子，卖萝卜，你想想，我们认识的人里，有没有谁的家属卖菜的。老公说，哪里有，没有的。王淑芬说，那就奇怪了，我想来想去也想不出来，弄得心里烦烦的。老公说，这没有事情的事情，你也心里烦，你是更年期了。王淑芬说，反正心里总有个事情搁着，不清爽。老公说，这也不难办，要么你丢开，管她是谁呢，你要是实在丢不开，明天到菜场去问问她自己，不就了事了。王淑芬说，哎，这么简单的事情，我怎么就想不到呢。老公说，你现在很一根筋的，喜欢钻牛角尖。王淑芬说，其实我今天就可以问问她的。

但是事情并不像他们想象得那么简单，第二天王淑芬来到菜场，找到那个妇女的摊位，但等到要开口问了，她又觉得这么直接地问人家有些冒昧，她只好先装作要买萝卜，先是拣了拣妇女的萝卜，妇女说，我的萝卜不用挑拣的，个个都是好的。王淑芬说，昨天我在那边摊位上买的，你说她的不如你的好，今天我就到你这里来买了。妇女说，你们家喜欢吃萝卜？昨天吃了今天又吃？王淑芬说，萝卜清火的，妇女说，这倒是的，现在的人火气大。话题仍然靠不上去。王淑芬磨磨蹭蹭地挑好了萝卜，称好了分量，付过了钱，她仍然没有开口，王淑芬想，不如我先去买其他菜，反正等会儿还走这里经过，等会儿再来问。王淑芬这么想着，准备先走开，正在这时候，一个也是菜贩子模样的男人远远地从其他摊位那边走过来，隔着很远就喊了，张四妹，你还在这里做啊？

张四妹？王淑芬无意中听到了这个妇女的名字，她赶紧又想了想，她认识的人中，肯定没有张四妹。

随着说话声过来，那个男人已经走到张四妹的摊位前了，但是他并没有停下来，他一边说，说你去开公司、做老板了，却还在这里卖萝卜，一边往前走了。张四妹望着他的背影，脸上挤出一点怪模样，说，死样。王淑芬乘机说，你叫张四妹？张四妹说，我叫张四妹。王淑芬又说，你从前是哪里的，你也在厂里做的吧？你们厂是不是在望月桥那边的？

张四妹看了看王淑芬，说，我们厂不在望月桥那边的，你是谁？

王淑芬说，我叫王淑芬。报出自己的名字，王淑芬赶紧拿希望的眼光去看住张四妹，看有没有启发出张四妹的联想。

张四妹没有什么联想，她看到有另外一个阿姨走过来了，就去招呼她，阿姨，买萝卜啊。

王淑芬又站了站，觉得再没有什么站头了，她和张四妹打个招呼，再会啊。张四妹正招呼那个要买萝卜的阿姨，也没有很在意王淑芬的道别。

王淑芬出了菜场，走了走，走到回家的路口上了，往东边一拐，再走不多远，就到家了，王淑芬心里有些发闷，她不想这么早就回家，但是不回家又怎么样呢，到哪里去呢，去干什么呢，她这么想着，有一辆公交车到站了，王淑芬注意到这是一趟新开辟的路线，王淑芬朝站牌上看了看，看到一个熟悉的地名，采莲巷。这个地名使王淑芬心里荡漾起一股恋旧的情感，采莲巷是王淑芬从前的家，王淑芬在那里住了几十年，这个名字早已经深深印入了她的骨髓。因为王淑芬正好是站在站台边上，又朝站牌和公交车看着，使得售票员误以为她要上车，看她犹犹豫豫的样子，售票员说，要上快上啊。王淑芬一抬腿，就上车了。

王淑芬有些身不由己地提着一篮子菜，坐着公交车，到了采莲巷这一站。其实采莲巷是一条已经没有了的巷子，在从前采莲巷的位子上，已经是一个街心公园了。老人和小孩在这里散步游玩，王淑芬很想在这里碰见从前的老邻居，但是她看来看去也没有看到，从前的老邻居，都和她家一样，搬迁到远远的地方去了。王淑芬又想，他们中间会不会有人跟她一样，回到老地方来看看呢，也没有，他们都在忙什么呢，就这样王淑芬胡乱地想了想，她忍不住一一地回忆起老邻居们的样子，有的人，竟然已经有些记不起具体的模样了，虽然是很熟很熟，但是要她立即说出他们的长相，是长脸方脸，大眼睛小眼睛，王淑芬竟有些把握不准了，但是很快有一张非常明确的脸跳进了她的脑海，王淑芬脱口说出了这个人的名字，朱大囡。随即她自己也笑起来，与其说是朱大囡的一张脸，不如说是他们家的好几张脸，朱大囡，朱二囡，朱三囡，朱四囡，朱五囡，朱七囡，甚至连她们的弟弟朱小弟和她们的妈妈朱黄氏，他们的脸都很像，他们都是扁扁的大脸，从前邻居间开玩笑，说他们是一家的"粉拍脸"。现在这些脸像过电影似的在王淑芬眼前过来过去，过着过着，王淑芬模模糊糊的心头突然像黑夜里点亮了一盏灯，她知道张四妹像谁了。

王淑芬急急地回了家，她记得从前曾经和朱家的人合过影，回来翻箱倒柜，最终给她找出了一张照片，是她和朱二囡一起拍的，王淑芬一看，我的妈，张四妹和朱二囡，简直是一个模子里刻出来的。

王淑芬一屁股坐在床上，长长地舒出一口气来，好像是完成了一件重大的事情，正在这时候，她的儿子回来了，儿子是带着女朋友回来的，他们进来的时候，儿子喊了一声，妈，你看谁来了？这时候他们俩同时看到了房间里一片狼藉的样子，儿子皱了皱眉，说，妈你十什么？

王淑芬拿那张照片给儿子看，儿子说，朱二囡啊，干什么？

王淑芬说，昨天我到菜场买菜，看到一个卖菜的妇女，我一看她的脸就觉得很熟，好像在哪里见过的，但是我就是想不起来，我今天又到菜场买菜，又看到那个妇女，我越看越觉得她像谁的，我问她，她……

儿子打断她说，妈，饭烧好了没有，我们吃过饭要去看电影。

王淑芬说，快的快的。她就到厨房里去了。她儿子的女朋友指指房间里乱七八糟的东西，说，你妈什么意思？她要干什么？王淑芬的儿子说，我也不晓得她要干什么，反正老是十三点兮兮的。女朋友说，她可能要更年期了。王淑芬的儿子说，可能的，烦的。女朋友说，也不要紧的，我妈也是这样，我们都不理她的。他们一边说着，一边到了自己的房间，开了电脑，上网和别人聊起天来，他们两个共有一个网名，叫作"瞎胡闹"，他们正在和一个叫"瞎掰"的网友对话，瞎掰说：瞎胡闹，我猜你是个女的。女朋友看着瞎掰的话，嘻嘻嘻地笑个不停，真逗，真逗，她不停地说，又抢过键盘，让我来让我来，她将有趣的话发送过去，一边发，一边念自己的话：瞎掰，我猜你是个男的，念着念着，又嘻嘻嘻地笑。王淑芬的儿子捞不上手，他在一边干着急，说，我来吧，我来吧，但是女朋友不让，他有些无奈，就到厨房看看饭弄好没，王淑芬看儿子过来了，对他说，你说为什么他们家从大囡到七囡，中间独独少一个六囡？儿子"咦"了一声，说，怎么呢？王淑芬说，六囡到哪里去了呢？很可能是从小就送给人家了。儿子说，怎么呢？王淑芬很激动地说，我可能帮他们找到了六囡哎。儿子说，怎么呢？王淑芬说，我要弄清这件事情，说不定就做了件大好事呢。儿子说，怎么呢？这时候女朋友也来了，她高兴地大声嚷嚷，哎哎，瞎掰说他爱我，嘻嘻，他也不知道我是男是女，就说爱我，嘻嘻，真逗。

等儿子和女朋友吃过饭走了，王淑芬开始翻寻老邻居的联系地址，找来找去也没有朱大囡家任何人的线索，老邻居中，只找到一个钱中贵家的地址和电话，这是唯一的线索了。王淑芬赶紧将电话打过去，却没有人接，王淑芬并不气馁，钱家既然有具体的地址，她可以找上门去。

王淑芬觉得自己运气很好，她找到钱中贵家的时候，钱中贵正在家呢，看到老邻居，老钱也特别高兴，说了很多搬家以后的事情，中间也有和王淑芬相同的一些体会，最后王淑芬说，我刚才来之前，给你打电话了，你家没有人接，你是刚回来吧？钱中贵说，没有，我没有出去，今天一直在家，可能刚才上厕所吧。王淑芬说，真好，找到你真好。正说到这儿，老钱家的门打开了，老钱的老婆周金娣进来了，她瞪着王淑芬，好像不认得她似的。王淑芬说，金娣，是我呀。周金娣说，我认得是你。回头对老钱说，我说呢，今天怎么连班也不上了，原来等客人呢。老钱说，今天单位停电，不信你打电话去问。周金娣才不要打电话问什么，她只是按照自己的思路往下说，我说呢，昨天前天就开始兴奋了，原来老邻居要来啊。老钱说，什么原来老邻居要来，我又不晓得她要来。周金娣说，你以为我会相信你们的鬼话？王淑芬听周金娣将她和老钱一起说成"你们"，有点生气，但是周金娣的蛮不讲理，周金娣的吃软不吃硬，她是深深领教的，王淑芬不敢惹她，赶紧解释说，周金娣，你听我说呢。

王淑芬说自己是来寻找朱大囡家的人，周金娣听到朱大囡的名字，倒是来了精神，她兴奋地说，朱大囡啊，拆迁的时候打到派出所去了。王淑芬没有听到过这样的消息，问道，怎么啦？周金娣说，他们家人多，分到几个套型，分不均匀了，打起来，派出所去解决的。王淑芬刚想表示出一点同情，周金娣"哼"了一声，说，还拿我家来攀比呢，他们家能和我们家比吗？王淑芬只好收回那一点尚未流露出来的对朱大囡家的同情，跟着周金娣的话点点头，那是不能比的。一时倒把自己要说的话忘记了，还是周金娣催她了，周金娣说，王淑芬，你找朱大囡干什么？

王淑芬向他们说了菜场里的巧遇，最后她说，你们想想，朱家，有朱大囡，朱二囡，朱三囡，朱四囡，朱五囡，朱七囡，为什么偏偏没有朱六囡？周金娣想都没想，说，死掉了。王淑芬说，他们告诉你的吗？周金娣翻了一个白眼，说，他们才不会告诉我呢，告诉我也不要听。王淑芬说，那就是了，也可能不是死了。老钱突然插嘴说，他们家还有个朱小弟。周金娣说，你不懂就不要插嘴，朱小弟又不是朱六囡。王淑芬说，朱六囡肯定是女的。周金娣说，可能从小就送给人家了。王淑芬高兴地说，我也这么想。

他们漫无目的地议了议，后来老钱说，你要是真的想找他们认一下，也不难的，朱三囡就住在我们这个小区里，你找朱三囡问一问好了。老钱话一出口，知道自己又多嘴了，赶紧朝老婆看，果然老婆的眼睛瞪起来，什么什么，好你个钱中贵，朱三囡住在我们这个小区，我怎么不知道，你怎么知道？老钱没有退路了，只好如实说，我在小区碰见过她的。周金娣说，你碰见她，你为什么不告诉我？老钱说，不是怕你不高兴见到他们家的人吗？不是怕你生他们的气吗？不是怕又吵起来吗？从前做老邻居的时候吵，现在做新邻居了，再吵，影响不大好的。周金娣脸上红一阵白一阵，好啊好啊，在你钱中贵眼里，我就是一只雌老虎啊？我一天到晚跟人家吵架？从老屋吵到新家？老钱慌了，我没有这么说，我没有这么说。周金娣说，你没有这么说，你心里就是这么想的。眼看周金娣真的动肝火了，王淑芬赶紧去劝，好了好了，周金娣你别往心上去了，你们家老钱也是一片好心，再说了，朱三囡那个人，脾气是蛮坏的。周金娣说，你这叫什么话，她脾气坏不坏，我们毕竟是多年的邻居呀，搬到这么远的小区，还能做邻居，也是一种缘分啊。王淑芬听周金娣这么说，心里很高兴，赶紧说，那我们一起去找朱三囡吧。

周金娣朝她看看，说，嗯？我去找朱三囡？我才不去找她呢，她为什么不来找我？王淑芬有点尴尬，幸亏老钱说，你可以到物业上去打听，肯定能打听到的。听老钱这么说，周金娣又翻了几个白眼，想说什么，但毕竟没有说出来。

王淑芬来到物业上，意想不到地碰见两个老邻居，一个是向阿姨，一个是李阿姨，她们从前就是老街上居委会的，现在到了新区，仍然做居委会，不过现在不叫居委会，叫物业，其实是差不多的。向阿姨和李阿姨看到王淑芬，也是意外地高兴，她们寒暄过，就问王淑芬来干什么，王淑芬说了菜场里的事，又说了找到老钱家，又找到物业上等等。看到王淑芬这么肯定的口气，又听了她的分析，向阿姨和李阿姨心里也早已经倾向于王淑芬的猜测和判断了。她们拿出登记表格，很快就找到了朱三囡的名字。

向阿姨和李阿姨陪着王淑芬来到朱三囡家，家里只有一位耳朵和眼睛都不太好的老婆婆，她是朱三囡的婆婆。向阿姨凑她的耳朵边上，大声地说，好婆啊，我是向阿姨。婆婆笑了笑，向阿姨又问，好婆，三囡呢？朱三囡的婆婆听清楚了，她虽然耳眼不好，脑子还管用，回答道，三囡在马桶上。她们听了，都笑起来，大家朝卫生间看看，果然门关着。婆婆又说，她有痔疮，要坐好半天，我小便急了，她也不出来。大家又笑笑，卫生间的门开了，朱三囡出来的时候，脸上不好看，说，你才有痔疮呢。王淑芬一看，这哪里是朱三囡，明明是朱四囡，王淑芬说，咦，你是四囡呀。朱四囡说，我是四囡呀。王淑芬说，那他们怎么都叫你三囡呢。向阿姨和李阿姨朝互相看看，也有点搞不清楚，向阿姨说，明明是朱三囡嘛，居民登记表上也是朱三囡嘛。朱四囡说，登记的时候就搞错了。向阿姨和李阿姨都摇了摇头，搞错了你怎么也不纠正一下呢，她们说。朱四囡无所谓地笑了笑，有什么好纠正的，反正又不在你们物业上领工资拿奖金，三囡四囡无所谓，七囡八囡也不要紧，是不是？向阿姨和李阿姨仍然觉得想不通，去问老婆婆，你怎么也叫她三囡呢？她们的言外之意，你难道连自己的媳妇叫什么都不知道啊？婆婆说，他们都叫她三囡，我也叫她三囡。她们听了，都一起笑起来。一样的一样的，她们说，三囡四囡，反正都是囡，反正都是朱家的囡。王淑芬也说，是呀是呀，不管你是几囡，我总算找到你们了。

接下来就是大家听王淑芬讲述事情经过，虽然王淑芬已经讲了好多遍，但是再次讲起来的时候，她仍然是激动的，最后她说，四囡，你们家从大囡到七囡，偏偏少了一个六囡，你们的六囡呢，她在哪里？四囡说，我也不晓得的。王淑芬觉得奇怪，怎么自己家的姐妹少了一个都不知道呢，王淑芬这样的心思，朱四囡是明白的，所以没等王淑芬发问，朱四囡又说，我们从前问过我娘，我娘要哭的，她不肯说的，我们一问，她就哭，所以后来我们也不敢再问了。

王淑芬说，会不会小时候就送给人家了？四囡说，也可能的，不过我娘不肯告诉我们。王淑芬沉浸在激动中，她站起来就去拉四囡，四囡啊，找到你，我就有办法了，你跟我去看一看，你去一看，你就知道我不是瞎说了。四囡有些犹豫，她支支吾吾说，现在？现在就去？要不另外找个时间吧，我还有事情呢。四囡的婆婆说，她要去打麻将。四囡说，嘻嘻，是的，那边三缺一，在等我呢，我溜回来上个厕所，正好撞上你们。四囡说着，就再也等不住了，一边往门口去，一边对王淑芬笑笑，王阿姨，再会啊。向阿姨向四囡指指，四囡，小来来啊，不要来大啊。四囡说，小来来，小来来，就出去了。

王淑芬的手还是拉四囡的那个姿势，但是被拉的人走了，她的姿势就有点尴尬，有点僵了，王淑芬咳嗽了一声，说，你们没有看见，你们不知道，真的太像了，太像了。老婆婆半天没有说话，这时候开了口，她说，是老太婆送人的，从小就送给人家了，她不敢说出来的，说出来人家不要骂她？我是不会做这种事情的，再穷，再苦，我也不会把自己的小孩送人的。王淑芬觉得又有点新的希望冒出来了，赶紧问婆婆，婆婆，是四囡的妈妈跟你说的？婆婆说，她怎么会跟我说，我也不稀罕她跟我说，我一猜就猜出来了，她还老是说，从前怎么苦，怎么一把屎一把尿把这么多孩子拉扯大，把自己的小孩都送人了，还摆什么功劳呢。

婆婆自言自语说着自己想象出来的一些事情，向阿姨和李阿姨都要走了，王淑芬说，我也要走了。她们走出来的时候，王淑芬听到向阿姨对李阿姨说，那我们要把她的名字改一改，他们家的人怎么搞的，四囡变成三囡，糊里糊涂的。李阿姨说，改名字很麻烦的，要跑派出所。她们和王淑芬在小区的路口分手了。

王淑芬回到家，老公已经到家了，正等着她，看到她进来，说，你到哪里去了，晚饭也没有弄？王淑芬今天觉得有点累了，说，你先回来，你也可先弄起来的。老公说，你又不上班，我上了一天班呢。王淑芬说，我从前上班的时候，晚饭也是我弄的。老公见她有脾气上来了，就不吭声了，反正做饭做菜他是最怕的，嘴上吃点亏算不了什么，他就拿起报纸看起来。

王淑芬做好了晚饭，儿子也回来了，他们一起吃晚饭时，王淑芬忍不住说，我今天找到朱四囡了，她说着忍不住觉得这事情好笑，又说，他们都叫她三囡，其实她是四囡，还是我看出来的，这些人，一个个都是糊里糊涂，关键最好玩的是四囡自己，人家叫她三囡，她也不说自己是四囡，哪有这样的人。老公和儿子听了，发出一点嘿嘿的笑声，继续吃饭。王淑芬说，我还是要去问问张四妹。儿子说，你怎么问她？你说，喂，张四妹，你是不是朱六囡？王淑芬说，我肯定她是朱六囡。儿子说，就算是，怎么样呢？王淑芬的音调高了起来，说，怎么怎么样，我帮他们找到了失散多年的姐妹呀。儿子说，人家三囡四囡搞错了也无所谓的，有没有六囡又有什么了不起。老公也终于凑上一句，说，就是。王淑芬说，我知道你们想打击我的积极性，但是我不怕打击的。老公和儿子对视一眼，意味深长，不再说话。

下一天王淑芬再去买萝卜，她对张四妹说，你怎么叫张四妹呢，你家姐妹多吗？张四妹听她这么问，警惕地看看她，咦，你怎么知道我叫张四妹？王淑芬说，上次我听到有个男人喊你的，他喊你张四妹。张四妹脸色突然变了，声音也尖利起来，什么男人，你说说清楚啊，什么男人？王淑芬说，一个长得蛮神气的男人，从这里走过，他一边走一边喊你的。张四妹听了，脸上露出一些羞涩，嘴里说，什么蛮神气，死样。王淑芬见张四妹高兴起来，想赶紧抓住机会问下去，但是，没有等她抓得住机会，张四妹身边突然地冒出一个男人来，他二话不说，揪住张四妹的头发就拉来拉去的，嘴里骂道，你个骚货，又偷我的钱，你个骚货，把我的钱还给我！张四妹拼命护住自己的头发，唉唷哇，唉唷哇，她尖声叫着，你把我的头发拉下来了，你把我的头发拉下来了。男人说，拉光你的头发，叫你骚！王淑芬看不过去，上前拨拉男人的手，你干什么，你干什么，她激动地说，你敢在光天化日之下欺负妇女？男人被她这么一指责，倒是一愣，手松开了，张四妹乘机逃开一点，站得远远的。男人向王淑芬看了看，你是谁？王淑芬说，你管我是谁，不许你欺负女同志！男人已经冷静下来，女同志？谁女同志，她是我老婆，她偷了我的钱，去给野男人！张四妹远远地说，我没有，我没有。王淑芬生气地指着张四妹的男人，说，你这个人，动手打人，还乱说，要不要叫派出所来！男人不想理睬她，欲去追张四妹，张四妹就逃，两人绕着菜场的摊子一个追一个逃，其他的贩子都哈哈笑着。张四妹逃得快，男人追不上，追了一会，喘气了，停下来骂了几句就走了。张四妹还不敢回过来，等了好一会，见男人没有再进来，才回过来，问王淑芬，有没有人来买萝卜？王淑芬说，你男人这么凶，当着大家的面都欺负你啊？张四妹"嘘"了一声，说，小声点，是我偷了他的钱。王淑芬说，不过我没有去给什么野男人，我是炒股炒输掉了，唉，话说回来，炒股老是输，等于就是送钱给别人呀，我老公的话也没有错。王淑芬说，你喜欢炒股啊？这一问，勾起了张四妹的股瘾，她一边说，我哪里是喜欢炒股啊，不是想多挣点钱吗，一边眉飞色舞地告诉王淑芬，哎，我昨天又吃进一只新股。从她样子看起来，她不仅喜欢炒股，而且已经很入痴入迷了。王淑芬不懂股票的事情，也没有多大的兴趣，但是她为了和张四妹更多地接触，更多地了解张四妹，只得耐心地听她讲，在听的过程中，王淑芬不失时机地会问一句，你家里人多吗？张四妹说，人不多，就夫妻俩加一个小孩，王淑芬又问，你公公婆婆呢？张四妹一谈到股票，神魂就有点不清，听王淑芬问，愣一愣才说，死了。哎，我跟你说，做股票吧，就是要有耐心，你不要看我脾气急，我是喜欢放长线的。王淑芬说，你自己的爸爸妈妈呢？张四妹又是一愣，说，在乡下。停一停觉得不太准确，又说，是在郊区，我们家是在郊区的。王淑芬说，他们是你的亲爹亲妈吗？张四妹的股票经已经被王淑芬彻底打断了，她离开了股票，神志就清醒了，听王淑芬问出这样莫名其妙的话来，张四妹眉头竖起来，说，你什么意思？你什么意思？她生气地翻着白眼，谁不是亲爹亲妈，你家才不是亲爹亲妈呢。王淑芬赶紧解释，我不是这个意思，我不是这个意思。张四妹警惕而怀疑地盯住她看了又看，你是谁，老是绕在我这里不走，想干什么？王淑芬觉得时机已经成熟，便将事情的经过说了出来，张四妹听了，愣了半天没有说话。王淑芬掏出那张她和朱二图的合影，给张四妹看，你看看，你看看，像不像，不要太像噢，不要太像噢。张四妹认真地看了看，摇了摇头，我怎么看不出像，像是稍微有一点像的，但不是非常像，你看看，眼睛也不像，鼻子，也不一样的，嘴巴，更不一样了。王淑芬说，你不要一样一样分开来看，你集中起来一起看，就像了，活像的。

张四妹旁边摊位上的两个菜贩子见她们说话，凑过来看看，另一个买菜的妇女经过，也凑过来看看，他们看过照片以后，一个说，像，真是像，活脱脱地像。另一个说，哪里像？哪里像？一点也不像啊。大家看着第三个人，等她的意见，她犹犹豫豫地说，我也说不出来，我是最不会看人的，看看，又有点像，又有点不像。

王淑芬对张四妹说，张四妹，我去问问你父亲母亲好不好？张四妹说，要问你自己去问，我是不去的，我去了，他们又要问我要钱，他们说我炒股发财了。邻居菜贩说，是你自己吹牛的吧。张四妹说，我吹的牛他们也能相信。他们都笑了笑。

王淑芬是有些犹豫的，这件事情，当事人都不往心上去，她干吗要这么牵肠挂肚呢，找到了找不到，是姐妹不是姐妹，与她又有什么关系呢？真是毫无关系的。这么想着，王淑芬就有些泄气，也不打算再到郊区去找张四妹的父母亲了。但是一旦这么决定了，王淑芬的心里顿时空落落的，好像被挖走了一大块，怎么也填不踏实。于是王淑芬又重新决定。还是去一趟，因为这已经到了最关键的一步了，只要找到张四妹的父母亲，一问，事情就真相大白了，既然已经努力到这一步，还是不要前功尽弃吧。

　　王淑芬又出发了，她在郊区的一片打谷场边，找到了张四妹的家，张四妹的老母亲坐在家门口，看着打谷场上麻雀吃谷子。张四妹的父亲不在家。老母亲告诉王淑芬，现在乡下的日子好过得很，三个月种田，两个月过年，七个月赌钱。王淑芬听了笑起来，她问老母亲，你们家四妹是领来的吧？老母亲说，是呀，那时候她还在蜡烛包里，人家把她放在我们门前的场上，我就把她抱回来了。王淑芬本来是站在老母亲面前的，现在听到这样的答案，她一屁股地坐下来，长长地舒出一口气来，过了半天，她说，四妹她自己不知道吧？老母亲说，谁说不知道，从小就知道了，她还怪我们偏心，不喜欢她，天地良心，我们可是没有把她当成抱来的小孩。

　　失散多年的姐妹终于找到了，这件事情惊动了电视台，他们来拍了片子，拍下张四妹和亲生母亲亲姐妹兄弟团聚的情形，还办了一个专题的谈话节目，大家都赞赏王淑芬的热心肠，如果没有王淑芬，就不会有她们亲人的团聚，那一天八十多岁的朱黄氏老太太哭哭笑笑，十分激动，张四妹的养母也上了电视，她很高兴，说，我到底也没有白养这个丫头，没有她，我这辈子哪里上得了电视啊。

女儿红

　　我坐在家里写作的时候，电话响起来，我接了电话，听到一个妇女的声音，她说，我是候美君。

　　因为这个名字比较好记，我就想起来了，她是妇联的一个干部，好多年前，我们参加妇联活动的时候认得她的，那时候她已经有五十多岁，现在可能已经退休了，她曾经对我说，你是作家，会写书的，几时有空，我给你讲讲我的故事。

　　只是后来一直没有那样的机会。

　　我想讲讲我姐姐的故事，现在她在电话的那一端说。

　　我隐隐约约地听说过候美君的姐姐，她是当年苏州老阊门那里最有名的妓女，后来的事情我不知道。

　　这样我们约好了，在宾馆大厅的咖啡座，大厅里有一点冷清，没有别的客人，候美君来了，她坐在我的对面，你还是老样子，她说，不过更瘦了一点。

　　我就笑了笑。

　　请问二位喝什么？

　　喝茶。

　　喝茶。

　　绿茶。

　　绿茶。

　　龙井。

龙井。

我们笑了一笑，服务员也笑了一笑。

我们喝了茶，我问她抽不抽烟，她说不抽，她又问我抽不抽烟，我说也不抽，她就笑了，说，我姐姐是抽大烟的，她就说到她的姐姐了，就是我们在电影里电视里经常看到的那样，躺在床上抽，烟斗很长的，但是她的牙齿一点也不黄，不像现在的人，抽烟的人牙齿一看就看得出来。

你姐姐叫候美兰，我说。

是候美兰，她说，你知道我姐姐的事情？

我不大知道的，我说，我只是听说过一点点。

噢，候美君说，很多人都知道我姐姐的事情，其实。

候美君说到"其实"两个字就停下来了，我猜想，她是想说，我们大家听到的有关她姐姐的事情可能是不够确切的，可能都是传来传去传出来的与事实不太相符的故事，也可能跟她姐姐真实的故事相差很远了，也可能她的姐姐根本就是另外的一个人，是别样的一个人。

父亲开南酱店，是从他的父亲那里继承过来的，他没有儿子，女儿就等于是儿子了，女儿到了能站柜台的年纪，父亲就让她站柜台了，穿着打扮叫她尽量朴素一点的，但是她的天生丽质，越是朴素反而越是显得出来，人家走过南酱店的时候，都要回头看一看她，也有的人甚至特意绕了路过来看看，有的人家里也不需要南酱店里的货物，但是为了看看她，也会拿几个钱来买一点东西的。

苏州是个热闹的码头，来来往往的人是多的，只是这外地来的人，一般不大会到南酱店来买东西的，这个南酱店也没有什么很有特点的本地土特产，苏州的酱菜是不如扬州的酱菜的，苏州的酒呢也比不过绍兴的酒，火腿又是金华的，醋是镇江的，只有一个虾子鲞鱼是苏州的特产，但是外地人也不一定喜欢的，它虽然蛮够味道，但是细细小小的刺很多，一不小心就会刺在你的舌头上或者卡在喉咙口，很不舒服的。

外乡人来到苏州如果想带点东西回去，是不用到南酱店来买的，但是如果他并不是要带东西回去，他是住附近的旅馆或者是亲戚朋友家里的，到了傍晚的时候，看到小巷里家家炊烟起了，夕阳挂在天边了，他就有点想家，乡愁就起来了，怎么办呢，喝一点酒吧，这是个很好的办法呀，他就拿了一个杯子或是一只碗，出门，沿着小巷往前走，沿着小河往前走，穿一条街，他就看到了南酱店，南酱店的门口有一块小黑板，上面写着零拷酒，有好几种的，什么酒什么价钱都写得清清楚楚，字也是一笔一画笔工笔整的，父亲是个严谨的人，他写的字也和他这个人为人差不多的。

外乡人走到南酱店的柜台前，我要三两女儿红，他说，他是从很远的地方来的，乡音很重，他说普通话的时候，好像每个字都在舌头尖上打滚，许多的字都滚在一起的。

啥个？

父亲不在店里，女儿听不懂普通话，因此她的脸红红的，后来甚至十分地红起来。

我要三两女儿红。

啥个？

外乡人笑了起来，他走到黑板的面前，伸出一个手指了指黑板上的字，再又伸出三个手指头，三两。

女儿现在明白了，塞两，她低低地说了一声，好像是在告诉自己，她接过外乡人的碗，拷了三两酒给他，拷酒是用一种木制的容器，下端是一个圆桶，有一根细细长长的笔直的木柄，圆桶上面都有刻度的，女儿拷的三两，其实是超过一点的，这样碗里的酒就比较的满了，外乡人朝她笑笑，她也笑了一下。这样是几两呢，外乡人伸两个指头。

倪两。

那么这样呢，外乡人又做一个六的意思。

落两。

外乡人又笑了，落两，落两，他说。

现在女儿脸上的红褪了一点，不是满脸的那种红了，只是两颊有两团红晕，外乡人向她看了看，啊呀呀，好漂亮的呀，外乡人想，刚才只顾着买酒，竟然没有注意到的，真是，真是的。

我明天还要来买酒，外乡人说，倪两，塞两，落两。

外乡人走了，在黄昏的街头，他的背影显得有点孤独的。

外地人拷老酒吃了，巷子里坐在路边的邻居说，他们的面前有一张小小的桌子，桌子上放着一点点小菜，也有一点黄酒的，他们喜欢把夜饭拿到外面来吃，这样就一边吃吃，一边看看外面的事情，一边说说话。

他是张家的亲眷？

他要住一个月呢。

他天天早晨出去的。

到哪里去呢？

去兜兜苏州的街。

还有园林。

还有老城墙。

外乡人回到张家的家里，张家没有人在家，他们都出门去了，房子给外乡人住的，所以外乡人就自己出来拷老酒吃，要是张家的人在，他们会帮他去拷酒的。

外乡人在自己的家乡也是要吃吃老酒的，他的小学生会给他拿一碗酒来的，他们把酒端到先生面前，先生，酒，他们就巴巴地看着先生吃酒，但是他吃的是白酒，土烧，都蛮凶的酒，吃得不巧会呛人的，现在他吃这个女儿红，觉得淡淡的，比他在家乡吃的酒要温和得多，他几乎几口把女儿红吃完了，我买的太少了，他想，这等于是水呀，明天我要多拷一点的，倪两，塞两，落两。

外乡人觉得胃里面暖暖的，身上也暖和起来，后来脑门子里也暖了，再后来就有点晕了，呀呀，原来这个酒是蛮厉害的呀，看起来不厉害，其实是厉害的，他笑眯眯地想着，慢慢地就睡着了。

大厅里的人慢慢地多起来，声音也有一些嘈杂了，但是互相的影响不会太大的。

父亲对他说，你是一个穷书生呀。

是的。

我虽然不是读书的人，父亲说，但是我也晓得一点事理的。

是的。

穷书生也有穷书生的长处，富家子弟也有富家子弟的短处。

是的。

穷书生的长处我也不是不识得，父亲说，可是呢，这个不现实的，除非呢，除非……

除非什么呢？

他是生财无道的呀，除非哪里有另外一条道路的呢，他去拷女儿红的时候，父亲说，我来帮你拷，父亲拷的酒也是和女儿拷得一样满满足足的，他们不扣分量的。

那个人后来是不是当兵了呢？

你怎么会这样想的，候美君问过以后，就笑了笑，其实，是应该这么想的，她说。

当兵是不是会有出路呢？

一个连长看上她了，是国民党青年军的连长，候美君说，你是不是听说过的？

是的。

后来一个营长又看上她了。

是这样说的。

连长和营长就打起来。

是不是这样的呢？

连长把营长打死了，用枪打的，候美君说，是这样说的吧。

是的，事实是不是这样的呢？

候美君未置可否。

师长发了很大的脾气，要杀你姐姐来平息这件事情，但是有人把消息透露给你姐姐了，她逃掉了。

是不是这样的呢？

我姐姐到欧洲去了，候美君说，她没有说当年的事情到底是怎么样的，或者就是传说中那样的，或者完全是另外一个样子，也或者候美君她自己也是不清楚的。

我姐姐大十八岁，她说。

比你大十八岁？

是的。

法国人见到你会叫你一声笨猪，那是表示友好，等于是说你好，然后熟悉了，再说你好，就是傻驴，姐姐就是一个笨猪一个傻驴那样在巴黎住下，她的房东是一个钢琴教师，长得不知道算是好看还是难看，也不知道是老的还是年轻的，反正姐姐看不太懂欧洲人的长相，但是他却是看得懂姐姐的，他喜欢姐姐，他说，嫁给我吧。

姐姐是听不懂的。

啥个？

啥个？

笨猪，傻驴。

姐姐拿苏州话当中文教法国人，法国人学了一口流利的中文，他很开心地告诉人家，我会说中国话了。

啥个？（什么）

切飞。（吃饭）

奴乎吸奈。（我喜欢你）

听他说中国话的中国人莫名其妙起来了，你说的是中国话吗？他说，你是不是搞错了哦，会不会是一个越南人哦，或者一个日本人哦。

法国人急了就说起英语来，NO，NO，CHINA，他说，一个中国女孩子呀。

有一个中国人就笑起来，他说，笨猪，傻驴。

法国人很开心，他向他们点头致意，表示友好。

笨猪。

傻驴。

其他的中国人也都笑起来，他们觉得这是占了便宜的。后来候美君就讲了讲姐姐在法国的故事，我看了一个VCD片子《血色恋情》，它和姐姐的故事情节几乎完全一样的，一个法国男人和一个意大利男人，他们为了自己的心爱的异国女人，卖掉了自己心爱的钢琴，这两个女人一个是亚洲中国人，另一个非洲人，哪一个国家的我忘记了。

在《往日时光》这本书里，有许多有关苏州的老照片，其中有一张照片是五十年代的大饼店，有几个妇女在做大饼，她们戴着帽子和口罩，围裙上印着字的，还有号码，有一个人的号码是 138，墙上贴着标语，标语写的是这样两句话：妇女今天称英雄，吓煞英美大总统。有三个顾客的排队等候，一个是年纪大的老太太，一个是年纪轻的妇女，还有一个男同志，穿的中山装，看起来像是机关干部。

照片是老的，现在大家都喜欢忆旧，许多人把老照片拿出来，看图说话，说的话是现在的话，或者是以现在的眼光去看从前发生的事情。

你看过那本书吗？候美君说。

看过的。

你记得那张照片吗？

记得的。

照片里有一个人，一个妇女，就是我的姐姐，候美君说。

是哪一个？

是穿深色衣服的那一个，你有印象吗？

我想了想，好像没有什么印象，穿深色衣服的，我回去会好好地看一看的。

穿着黑背心和黑色短裙的几个年轻的姑娘在我们旁边的位子坐下来，她们喝了可乐，有一个男的走过来向她们说，我买单啊，又走开了，另外几个桌上喝茶和喝咖啡的人，也有的向她们看了看，她们是有一点旁若无人的，用吸管吸可乐，有一个人拿手机打电话了，她说，妈妈哎，你帮我送一双鞋来吧。

妈妈在手机那一端不知说了什么。

我来不及回去拿了。

是那一双软底的。

是白的呀。

拜拜。

候美君说，再过两年，我的孙女也有这么大了。

玻璃窗外，夕阳红红的，熙熙攘攘的人们正在下班回家。

朱
家
园

　　他是一个年轻的人，读了大学，毕业后分配到这里来工作，这个城市不大，但历史悠久，老街老巷很多，他本来是想租一个公寓房住的，后来在街上走了走，这里的老街老巷给他有一种特别的感觉，他想了想，就决定租了这里来住，这个地方的街名叫朱家园。

　　朱家园，这个地方在他心里引起一点温馨的感觉。

　　他在上班的时候，他的同事会和他聊聊天的，小张啊，他说，住定下来了？

　　住定下来了。

　　租的房子啊？

　　租的房子。

　　租在哪里呢？

　　租在朱家园。

　　噢噢，是朱家园。

　　朱家园吗，另一个同事也听到了，他走过来说，朱家园吗？

　　是朱家园。

　　他的第三个同事也来参加谈话了，朱家园吗？

　　是朱家园。

　　那不是胡先生从前住的地方么，他们中的一个说。

　　那么说起来应该是胡先生故居的，他们中的另一个说。

你们说的胡先生，是那个胡先生么？大学生说。

是的。

是的。

什么呀，他的房东后来笑起来，你们说什么呀？他说。

我们说胡先生，他说。

是那个胡先生吗？

就是那个胡先生呀。

那是你们搞错了，什么故居呢，什么从前住的地方呢，人家胡先生从从前到现在，一直是住在这里的，就在街的尽头那里，最里边的一户人家，就是胡先生。

是那个胡先生吗？

就是那个胡先生呀。

咦咦。

胡先生一直没有搬家的吗？

是的。

怎么会这样的呢？

就是这样的。

他的房东是一个医生，楼下的东厢房就是他的诊所，他是做针灸的，他的诊所里常常有病人在那里聊天，他们一边做针疗，还拔火罐，一边谈着其他的事情，在星期天的时候，大学生也会走到诊所的窗口向里边望望，然后他笑笑，就走开了。

是大学生，病人说。

是的，房东说。

喔哟哟，一个病人拔了火罐，肩膀上的肉红团团的，他爬起来的时候，舒服地哼了哼，喔哟哟，喔哟哟。

死腔，另一个病人笑笑。

大家都笑笑。

那个大学生，一个病人说，他有没有女朋友的？

你想帮他做介绍吗？

大家又笑笑，十八只蹄膀，一个人说。

朝南坐，另一个人说。

要么十八记耳光喏，再一个人说。

医生一直是闷头做事情的，他往这个人身上扎几针，又往那个人身上扎几针，每天都是这样的动作，对他来说，是有点机械化的，像机器人，也不用动很多脑筋，也不用研究新的课题，到他这里来的人，一般都不是什么疑难杂症，或者性命交关的大毛病，是慢性病多，像腰酸背痛这样的病比较多，说起来也算不了什么大事情，但是放在身上也难过的，西药又吃不好它，就到这里来扎几针，反正也没有要紧的事情赶着去做，多半是退了休的老人，或者闲在家里的人，医生也没有负担，病人也是悠悠哉哉的。

医生听到他们说大学生了，他会抬起头来看看他们，你们说什么呢？

说大学生呢，不晓得他有没有女朋友了。

医生笑了笑，他想，好像是没有的，至少是没有看见有女的来找他，也可能是有的，但是怕难为情不肯过来。

有人想做媒人伯伯了，一个人说。

现在大学生工资高的，另一个人说。

也不见得，再一个人说。

他们谈论的时候，大学生已经走出院子了，他沿着朱家园往北边走去。朱家园是一条地形简单的街巷，虽然是长长的，但比较直，所以从街头几乎可以看见街尾，胡先生的家，就是在街尾的。

大学生是要去见见胡先生的，自从他搬到朱家园来，他就一直有这样的念头，从前他看过一个人写的回忆录，这个人和另外两个人一起，从外地来，想是要寻访些古意，他们在小街上走着走着，就走到了朱家园，他们就突发奇想了。

我们去拜见胡先生如何？一个人说。

他的想法得到另外两个人的赞同，他们说，就去吧，他们就走到朱家园的巷尾，去敲胡先生的门。

听说胡先生凶的，一个人说。

也许不是凶，是严厉吧，另一个说。

门已经开了，胡先生坐在书房里，等着他们进去，你们几个小混混，是干什么的？他厉声问道，又大声地咳嗽，他是说方言的，外地的人不能全听得懂，但是知道他是在骂人了，后来就有一个佣人端了痰盂进来，放在他的脚边，他咳嗽过，吐过痰，后来稍微和气了些。

有事没事都来胡搅胡缠，胡先生批评他们。

我们不是——

我们是——

什么是不是的，胡先生说，说吧，你们以为自己初生牛犊不畏虎？

嘿嘿。

嘻嘻。

笑什么呢，胡先生说。

胡先生的衣服纽扣扣错了一个，使得衣服斜吊在身上。

嘿嘿。

嘻嘻。

你们无端端来浪费我的时间，胡先生说。

我们是诚心的呀。

我们是远道而来的呀。

我们是特为来瞻仰先生风采颜色。

嗯，胡先生说。

回去也好吹吹牛的。

嗯。

胡先生始终是把他们骂了骂，但是他们很开心的，他们后来回去了，到处去告诉别人，我们见到胡先生了，他们说。

现在大学生也来了，他敲了敲门，门就开了，是老太太来开的门，她的身后有另外一位老太太。

我说我来开的，后面的老太太对他说，她一定要抢在我的前面的，她算是想气气我的，她算是身体比我健。

开门的老太太笑了笑。

我是不气的，后面的老太太说，你想气我我也不气的。

我是想见一见——大学生说，我是想——

每次她都这样的，后面的老太太说，每次她都要抢在我的前面，从前就是这样的，一直都是这样的。

大学生便笑了笑。

咦，咦咦，一个老太太看了看他，眼睛忽然有点亮起来，她把他指给那个老太太看，咦咦，你来看。

她也看了看他。

他年纪轻的时候，也是这样子的，老太太说。

那个老太太又看了看他。

像吗？

是，有点像的。

什么叫有点像的，就是像的，很像的，再配一副眼镜就更像了，老太太说，简直是一模一样的。

大学生有点难为情，他猜测老太太是在说胡先生，拿他和胡先生比，大学生有些不好意思，但是心里还是有点沾沾自喜的。

那个人的回忆录里没有写她们，她们是谁呢，大学生想，那时候可能她们还没有来这个地方，如果她们在的话，会来开门的。

那一扇门，就是现在的这一扇门吗？

噢，对不起，大学生说，我是想……你们是……

噢噢。

你看看我们像不像姐妹两个呢，后面那个老太太说，你看看我们两个谁大呢？

大学生只好看了看，他是看不出来的，他只好笑了笑。

你不好意思说啊，老太太说，她是姐姐，我是妹妹。

噢，噢噢，大学生仍然是笑一笑。

是不是看上去她比我小呢，做妹妹的老太太说，她一直讲究穿着打扮，她用珍珠霜的，她总是要跟我比比，她是要气气我的，她想显得比我年轻，她以为我会气的，其实我不气的。

嘿嘿。

她就是这样的，老太太说，从一开始，从第一天她就要气我的，我铺新床的时候，她说，床单上的花像一滴一滴的眼泪。

嘿嘿。

她说，屋里的摆设这么讲究，以后分手拆屋能卖个好价钱。

嘿嘿。

你的头发这样梳像翘辫子。

嘿嘿。

翘辫子你懂不懂的，你恐怕不懂的。

大学生摇了摇头，他是外地人，北方的人，对南方的方言，就算听得懂，也是不太能理解的。

你是外地人啊，老太太说，你所以听不懂的。

后来大学生在这个地方待的时间长了，他就知道什么叫翘辫子，就是死的意思，当大学生知道了这个方言，重新回想当年的事情，他觉得有点好笑的。那么先生呢，大学生说，先生他在哪里呢？

在上海，做姐姐的老太太说。

不是在上海的，妹妹说，他是在杭州，她偏要说在上海，她想要气气我的，不过我是不会气的，我不气的。

你们是说从前呢还是说现在，大学生说。

从前吗？

现在吗？

先生从前是戴眼镜的吧，大学生说，我从老照片上看到的。

先生在很年轻的时候就那个什么什么了，大学生说。

先生是一代什么什么呀，大学生说。

你那时候还说我颧骨高什么什么的，妹妹说。

嘿嘿。

你那时候还叫阿三不要理我呢，妹妹又说。

嘿嘿。

胡先生他——大学生是想问些什么的，但是又不知道要问什么，所以说说停停。

你那时候——

你那时候——

你要问什么呢？姐姐看看大学生，她看出来大学生是想说点什么的。

大学生想了想，他摇了摇头。

那你坐坐，喝喝茶。

好的，大学生就坐了坐，喝了喝茶，后来他说，那我走了啊。

好的呀，老太太说，你慢走啊。

再见了。

再会了。

大学生就走出去了。

一个病人无聊的时候，他从医生的诊所的窗口往外看，看到大学生走过来了。

大学生来了，他说。

还有一个女的，另一个病人说。

他们都从窗口往外看看，大学生和一个年轻的女孩走过来，他们一边说话一边笑，经过诊所的时候，大学生停了一下，他向房东点了点头，女孩子也跟着他向房东笑了一笑。

这是我的房东，大学生说。

噢。

六福楼

一

　　钱三官头一次踏进老茶坊六福楼的时候，店里新来的伙计不认得他，把他引到靠门的一个位置，这里人进人出，吵吵闹闹的，钱三官说，我是钱三官，伙计愣了一愣，他向钱三官躬一躬腰，说，是钱少爷，请，里边请。

　　钱三官就在里边安静的位子坐下来，这里靠窗，窗下是河，河上有船。

　　那一年钱三官十七岁，他是应邀来劝别人讲和的，这叫作吃讲茶，也就是在吃吃茶的过程中，把大事化小，小事化了，钱三官没有想到这一坐竟是坐下去几十年的时光。

　　那一天钱三官坐在靠窗的位子上，天色阴沉沉的，布着乌云，对岸陆家小姐的身影出现了，她婀娜的身姿倚在窗框一侧，就像一幅忧郁而美丽的风景画一样嵌入了钱三官的心里，河里有一条农船经过，船农在船上叫卖水红菱，陆小姐说，船家，称两斤水红菱，陆小姐的声音差不多像河水那样的柔，她从窗户里放下吊篮，船农看看吊篮里是空的，船农说，钱呢？

　　你先把菱称上来，陆小姐说。

　　你先把钱放下来，船农说。

　　我放了钱你不称菱怎么办？

　　我称了菱你不给钱怎么办？

　　钱三官在这边茶坊里笑起来，这时候吃讲茶的双方都到了，他们向钱三官致意，说，钱少爷，有劳你的大驾了。

　　钱三官说，坐，坐吧。

　　大家坐下来，他们向钱三官说自己的道理，说对方的不是，钱三官摆摆手，吃茶，他说，吃茶。

　　大家听他的话，都吃茶，茶是上好的龙井茶，喝到第二开，已经很有滋味，他们互相仇视地看着，然后又求助地看钱三官，他们憋了一肚子的委屈，快要爆炸了，钱三官却依然摆手，说，吃，吃茶。

　　吃茶。

　　吃茶。

　　终于把茶吃得淡了，钱三官向他们看看，说，怎么样？

　　他们想了想，可以了，他们说，觉得心头轻快，再没有什么委屈，可以了，他们说，钱少爷，可以了。

　　走出茶馆的时候，拨开乌云，太阳出来了，他们向钱三官致意，谢谢钱少爷。

　　钱三官说，不用谢。

　　林老板也在门口躬送，钱少爷，慢走。

　　等到钱三官慢慢地从钱少爷变成钱先生的时候，吃讲茶的仪式越来越少了，但是大家仍然请钱三官替他们调解矛盾，钱三官一直坐在靠窗沿河的老位子上，他总是一如既往请大家吃茶，他摆着手，说，吃，吃茶。

　　于是，大家吃茶。

　　吃茶。

　　吃茶。

　　等到茶吃得淡了，他们站起来，说，谢谢钱先生，然后心平气和地走出去，什么想法也没有。

　　等到钱三官慢慢地从钱先生变成钱老伯，他仍然坐在六福楼的老位子上吃茶，大家说，钱老伯，他们……我们……

　　钱三官说，吃，吃茶。

　　于是，大家吃茶。

　　吃茶。

吃茶。

等到茶吃得淡了，他们站起来，说，谢谢钱老伯，他们走出去，这时候外面的世界阳光灿烂。

钱三官从十七岁坐到七十七岁，始终是这个固定的位子，后来河对岸人家的陆小姐已经不在了，再后来河对岸的房子也没有了，钱三官整整坐了一辈子，终于有一天，钱三官觉得自己要离开这个世界了，他再也不能在六福楼这个靠窗沿河的位子继续坐下去，钱三官写了一份遗嘱，过了不久他就走了。

钱三官的儿子钱继承是在一个偶然的机会发现父亲有遗嘱的，这已经是很多年以后的事情了，钱继承回想小时候奉母亲之命到茶坊叫喊父亲回家，他看到父亲坐在靠窗的位子上吃茶。

二

方志馆在整理从前茶馆史料的过程中，搜集了一些老茶坊六福楼的资料，觉得这是茶馆史上不能遗漏的一笔，他们沿着来路慢慢地往回走，看到了历史过程中发生的一些事情。

方志是这样记载的：六福巷，因六福楼茶坊得名，茶坊于某年（年代不详）大雨中倒塌。

其他的一些资料中还有一些补充，比如：林姓业主于雨中号啕大哭；河水猛涨，漫上街面等等。

方志馆的年轻人小西决定要写一篇老茶坊六福楼的文章登在《方志资料选辑》上，他从资料中认识了钱三官，钱三官在小西心里活起来，小西费了一番周折，找到了钱三官的儿子钱继承。

你父亲十七岁就开始孵茶馆，小西说，我看到史书上有你父亲的名字，钱三官。

是的，钱继承说。

钱三官在六福楼的一个位子上坐了六十年。

是的。

六十年中，他每天孵茶馆。

是的。

一直是一个固定的位子。

是的。

是茶坊里靠窗的位子。

是的。

是茶坊沿河的一角。

是的。

他喜欢吃龙井茶。

是的。

你父亲有一个遗嘱。

是的。

但是你当时并没有发现。

是的。

后来当你知道有这个遗嘱的时候，六福楼已经没有了。

是的。

在钱三官十七岁之前发生过一件事情。

是的。

河对岸的陆小姐死了。

是的。

其实钱三官坐在茶坊的位子从来没有看见过陆小姐。

是的。

因为陆小姐已经死了。

是的。

小西喝了一口茶，继续说，关于你父亲，你没有更多的话可以跟我说了。

没有。

谢谢了，再见。

再见。

晚上小西和朋友在茶酒楼吃饭喝酒聊天，倩倩穿着高跟皮鞋走过街面，小西有一点激动起来，他红着脸向朋友说，赌不赌，我一个星期把她搞到手！

朋友异口同声说，赌，赌什么？

三

钱朝辉和江小桐谈对象，父母亲知道了，他们不大同意，他们对朝辉说，朝辉，你再考虑考虑，这么一个人，合适不合适，我们的想法，他是不合适的，你应该再好好考虑考虑的，如果你要问我们的意见，我们是不能同意的，江小桐问钱朝辉怎么办，钱朝辉说，不管，大不了脱离关系，她不在乎父母亲。

但是江小桐在乎的，他好像觉得自己比钱朝辉成熟一些，他想，女儿不可能真的和父母脱离关系，他是要和钱朝辉结婚的，以后的日子很漫长，因此江小桐决心不惜一切去融化他们的铁石心肠。

其实也谈不上不惜一切，也就是一个年轻人的面子罢了，江小桐觉得与他对钱朝辉的爱和钱朝辉对他的爱比较，面子也是可以不要的，江小桐想通了这一点，觉得一切都是美好的。

江小桐带着礼物去看钱朝辉的父母，他们有些冷淡地接待他，他们的脸上没有什么笑意，他们对江小桐说，你是来找朝辉的吧，她不在家，江小桐说，我知道她不在家，我不是来找她的，我是来看你们的，他恭恭敬敬地坐在他们面前，说，我叫江小桐。

江小桐在冷冷淡淡的气氛中坐了一会，过了几天，他又来了，他仍然带着礼物，不是很贵重的，他说，伯父，听朝辉说你肠胃功能不太好，我替你买了一盒昂立一号，你试着看看。

我从来不用补品，朝辉的父亲说。

昂立一号不是补品，是保健品，像喝饮料一样喝一点就行，江小桐说。

无论碰到什么样的钉子，江小桐不屈不挠，他的精神终于有点感动钱朝辉的父母，他们觉得对这么一个懂事的年轻人摆脸，不像做长辈的，他们反倒有点不好意思了，母亲说，小江，听朝辉说你在吴门小学工作。

江小桐再来的时候，他们的谈话内容就更多一些，以后，再更多一些，再以后，几乎是无话不谈了，江小桐终于融化了他们的心肠，江小桐想，他们其实也不是铁石心肠，他们的心肠一点也不硬。

现在父母反过来关心朝辉和江小桐的关系进展，他们问朝辉，小江怎么几天没来了？

朝辉说，我叫他不要来。

为什么，父母亲从朝辉的话里听出些什么，他们有些担心，为什么不叫他来。

朝辉说，不为什么。

你们闹矛盾了？

就算是吧。

父母亲有些生气，他们说，小江是个知书达理的年轻人，肯定是你太任性，是我们宠坏了你。

朝辉哼着歌曲走出去，她没有把父母的话放在心上，看着她快快活活的样子，一点也不像和江小桐闹了意见的，父母亲心里踏实一些，他们想，就算有问题，问题也不大的。

又过了一些日子，有一天钱朝辉说，我今天带他回来吃饭噢。

他们听了都很高兴，忙了一个下午，为江小桐做菜烧饭，他们回忆和江小桐谈话中江小桐说过他喜欢吃什么，不喜欢吃什么，根据这种回忆做出一桌丰盛的晚餐，但是最后来的并不是江小桐，而是另一个男青年。

朝辉，怎么不是江小桐呢，他们好不容易等到那个男青年走了，便着急地甚至略有些迫不及待地问钱朝辉，朝辉，你怎么这样的，小江呢？

朝辉说，小江？你们是说江小桐吗？我不和他谈了。

为什么，为什么，他们又急又难过，他们觉得与自己有关，他们觉得很对不起江小桐，他们告诉朝辉，朝辉朝辉，你误解了，你一定是弄错了，其实我们早已经不反对你和小江的事情了，甚至可以说，其实我们早已经喜欢小江了，我们觉得小江是个很好的青年。

和你很相配的。

和我们也很谈得来。

知书达理的。

善解人意的。

现在像小江这样的年轻人不多的。

现在像小江这样的年轻人打着灯笼也难找的。

朝辉说，但是我现在不爱他了。

朝辉，你怎么这样的，你怎么这样的，他们几乎说不出其他的话来，只会反反复复地说这一句，你怎么这样的，小江呢？

朝辉说，我已经回绝他了，他也没有说什么。

小江这样好的人你不跟他好，朝辉的父母亲有些难过，他们说，小江这样好的人你跟他分手，朝辉，我们是想不通的。

什么呀，朝辉笑了起来。

许多年以后钱朝辉成了新开张的旧式茶馆六福楼的女老板，江小桐进来喝茶，钱朝辉说，江小桐你好。

朝辉你好，江小桐说。

你过得好吧？

好的，你过得好吧？

好的。

江小桐坐在靠窗沿河的位子上，河对面人家的情景可以历历在目的，钱朝辉笑着，说，当年我差点和你私奔。

江小桐说，是的，我的想法和你不一样，我的工作重点在你父母身上，后来我的工作做得很好的。

也不知怎么搞的，后来就没有了，钱朝辉说。

也没有什么要死要活的，江小桐说，就像是人家的事情。

我父母亲反对我的，钱朝辉说，我一直记得他们想不通的样子。

他们都好吗？江小桐说。

前几年他们先后去了，钱朝辉说，你吃吃这茶看，是我刚从杭州进的特级龙井。

江小桐吃茶，他说，我在美国的这些年里，常常想念家乡的茶，虽然也有茶吃，但是总感觉味道不大一样的，有一天我从一本书中看到你的爷爷，也许是你爷爷的爷爷，一个叫钱三官的人，一辈子坐在一个固定的位子上吃茶。

他死的时候写了一个遗嘱，钱朝辉说，但是没有人看到过那个遗嘱。

那时候，我就特别地想回来，想回来坐一坐这个位子，江小桐说，怎么会你来开这个茶坊呢？

阴差阳错，钱朝辉说。

江小桐吃着茶，太阳渐渐西斜，从河对岸人家房子的缝隙中照射过来，旧式的茶坊里红红的。

四

乡下的亲戚阿四到城里来了，他来找工作做，他的爷爷告诉他，你到了那里，你说钱三官的名字。

阿四不知道钱三官是谁，爷爷说，你也不管他是谁，你说他的名字。

阿四来到这里，他一眼就看到了崭新的旧式茶坊，阿四有点激动，我就在这里工作了，他想。

阿四看到有人站在茶坊门口，他就说了钱三官的名字，钱三官，阿四说，那个人果然朝阿四看看。

阿四又说，钱三官。

那个人点了点头，他认出阿四来，你是乡下的阿四吧，他说。

阿四说，你是钱三官。

那个人笑了起来，他没有说他是不是钱三官，只是说，你是来找工作的，你想在这里做工作。

阿四高兴地说，你一定是钱三官，一定是我爷爷告诉你的，我爷爷知道我来找工作，他叫我说出钱三官的名字。

那个人又看了看阿四，说，你力气大不大。

大的。

那里边的大茶壶你拿得动拿不动。

拿得动。

你脚头子活不活的。

不活的。

阿四留下来，在茶坊里做伙计，事情也不多，替吃茶的客人泡茶加水，偶尔回答客人的一些问题，来茶坊的客人，也没有很多话要问，他们多半是来吃茶的，吃茶就吃茶，话不要太多，他们这么想。

很多年过去，阿四成了茶坊的主人，大家仍然叫他阿四，有一天红花来了，她对阿四说，你走了以后，我等了你一天又一天，等了你一年又一年，你一直不回来。

红花留下来，给阿四做帮手，慢慢地红花也懂得了茶和茶坊的一些事情，她到茶庄买茶叶的时候，认识了茶庄的一个人，过了一些时候，她就和那个人结婚了，大家说，阿四，原来红花不是你的老婆。

阿四说，我原来也以为是的，后来才知道不是。

茶坊的生意冷下去，又热起来，热起来，又冷下去，时间过去了一天又一天，有一天一位老人来到老茶坊，他在沿河靠窗的位子上坐下，阿四说，你要什么茶？

龙井。

阿四替他泡了龙井茶，阿四认出他来，是你？

是我。

红花呢，阿四说，我有好多年没有见到她。

她死了。

哦，阿四说，吃，吃茶。

门前的街上响起鞭炮声，但是老人的耳朵并不太好，他们听到的鞭炮不太响。

现在的鞭炮，也没有过去的响，他们说。

是的，鞭炮的声音也不脆，从前的鞭炮是震耳欲聋的，他们说。

放鞭炮是因为要过年了，小孩子在街上跑来跑去，用稚嫩的声音声嘶力竭地叫喊，他们唱道：

　　　　两只老虎，

　　　　两只老虎，

　　　　真奇怪。

　　　　真奇怪。

　　　　一只没有耳朵，

　　　　一只没有尾巴，

　　真奇怪！
　　真奇怪！

他们在说什么？
　　没有人回答他们，茶坊里没有别人，只有他们，他们坐在沿河靠窗的位子，听着小孩子们在门外的街上叫叫闹闹，听了一会儿，他们说，吃，吃茶。

在城市里比较繁华的地段，金氏五金店就开在那里，五金店其实是一个企业，也可以叫作五金工厂，店只是它的一个脸面，但是大家习惯叫五金店，从前都是这样叫的，后来也一直这样叫了。

金子美是五金店的少爷，但是他的父亲去世得早，他就变成了老爷，不过大家仍然习惯叫他少爷，他年纪还很轻，还没有成家呢，叫他老爷别人好像叫不出来的，金子美是个无所谓的人，叫他什么都可以，他都没有意见的，他总是说，好的，好的。

金子美虽然年纪轻，但是他有徒弟的，徒弟本来是跟老爷学生意的，老爷不在了，但他们仍然在五金店学生意，所以就是少爷的徒弟了，他们跟着少爷比跟着老爷舒服一点，老爷是个认真的人，少爷是不大认真的。从前大家都是这样的观点，一般人家的少爷，都是有点吊儿郎当，随心所欲，因为他们总是有一个能干的厉害的父亲，如果他们也是一个厉害的角色，那么父子就可能要吵吵闹闹，与其这样过日子不太平，不如想开一点，乐得惬意，所以他们做儿子的，就马马虎虎了，人家称作小开，印象中小开就是吊儿郎当的样子，其实小开是一个中性词，不带贬褒的。

不过一旦做父亲的去世了，儿子就要厉害起来，这是自然的规律，只是金子美不大一样，他不符合这个规律，他的爸爸不在了，他也仍然是从前的样子，没有变，他对徒弟也不凶的。

徒弟其实比少爷还大一点，但是他们都规规矩矩叫师傅的，少爷听了有点难为情，不一定叫师傅的，他说。

要叫师傅的，徒弟说，师傅就是师傅。

徒弟住在金子美家里，他们和师傅同吃同睡，师傅从来不打他们，也不骂他们，他们能调皮就调皮了，能拆烂污就拆烂污，只是在生产的时候，是比较认真的，不出次品。

时间就这样过着的，金子美比较爱干净，他喜欢洗澡，他洗澡的时候，徒弟会帮他擦背，徒弟说，师傅啊，你猜猜我是谁呢？

你是我徒弟，金子美说。

师傅啊，徒弟说，其实我是老四。

嘿嘿，金子美笑了笑。

我不开玩笑的，老四说，我真的是，我们的大部队在北边。

嘿嘿，金子美又笑了笑。

这是他们酝酿已久的事情了，他们早已经拿师傅的五金店做了秘密的联络点，只是师傅始终是一无所知的，现在他们觉得应该告诉师傅了，他们除了拿师傅的五金店做联络点，还需要五金工厂替部队生产无缝钢管，这件事情比较大，不告诉师傅，他们自己做不起来了。

还有，玉根，周海，王三——他们也都是的，老四最后补充说。

咦，王三吗，怎么会是王三，金子美说，阿弥陀佛念经的王三吗？

是阿弥陀佛的王三，老四说，他也是。

咦，金子美听了徒弟的话之后，想了想，他说，真有这样的事情吗？

有的。

有这样的事呀，金子美说，我一点也不晓得。

现在跟师傅说了，老四说，师傅就晓得了，师傅既然已经晓得了，师傅也就是了。

就是这样的？金子美说。

就是这样的。

我就是了？

你就是了。

要不要举行什么呢?

举行什么?

我不晓得,金子美说,比如,什么——我也不知道比如什么。

不用的,不用什么的,就这样了,我跟你说了,你就是了。

金子美的背擦得红红的,老四擦了又擦,啊哇哇,金子美说,你要把我的皮擦下来了。

喔哟哟,老四说,喔哟哟。

晚上他们去拷了黄酒来吃,他的徒弟是好酒量的,他们吃了点酒,就要讲到女人,金子美也是喜欢听的,他就笑眯眯地看着他们,听他们讲。

后来就会讲到师傅身上,徒弟说,师傅啊,你什么时候把师娘领进门呢?

嘿嘿,金子美开心地说,她在哪里呢?

他们就挨个儿地猜测师傅的心上人,最后猜测到绸庄的张小姐,他们就停下来了,就是了,他们说。

金子美不否认的,张小姐也好的,他心里想。

我给你做介绍吧,徒弟说。

好的呀,金子美说。

他们就给金子美去做介绍了,绸庄的老张说,是金少爷吗,好的呀,问问大小姐看。

是金少爷吗,大小姐说,好的呀。

事情就办成了,金子美结了婚,后来他跟张小姐过了一辈子,到晚年的时候,有一天张小姐忽然问他,你从前喜欢的不是我吧?

那么是谁呢,金子美已经很老了,他的记性不大好了,他的听力也很差,要用助听器,才能听得见别人说话。

是药铺的二小姐呀。

是的吗,金子美想了想,也想不大清楚了,是有一个二小姐的,他说,是王二小姐。

哪里是王,张小姐说,是潘二小姐,潘家的,他家的药铺叫元善堂。

噢。

是的吧,是潘二小姐吧,张小姐说,那你怎么来跟我们家定亲呢?

金子美又想了想，好像，他说，好像是谁的主意。

是玉根吧。

是的吧，金子美说，也可能是焕文。

不会是焕文的，张小姐说。

怎么不会是焕文呢，金子美想，说不定就是焕文呢，焕文是比较活泼的呀，他喜欢多管事情的，金子美说。

就不会是焕文，张小姐说，就不会是他。

你是很肯定的口气，金子美说。

是肯定的，张小姐说，我知道的，不会是他的。

焕文比我还大几岁呢，金子美说。

是的呀，他见老的，皮肤也黑的，张小姐说，哪里像你的徒弟，像你的师傅呢。

是的呀，金子美说，是的呀。

焕文是哪一年死的？张小姐说。

什么？金子美的助听器掉了下来，他没有听清楚。

没什么，张小姐说。

焕文那时候是意气风发的，他常常要出差，师傅啊，他说，我又要跑一趟了，材料不够了。

师傅是知道他的，出差总是要绕到别的一些地方，你去吧，师傅说，小心一点啊。

我知道的，焕文欢天喜地地去了，他唱着歌，渐渐地走远去。

在冬天焕文回来的时候，他穿着单布衫，抖抖索索，鼻涕挂在嘴唇上边，亮晶晶的，师，师，师傅啊，他语无伦次地说，他，他，他们没有棉衣。

师傅啊，师傅，金子美的徒弟都眼巴巴地看着师傅。

我去，金子美说。

你到哪里去？

我去找老许。

老许是谁？

老许是在上海的，金子美去上海到处找老许，老许总是见首不见尾，神出鬼没的样子，哪里都有他的影子，但是哪里又找不见他的人，金子美住在上海的旅馆里，他要哭出来了，我怎么办呢，我怎么办呢？他穿着丝绸的棉衣，看上去很薄，其实是暖和的，旅馆里有暖气的，金子美站在窗口看着外面的冰天雪地。

这时候敲门声响了起来，金了美去开门，老许就站在他的面前了。

啊呀呀老许，金子美说，啊呀呀老许。

听说是金先生找我，金先生找我，我总是要来的，老许坐下来说。

老许啊，我要棉衣，金子美迫不及待地说。

你要棉衣干什么，老许向他看一看，老许的眼睛是凶的，你改行不做五金了？

老许我要棉衣，金子美说。

唉唉，老许叹了一口气，你要多少？

越多越好，金子美说，而且要快。

那好吧，老许站起来说，走吧。

到哪里去？

去拿棉衣。

你茶也没有喝一口呀。

下次再喝吧。

金子美跟在老许的船上，他们的船开在长江上，老许的船工用望远镜在江面上看来看去。

一条船过来了，船工看了看，不是的，他说。

船就过去了。

又一条船过来了，船工仍然看了看，不是的。

船又过去了。

又有一条船来了，船工看了看，他的脸红起来，是的了，他说。

这条不让他过去了，老许说，他的船靠过去，老许一跳就跳到那条船上了，他把金子美也拉了上去，这时候天色已经黑了。

啊呀呀，船上的人叫起来，啊呀呀，土匪呀。

我们不是的，金子美说，我们不是的。

啊呀呀，强盗呀。

强盗呀。

我们不是的，金子美说，我们是，那个，是那个——

老许摆了摆手，老许的船工就来搬棉衣了，他们把一箱一箱的棉衣都搬到自己的船上。

啊呀呀，土匪呀。

啊呀呀，强盗呀。

你们不许叫喊，老许说，帮着搬。

留一点给我们呀，留一点给我们呀，他们一边帮着搬一边哀求说。

老许看了看金子美，他拿眼睛问一问金子美，要不要留一点给他们？

要不，金子美有点不知所措的，他犹犹豫豫，要不，留一点给他们。

你不是说越多越好？

是的呀。

那就不留，留个屁，老许说。

老许的船工和金子美他们都跳到自己的船上，老许却没有跳，他向金子美挥了挥手，你就把船开到那边去吧，老许说，省得你再去弄船。

咦，金子美说，老许你怎么知道我要到那边去呢？

老许摆了摆手，他的船工就开船了，老许站在别人船上，后来他的身影越来越小了，到最后就看不见了。

文焕也在船上吧，张小姐说。

文焕在吗，金子美现在有些记不清了。

文焕在的，我记得的，张小姐说。

你还担心我呢，金子美说，你说江上风大。

那也不一定是你呀，张小姐说，说不定我担心别人呢。

嘿嘿，金子美说。

那么老许怎么办呢？

他一个人留在别人的船上，老许说我搭他们的船回上海了。

他怎么不怕人家抓住他，送到警察局去，他也不怕人家把他打死杀掉扔江里。

老许不怕的，金子美说。

你怎么会认得老许的？张小姐说。

我吗？金子美想了想，他记不太清楚了，反正是认得的。

金子美和徒弟在江北的时候，有一个人过来拉住金子美的手，他说的是别地方的口音，金先生你救了新四军啊，你救了新四军，他只说了一句话。

他们走了以后，徒弟也去拉住金子美的手，师傅，你知道他是谁？

我不认得呀，金子美说，大概是个干部。

他就是粟裕呀，徒弟说，大名鼎鼎的粟裕呀。

噢，金子美说。

你不知道粟裕吗？徒弟说，你不知道粟裕是谁吗？

嘿嘿，金子美有点难为情，他是不大晓得的。

你连粟裕都不晓得，张小姐说。

嘿嘿，金子美说，不过后来我晓得了。

金子美现在戴着助听器，在太阳底下他看着过往的行人，他们像他从前的徒弟一样，匆匆忙忙地从他的眼前走过了，日月穿梭织，光阴如射箭。

从前王三喜欢说一句话的，张小姐说，从前王三喜欢说，古今多少人，哪个活几千？

唉唉，金子美便想起了王三的样子，王三到庙里去烧香，碰到一个人，这个人一直跟着王三，王三说，你跟着我干什么，我又不是女的。

这个人就笑起来了，他说，不是我跟着你的，是你身上的什么东西吸引了我，我不得不跟着你了。

王三便向自己身上看看，我身上吗，我身上有什么东西呢？

这个人始终都是笑眯眯的，他跟王三走了又走，王三要赶走他了，好了好了，王三说，你走你的阳关道，我走我的独木桥。

这个人仍然不肯走开，王三有点生气了，王三的脾气是很好的，他从来不对别人发火的，现在他也有点着急了，他说，你到底要做什么呢？

这个人说，你要我不跟着你，有一个办法的。

什么办法呢？

那你就跟着我。

王三觉得这个人奇怪的，与其让他盯着我，王三想，不如让我盯着他，我会主动一点的。

这样他们就倒过来了，现在是王三跟着那个人走了，他们一前一后，走啊走啊，就走到一个地方。

到了，这个人停下来。

这时候王三看见一块牌子，上面写着：佛教日语学校。你叫我到这个学校来念书吗？王三问这个人。

是的，他指了指门口，你去报名吧。

王三就去报名了，他拿到一张学生证，后来王三隔三差五要到那个学校去听听课的。

上的什么课呢？有一回金子美问他。

嘿嘿，王三笑了笑，没有说出来。

后来徒弟一个一个都不在了，就剩下王三，还有一个是李儿，李儿是个瘸子，不大出门的，出门的事情，就是落在王三身上的，金子美也和王三一起出去过，只是出去的时候，王三虽然仍然叫金子美师傅，但实际上是王三做金子美的领导，金子美是听王三吩咐的。

他们在通过关卡的时候，王三把他的学生证交给了金子美，记住啊师傅，王三最后对金子美说的一句话，师傅，你是王三。

金子美拿着学生证走过关卡，他们看了看学生证，他们又看了看金子美，他们觉得学生证上写的年龄和眼前的这个人的年龄是差不多的，你是王三吗？

我是王三。

金子美就通过了关卡，但是王三一直没有过来，王三后来到哪里去了呢？张小姐说，是不是——

我不晓得，金子美说，我后来再没有见过他。

唉唉。

金先生和张小姐坐在巷子里，他们在太阳底下眯着眼睛，走过来走过去的行人，从他们眼前穿过，又穿过。

在过去繁华的地段上，有一个人正在向别人打听，从前这里有一家金氏五金店的，你们知道吗？

我们不知道，他们说。

咦，他茫然地四处看了看，怎么会不知道呢，金氏五金店是很有名的呀，他说。

我们不知道的，他们说。

这里就是从前的老阊门吗？

就是的呀。

是金阊门银胥门的阊门吗？

就是的呀。

那怎么会没有金氏五金店呢？

可能是时间太长了吧，他们说。

可能是的吧，他喃喃自语着，仍然茫然四顾。

想
念
菊
官

　　菊官出嫁的时候，她的闺友蒋小姐抱住她哭了又哭。蒋小姐说，菊官啊，
你不要走呀，你不要嫁人呀，菊官也是眼泪汪汪的，蒋小姐说，菊官呀，你就
退婚吧，肯不肯呀，肯不肯呀？菊官是不肯退婚的，从懂事的时候就等着出阁
的这一天的，一直等了很多年，终于等到要嫁了，菊官的心情是复杂的，一方
面她也是舍不得蒋小姐的，但是另一方面对未来的新生活她是有点向往的，所
以菊官一直是眼泪汪汪，却一直不说话。蒋小姐还是哭，她说，你要嫁也嫁个
近一点的地方呀，你为什么要嫁得那么远，远得像在天边一样的。这个问题菊
官也是没有办法回答的，从前的婚姻，都是家里给订的，订到哪里是哪里，订
到谁就是谁，远或者近，自己是不好选择的，蒋小姐说，那个人就那么好么，
那个人就那么好么？菊官有点难为情，脸上红了，蒋小姐伤心哀哀的，我却有
点想那个人的，菊官想。
　　船就快要开了，东西都已经摆上去了，被子和马桶这样的东西，都是红颜
色的，把一条绿绿的小河也渲染得有点红红的。
　　呜呜呜，菊官啊，菊官啊，蒋小姐说。
　　呜呜呜，菊官说，我会回来看你的啊。
　　桨划动起来，哗哗的水声响了。
　　呜呜呜，菊官啊，菊官啊，蒋小姐说。
　　菊官的身影已经远去了，我会回来看你的啊，菊官说。

菊官嫁人的时候，蒋小姐还没有定亲，她在女中念书，接受老师的教导，蒋小姐毕业以后，自己也做了老师，并且认得了冯老师。

蒋老师和冯老师是少年夫妻老来伴，现在他们都退了休，颐养天年。他们是桃李满天下的，有重感情的学生经常会来看看蒋老师和冯老师，到了他们过生日的日子，也会收到鲜花的，他们的子女虽然在外地工作，但是有些学生就像是他们自己亲生的，十分地好。

他们保存着几十年来每一届毕业生合影照片，也有他们自己当年毕业时的合影，蒋老师喜欢看女中的照片，照片已经有些模糊，纸也发黄了，蒋老师看着她的同学的脸，她们的名字她已经记不起来了，只能记得很少几个人的名字，像陆桂芬，周淑娟这样几个，喔哟哟，蒋老师说，上回看的时候，还记得好几个呢，都能报出名字来的。

老年痴呆症了，冯老师说。

唉唉，是的呀，蒋老师说。

这样说说，蒋老师就提起菊官了，菊官说好要回来看我的，她说。可是她一次也没有回来过，一点点音讯也没有的，她是不是早就忘记我了？

也许她回来过，冯老师说，但是没有找到你。

会不会呢？蒋老师说。

也说不定她早就回家乡住了呢。

会不会呢，会不会呢？蒋老师说。

同在一个城市的，大家不晓得对方也是常有的事呀，冯老师说。

如果哪一天在街上碰见了多好呀，蒋老师向往地说。

嘿嘿，冯老师笑了起来，他咋天看报的时候，看到一条新闻，有两个老友，几十年没见，在街上碰到了，多高兴，一个人说，我正要去医院看病呢，另一个人亲切地往他的胸前捶了一下，说，你这么结实，不会有病的，哪知这一捶把那个人的心脏病捶发作了，当场倒在地上晕过去了。

只不过呢，蒋老师担心地说，我们就算在街上走过，面对面的，也不一定认得出来呀。

这倒是的。

菊官，冯老师说，这个名字蛮什么的。

菊官的爸爸是开绸庄的，他没有儿子的，只有三个女儿。

菊官是老几呢？

菊官是老二。

是不是都叫什么官，梅官？桃官？

没有的，没有的，哪有那么难听的，蒋老师笑起来。

那么是不是都叫菊什么呢，菊花，菊芬，菊什么。

也不是的，她的姐姐和妹妹没有叫菊什么的，也没有叫什么什么官的。

噢。

有的人取名字是有什么想法的，有的人取名字也没有什么想法的，蒋老师说。

那么菊官算是有什么想法的还是没有什么想法的呢？冯老师说。

我不晓得的，以前我没有问过她，后来她就走了，蒋老师说。

后来菊官的父亲老了，他不想再经营绸庄，就把绸庄转让给他的老朋友老蒋，老蒋是蒋老师的父亲，所以那个绸庄后来就叫蒋记绸庄。

其实在蒋老师心里，一直为菊官设计了好几条寻找她的路线。

菊官从火车站出来了，车站广场上有许多人围上来问她要不要住宿，要不要一日游，要不要出租车，菊官是不要的，她是来找一个人的，菊官坐上三轮车，我要到因果巷。

啊呀呀，因果巷早就拆掉了呀，三轮车夫说。

那么从前住在因果巷的人，他们搬到哪里去了呢？

这个我不知道的，他说。

你是外地人吧，菊官听出来他不是苏州口音。

嘿嘿，苏北来打工的，他说。

那么你还是把我拉到因果巷去吧，菊官说。

但是，但是因果巷是没有了的，他说。

那么那个地方还在不在呢？

地方总是在的，不会逃走的，但是变成一条很宽的大街了。

那么我们就到那条大街上去吧。

菊官来到从前因果巷的地方，她找到派出所去，我要找从前住在因果巷的人，她说。

我来帮你查一查，民警说，叫什么名字。

姓蒋，蒋什么呢？菊官想了想，找他们家哪一个呢，找蒋小姐的父亲，恐怕太老了，恐怕早也不在了，找蒋小姐，她嫁出去了，名字不会在户口上的，那就找蒋小姐的哥哥，他叫蒋少国。

噢噢，蒋少国，民警是从电脑上查的，他查了一下，就查到了，噢噢，有的有的，蒋——少——国，不过么，已经去世了。

啊啊，去世了？

去世了，民警又查了查，也不小了，去世的时候已经七十二，活着的话，要七十八了。

是的，菊官说，是有这么大了。

再查谁呢，民警说，查查他的家里人好吗？

民警就查到了蒋少国的儿子，他们在因果巷拆迁的时候搬到友联新村去住了。

菊官就找到了蒋少国的儿子，他是蒋小姐的侄子，他们给姑妈蒋老师打电话，姑妈呀，你猜猜谁来看你了。

或者事情是另外一种样子，蒋老师想，菊官是坐了飞机到上海虹桥机场的，她又坐了机场的大巴车来到苏州，车子停在石路。

石路是哪里呢，菊官问同车上坐着的旅客。

就是老阊门呀。

噢噢。

菊官下车的时候就看到有一家绸布店，咦，巧得很呀，菊官想，我就要找绸布店的。

有一家蒋记绸庄的，就在阊门这里的，她说。

啊，啊啊，年轻的店员不晓得蒋记绸庄，喂，她叫喊一个老一点的店员，李师傅，你来一下。

有一家蒋记绸庄的，就在阊门这里的，菊官说。

噢噢，噢噢，李师傅是晓得的，蒋记绸庄，我参加工作，就是到蒋记绸庄的，那时候合营了，叫作人民绸布店。

啊啊，菊官说，那么你知道蒋家的蒋小姐，嫁到哪家去了吗？

蒋小姐？

李师傅和年轻的店员都往年轻的女子里边去想了，菊官说，蒋小姐是和我年纪一样的噢。

嘻嘻，年轻的店员笑了一笑。

嘿嘿，李师傅也笑了，他在笑的时候就想起来了，那个蒋小姐，后来做老师了，是在模范中学做老师的，她还教过我弟弟。

噢噢。

菊官打电话给模范中学，喂，你们学校有一位蒋少芬老师吗？

蒋少芬，蒋老师，有的有的，她退休了，她家里的电话，有的有的，让我替你查一查。

5432789。

噢噢，5432789。谢谢。

蒋老师家的电话铃响起来，是蒋老师接的电话。

菊官说，我是菊官呀。

啊呀呀，蒋小姐在电话那头叫了起来。

如果菊官先到务成女中去，找一找多少年前的毕业生，也是可以找到她的，务成女中有许多花名册，上面有蒋小姐的名字。总之在蒋老师的心里，可以替菊官设计许多条线路的，可是菊官一直没有沿着其中的任何一条走过来。

在清明节的时候，蒋老师和冯老师到公墓去了，他们每年都要给故去的亲人上坟，在许多老坟之间，今年又增添了一些新坟，新坟是能够看得出来的，它的土特别湿润，石碑和石碑上的字也是醒目的，不像一些老坟，如果没有经常管理，就会显得十分含糊和陈旧的。

蒋老师和冯老师看着那些新增加的名字，他们心里隐隐地想，我们的名字也会出现在这里的。

他们慢慢地走过了一座座的老坟和一座座的新坟，冯老师忽然停了下来。

干什么呢？蒋老师问，她的目光随着冯老师的目光看过去，在一座新坟的石碑上，写着几个大的字：先母周氏王菊官之墓。

菊官，咦咦，王菊官，蒋老师说，王菊官。

他们又看左边的一行小一点的字：子周子优、周子良率媳、孙敬立。

是姓周吗？冯老师说，菊官的丈夫是不是姓周呢？

周吗？蒋老师犹犹豫豫的，是周吗？

那么这个王菊官是不是那个王菊官呢？

那么我怎么办呢？蒋老师觉得立刻就想要弄明白这个问题的，到底这个王菊官是哪个王菊官呢？

有一个办法了，冯老师忽然说。

什么办法？

到公墓管理处去，他们也许有地址的。

于是蒋老师和冯老师就去到公墓管理处了，他们想去问一问，看看有没有这个王菊官的子女们的地址。

接待他们的是一个年轻的人，他笑眯眯地看着蒋老师和冯老师，他说道：二位好。

我们是来打听的，蒋老师说。

我们是想打听一下，冯老师说。

我晓得的，我晓得，年轻的人经验蛮丰富的说，我晓得的，像你们这样的老人来打听，我一听就晓得你们是要干什么的。

真的吗？蒋老师有些惊喜。

真的吗？冯老师想，现在年纪轻的人，职业道德倒也蛮好的。

我晓得的，年轻的人说，我在这里已经做了好多年了。

真的吗？蒋老师看了看他，看不出来，看上去蛮年轻的呀。

年轻的人笑了笑，也不年轻了，你们是想要高档一点的，还是普通的呢？

什么，蒋老师有些奇怪，她没有听懂他的话，你说什么？

咦，你们不是来预定的么？年轻的人说。

预定？蒋老师又奇怪，预定什么呢？

你这里有什么可以预定的呢？冯老师也跟他开了一个玩笑。

年轻的人又笑起来，是的呀，我这里有什么可以预定的呢，又没有酒席的，又没有飞机票的，也没有——

也没有旅馆的房间，冯老师笑眯眯地又开玩笑，他是不大开玩笑的，但是今天已经开了两次玩笑了。

嘿嘿。

嘻嘻。

但是说起来也可以算是房间的，年轻的人说，人家称我们这里叫居民新村的么。

居民新村。

居民新村。

既然叫作居民新村，就有房间了，每个人都有自己的房间，年轻的人说，夫妻是同一个房间的。

噢噢，蒋老师也笑起来，我晓得了，你是说的那个。

我也晓得了，冯老师说。

咦，他搞错了，他以为，蒋老师对冯老师说。

是的，他以为，冯老师也说。

从前呢，年轻的人说，像你们这样的老人，一般自己是不来的，都是子女来给你们预定的，可是现在倒不一样了，现在大家想得穿，潇洒的，这是早早晚晚的事情，总是要事先准备好的，要不然呢，到时候会措手不及的。

这倒是的，蒋老师说。

怎么不是，年轻的人说，我在这里看得多了，听得也多的，有的人突然一下子去了，小辈的一时三刻找不到合适的公墓，骨灰盒寄在火葬场时间太长，会弄丢的。

其实，蒋老师说，其实过世的人自己也可能是无所谓的。

是的呀，就算他自己无所谓，小辈的人心里总是不大舒服的，人家说起来，你把你家什么人的骨灰盒都弄不见了，那真是不孝的，要被人家指责的。

他们会抬不起头来的，冯老师说。

这倒是的，蒋老师赞同地说。

不过呢，假如撒到河里也蛮好的，冯老师说。

干干净净，蒋老师说，不过呢，子女不肯的，他们不愿意的。

所以呀，还是早一点准备的好，公墓管理员觉得他和他们很有共同语言的，所以他讲话更是滔滔不绝的了，他说，所以呢，现在像你们这样的老人，自己亲自来也有的，而且还不少呢，自己来呢，可以称自己的心，自己看得中，自己喜欢，反而比子女预定的焐心。

这倒是的，蒋老师说。

是的，冯老师也点了点头。

是的吧，年轻的人终于把话题引入主题了，他说，那你们二位看一看，这里是情况介绍，还有照片，喏，这是山南的，那一块呢，是山东边的，山南边和山东边呢，各有各的好处，比如说山南边吧，面水，地势高，爽气，山东边呢，向阳，太阳一出来就照到你们了。

照到我们吗？蒋老师向冯老师看了看，他们一起笑了笑。

我们住在里边，太阳照在我们身上，冯老师说。

暖洋洋的。

嘿嘿。

嘻嘻。

你们确定了吗？年轻的人说。

确定了怎么样呢，蒋老师说。

确定了就填一张表，然后交一点预订金，就这样，这块地就是你们的了，年轻人顺手指了指外面的山坡。

噢，蒋老师向那边看了看，噢，地势是蛮好的。

冯老师也向那边看了看。

年轻的人看出来他们还没有确定，好像思想上还没有足够的准备，他就很理解地笑了笑，他说，今天不确定也不要紧的，我这里只是纸上谈兵，你们假如想到现场看一看，我可以陪你们去的，你们假如今天不想看，隔几天来看也一样的，再说了，我们管理处邻近还有好几处公墓，你们可以比一比，挑一挑的，所谓的货比三家，在这里也是一样的通用呀。

嘻嘻。

嘿嘿。

蒋老师和冯老师觉得这个年轻的公墓管理员蛮幽默也蛮通达的。

要是挑缺点呢，这些公墓也能挑出许多缺点来的，比如像东山公墓吧，地方是好的，依山傍水，但是价格太贵了，一般的人家，像工薪阶层，恐怕是买不起的，再比如像凤凰公墓呢，价格倒是便宜的，但是实在太拥挤，简直密不透风的，闷也闷死了。

嘻嘻。

嘿嘿。

年轻的人也笑了笑，我知道你们笑什么的，他说，你们是想，人都到了另外一个世界，还跟他讲什么拥挤啦，闷啦，没有意思的，你们是这样想的吧？

是的。

是的。

其实不对的，其实是有意思的，有很大的意思，真的，他说着，忽然停下来，不再说下去了。

我们能够理解的，蒋老师说。

我们能够理解的，冯老师也说。

我知道你们能够理解的，年轻的人说。

那么，我们去看一看吗？蒋老师问冯老师。

好的呀，冯老师说，我们去看一看。

要不要我陪你们去？年轻的人说。

不用的，我们自己走一走，蒋老师和冯老师都这么想，他们愿意两个人走一走，为自己选一个地方。

也好的，你们可以商量商量，年轻的人向他们指了指方向，你们可以从这里走过去，沿着山坡看一看。

蒋老师和冯老师便沿着山路慢慢地走，他们重新又经过了墓地，他们没有再到王菊官的墓前，只是远远地看见，那块石碑静静地站在那里，和其他许多的石碑一样。

　　他们走过去的时候，有一阵山风刮过，山上公墓间的树，发出了沙沙的声响。

紫云

　　农民在农闲的时候到小镇上的茶馆里去坐坐，他叫一壶茶，从早上一直坐到中午，是不大说话的，但是他喜欢听别人说话，看看别人说话，也是开心的，这样真好，他想，然后他就起身回去了。

　　他的身体是强健的，做活的时候像一头牛一样，坐在茶馆里别人也看得出他的身体是好的，但是有一天他感觉到有点儿不舒服，吐了，又拉肚子，那一阵是霍乱流行，农民虽然身上没有力气，但他还是想到茶馆去的，他就去了，走到茶馆的时候，他已经走不动了，就坐在茶馆门前的石阶上，他喘了口气，以为会好一些的，不知道就连坐也坐不动了，他就躺下来，躺在茶馆门口的地上。

　　后来有一个医生经过的时候，人家对他说，先生啊，你帮他看看吧，他一直躺在这里呀。

　　好的，医生说。

　　医生给农民看了看，他写了方子，叫人家拿他的方子到药房配药，人家去把药拿来，在茶馆里煎了，农民喝下去，脸色就好起来，肚子也不疼了，农民把另外几帖黄纸黄线扎的药拎着，走了。

　　咦，人家说，他能够走路了。

　　过了一天农民又来喝茶了。

　　咦，人家说，你已经好了。

　　嘿嘿，农民笑了笑。

医生仍然在路上走着，他是常常要出诊的，他走到这一家，又走到那一家，病人都在家里等他，出诊的医生不如坐诊的医生架子大，有的医生是不肯出诊的，出诊，他们说，没名气了。

但是陈医生是无所谓的，他觉得自己年纪也不大，走路也走得动，所以如果有人请他出诊，他是会去的，有时候是深夜里，也有的时候是很冷的冬天，陈医生都会去的。

有一天渔民也生了病，他把船摇到小码头停下来，他想上岸去看医生的，但是那时候他的力气已经摇船摇光了，他就央求别人替他去请一个医生来，别人去请的时候，医生说，我是不出诊的。

我是不出诊的，另一个医生说。

后来就请到陈医生，陈医生上船的时候船晃来晃去，在前面的大码头那儿，送顾医生的船正好到了，吹吹打打，锣鼓家什，小孩子都往那边奔过去，去看哦，去看哦，他们边奔跑边叫喊，大人也跟在后面往那边去。

顾医生是被沈先生请去的，沈先生是谁呢，人家也不大晓得的，但总是一个很有名的人，因为他住在上海，他的老母亲病得很重，很长的时间她不说话，也不吃东西，上海的医生，中医西医都看过了，外国的医生也看过了，大家都说看不好了，后来沈先生听说了顾医生，他就请顾医生去了。

顾医生啊，沈先生的朋友说，你晓得沈先生是个孝子。

我晓得的，顾医生说。

所以呀。

我晓得的，顾医生说。

顾医生是妙手回春的，过了几天，沈先生看望老母亲，老太太忽然就说话了，儿啊，老太太说，我要吃红烧蹄髈呀，煨得烂一点啊。

沈先生跪下来给顾医生磕头，顾医生有些担当不起的，沈先生，沈先生，他说，你不要这样的，你不要这样的。

沈先生在家里大摆了三天的席，请了很多重要的客人，他们都向顾医生表示感谢，他们都很佩服顾医生。

这位是黄作会黄先生。

噢噢，黄先生。

这位是金子凤金先生。

噢噢，金先生。

这位是严墨子严先生。

噢噢，严先生。

这位是……

都是大名的，顾医生说。

后来沈先生派了船队送顾医生回家来。

送顾医生的船到达码头的时候，大家都很轰动的，船一共有四艘，第一艘是汽轮，在前面开路的，第二艘是吹鼓手的船，第三才是顾医生坐的船，第四是装礼物的船，船上的箱子有几十只，不晓得箱子里装的什么，大家都会猜测的。

火腿。

咸鱼。

人参。

燕窝。

山珍海味。

这些都是吃的，还有其他的呢。

呜哩哇啦，呜哩哇啦，吹鼓手卖力地吹打着，小孩子们在岸上欢欣鼓舞，把河水也吵得晃来晃去了，把岸上田野里的紫云英也吵得摇来摇去了，所以陈医生到渔民的船上，他有点站不稳，渔民想爬起来扶陈医生的，但是他爬不起来，喔哟哟，他说，痛得来，喔哟哟，痛死我了。

沈先生还要在这里宴请三日哩，大家都奔走相告。

我们也可以去吃的，大家说。

反正都是沈先生出钱的。

排场大得来。

从来没有看见过的。

大家议论纷纷。

陈医生站在摇来晃去的渔民的小船上，他蹲下来，给渔民把脉，又叫渔民把舌头伸出来看，然后他就皱着眉头想一想。

渔民小声地说，我是相信陈医生的。

　　但是没有人听见他的话，陈医生也没有听见，那边吹吹打打，大家都挤到那边去看，连渔民的家属也过去看了，她抱着吃奶的孩子，渔民生气地说，这个瘟女人。

　　陈医生也被那边的事情吸引了，他从渔民那里出来，就走到那边去看了，顾医生也是认得陈医生的，他向陈医生笑笑，陈医生也向顾医生笑笑，顾医生在一些人的簇围下，在街上走着。

　　那个是沈先生的儿子。

　　那个是沈先生的侄子。

　　是由沈先生的子侄将顾医生送回来的，顾医生有些不好意思，但是几乎是由不得他的，一切都是沈先生安排好了，顾医生只好跟着走了。

　　陈医生看了看，也回家去了。陈医生自己的家其实不是在这里的，他是从外地来行医的，所以是租的人家的房子住，陈医生因为一家人里有好几个都是学医的，挤在自己家乡那一个地方，实在是挤不下去的，挤来挤去，也都是挤的自己人，陈医生就到这里来了。

　　陈医生是搭伙搭在房东家里的，他们吃晚饭的时候，也会说起顾医生的事情，等到晚饭的饭碗刚刚放下，又有人来请陈医生出诊了。

　　你也要搭点架子的，房东说。

　　不要随随便便就答应人家，房东说。

　　噢。

　　随随便便答应人家，就不值钱了，房东说。

　　陈医生走了以后，房东对他的儿子说，小孩子啊，你不要东跑西跑的，早点去睡吧。

　　噢，小孩子说。

　　小孩子那时候有十岁，他跑到陈医生的房间里，东看看西看看，陈医生这里的东西，他都看过很多遍了，但仍然还要看看的，陈医生不看病的时候，他喜欢画画，其实从小的时候，他是想做一个读书画画的人，只是家里祖传都是行医，他也不好违背，后来就习医，做了医生。

　　晚上叫陈医生出诊的是镇上的老杜，老杜老是咳嗽，咳嗽的时候肋骨下面很痛，人要弯下来，才好一点，所以时间长了，老杜看上去就变成一个弯背的人，人家叫他弯背老杜，老杜说，天地良心，我本来是挺胸叠肚的呀。

陈医生的手按了按老杜的肋骨，老杜哇哇地叫了叫，陈医生的手就放开了，他有点近视的，开方子的时候要戴上眼镜。

是什么，是什么？老杜的家属问。

是什么，是什么？老杜问。

陈医生是不大说话的，他开了方子，就要走了，但是天下起雨来，杜秀珍拿了一把伞替陈医生撑起来，他们在石子街上踩着水走回去。

你的鞋子湿了。

不要紧的。

房东开门的时候，看了看杜秀珍。

噢，老杜家的女儿，他说。

我走了，杜秀珍说。

谢谢你啊。

小街上是没有灯火的，杜秀珍的背影很快就消失在雨夜里了。

也不早了，房东说。

也不早了，陈医生说。

老杜是什么病呢，房东说，好像有很长时间了，一直弯腰驼背的，咳嗽。

是气血郁积，陈医生说。

噢。

陈医生回自己的屋子休息，那个小孩子趴在他的桌子上睡着，口水淌下来，淌在一张画纸上，画纸上小孩子拿陈医生的笔画了一只螃蟹，小孩子还知道用水墨稍微地加着一点青灰，那个颜色像真的蟹一样。

咦，陈医生拿起笔，在螃蟹的边上写了几个字。

胸藏琥珀，口吐珠玑。

小孩子过了些日子就去学生意了，他是去到一个洋铁店，以后就敲洋铅筒，做洋铁畚箕，后来就做师傅，再后来他的徒弟也带徒弟了。

顾医生的名气越来越大，外面的人都来请他的，有的人是开了汽艇来的，因此门前的河里，常常有汽艇停着，小孩子最喜欢看汽艇，听到扑扑扑的声音，他们都很兴奋。

汽艇来了。

汽艇来了。

他们看到顾医生在别人的簇拥下，一步一步地走到汽艇上，他的步伐充满自信，小孩子是不懂得自信的，但是他们喜欢看汽艇来。陈医生已经走了，他回自己的家乡去结婚，又生孩子，仍然做医生，在这边的小镇上，谁生了病，就去找顾医生看，顾医生不仅水平高，心肠也好的，他替穷人看病，酬金不论，有时候甚至不收诊费，更贫苦一点的，他还送药给他们。顾医生在生前整理了一本《顾氏医案》，但是他过世的时候没有拿出来，后来也不知道到哪里去了。

陈医生在医院里工作，年老以后就退休了，有一天他在家里闲着，一个年轻的姑娘到他家里来了，您是陈医生吗？

我是的，陈医生说，你是谁呢？

我是医院里的护士。

噢噢。

我是刚刚来工作的。

噢噢。

您记得杜秀珍吗？

噢噢。

您记得老杜吗？护士说。

老杜的病几年都没有治好，他老是咳嗽，咳嗽肋骨就痛，他只好弯下腰来，人家叫他弯背老杜。

您给他吃了十帖药，护士说，他就好了。

噢噢。

下次来的时候，护士带着他的男朋友，他年纪也是很轻的，他走到陈医生的书房里，看到一些画。

咦，他说，这是您画的？

他喜欢的，护士看着她的男朋友，她骄傲地说，他喜欢画的。

喜欢的吗，陈医生说，你喜欢你可挑一张去的，或者挑两张也可以的。

这些吗？年轻的人很开心的，但觉得有点眼花缭乱。

还有从前的，陈医生说，他过去把抽屉拉开来，还有一扇橱门也打开来了。

年轻的男朋友更有点不知所措了，我挑哪一张呢，我挑这一张好吗，我挑那一张好吗？现在他的心里也有点乱了。

从前的和现在的，是不大一样的，陈医生说。

我喜欢这一张，护士说。

这张好吗？

那一张我也喜欢的，护士说。

那张好吗？

他们到底还是挑了两张，就走出来了，走在小街上，陈医生的房子有点闷暗，到底是街上敞亮，他们心里轻轻快快的。

以后不要老是对人说我喜欢画呀，男朋友说，我其实——

嘻嘻，你难为情了，护士笑的时候，有两个小酒窝的。

其实我也不懂画的。

嘻嘻。

有几个人在小街上走过，他们一字排开，几乎挡住了街面，护士和男朋友就让在边上一点等他们走过。

老杜怎么样呢，他的病很重吗？男朋友说，是陈医生治好的吗？

他说他是气血郁积。

什么气血郁积？

就是扭伤了，血流得不畅，积了一块，所以咳嗽的时候会痛。

那是小毛病呀。

是小毛病呀。

他们一边说着一边往前走去。

浦庄小学

浦庄从前是没有学校的，后来老师来了，就有了一个小学，叫作浦庄小学。浦庄的人家，稍微有一点条件的，要让小孩子念书的，就把小孩送到老师那里，老师啊，他们说，小孩就交给你了。

好的呀，老师说。

小孩就留下了，老师教他识字，写字，还教他其他的东西，家长笑眯眯地走在街上。

送去啦，街上的人问他。

送去啦，家长说。

他要给你光宗耀祖的，街上的人说。

嘿嘿，家长笑眯眯的，他在街上的店里买了两块洋碱。

老师叫小孩坐在凳子上，凳子和桌子是老师叫木匠做的，木匠做的时候，老师说，你把钉子钉牢一点啊。

晓得的，木匠说。

钉子会撕破小孩子的裤子，老师说。

晓得的，木匠是有经验的老木匠，如果这一点都不晓得，他还叫什么木匠。

小孩茫然地坐下来，他有些懵懂，他一直是在乡下的家里住的，白天看看院子里的鸡，晚上看看天上的星星，别的他不懂的，现在他坐在教室里了，看看墙上的黑板，看看老师在黑板上写的字。

咦，小孩想，咦咦。

下课的时候，小学生在做游戏，他们一边做一边唱歌，他们唱道：

　　　跌跌拜拜，

　　　拜到南山，

　　　南山北斗，

　　　捉只黄狗，

　　　……

咦，小孩想，我也会唱的。

他跟着大家一起玩了，他唱起来：

　　　黄狗逃走，

　　　蚀脚去追，

　　　……

正好最后一个字落在小孩的头上，他就装成跛脚的样子，去追黄狗，黄狗其实也是一个小孩，他们逃过来逃过去，追过来追过去，地上的泥尘都扬了起来。

老师在里边休息，他的身体不大好，常常在咳嗽，后来又要上课了，老师到门口叫他们：进来吧。

学生就停止了唱歌，他们走进教室，走到自己的座位上坐下来。

放学的时候下大雨了，小孩不回家，他住在老师的房间里，是有一张小床，他的家长和老师说好的，碰到什么时候，可能小孩就住这里了，要麻烦老师的，家长说。

好的，老师说，也不麻烦的。

小孩的家是在乡下，他的爸爸是一个比较富裕的农民，家里有一些田地，他的两个大一点的孩子跟着爸爸一起做农活，如果他们不做，农民就要雇人来种田。

这个小的，农民对别人说，我是要叫他念书的。

夜里雨很大，风也大的，他们听到呼呼的刮风的声音，老师点了油灯批作业，灯火会摇来晃去，小孩看着摇摇晃晃的灯火，他的脸上笑眯眯的。

老师看到有一个学生写的作文，他就笑起来。

你笑什么，小孩看着老师的脸，他看到老师的脸在油灯的映照下与白天不大一样，老师你干什么笑？

嘿嘿。

有一会儿他们没有声音，小孩在一张纸上画着东西，小孩在心里为它们命名，这是树，这是鸟，这是青蛙。

我姐姐要嫁人了，小孩说。

啊，老师抬头看了看小孩，小孩又看到老师的脸和白天不大一样的。

什么，老师说。

我姐姐——

噢，噢噢。

浦庄是伸到太湖里去的一块地，所以它的三边都是太湖的水，刮风下雨的时候太湖的水是惊天动地的，太湖上的强盗就要出来活动了，他们总是把船停在浦庄的岸边，他们上岸来，拿着刀枪，到浦庄的人家去打劫，其实现在浦庄的人家都比较穷了，他们也打劫不到什么好的东西，但是他们仍然是要来打劫的。

老师听到了敲门的声音，小孩已经趴在桌上睡着了，他没有听到，但是老师听到了，老师心慌起来，怎么办呢，怎么办呢，老师想，要不要去开门呢，要不要去开门呢？

其实是不用开门的，他们自己会进来的，他们手里拿着火把，往老师的房间里照了照，穷鬼，他们说，穷鬼。

老师站在那边，他抖抖索索的。

你是老师吗？

是，是。

小孩仍然睡着，他不曾被惊醒，他们看了看小孩的脸，这是你的小孩吗？他们说。

是。

是你自己的小孩吗？

不是。

油灯的灯火在摇晃，老师觉得自己也在摇晃。

嘻嘻。

嘿嘿。

他们笑着，老师怕我们的，他们说。

他们四处找东西，但是找来找去找不到好一点的东西，终于有一件衣服还是比较好的，就拿走了。

拿去吧，你们把我的衣服拿去好了，老师想，但是我头脑里的知识你们拿不去的呀。

他们听不到老师心里说的话，他们仍然嫌弃这件衣服不够好，算了算了，他们说，穷鬼。

他们走出门去，有一个人说，雨好大呀，风好大呀。

另一个人说，帮他把门关上。

他们帮老师带上了门，带门的声音惊醒了小孩，他睁开眼睛看看老师，什么？他说。

没有什么，老师说。

哦。

小孩打了个呵欠，他又要睡了，他想着要睡，就已经睡着了。

强盗们在风雨中回到了他们自己的船上，他们身上湿漉漉的，天气也有点冷了，他们躲在船舱里要换上干的衣服，有一个人就把老师的衣服拿来穿了，但是他很胖，穿不下老师的衣服，大家看了看就笑起来，你穿老师的衣服，他们说，像个吊死鬼了，那个胖的人不愿意像个吊死鬼，就把衣服脱下来，也有别的人想试着穿穿的，但是他看看那衣服的样子大小，他晓得他也是不能穿的。后来就有一个人穿上了，他穿上老师的衣服是恰到好处的，不大不小，像是专门给你定做的，他们对他说，他笑了笑，把衣襟往下拉一拉，人也显得挺直起来，他是一个年纪很轻的人，别的人也搞不大清楚他到底有多大，反正他虽然年纪轻，但是做强盗也已经有好多年了，算是老强盗了，比他年纪大的人都要看他的面子，他是长得很瘦小的，虽然老师的衣服归他穿是正好的，他穿了老师的衣服，忽然就有点发出奇想来了，他到行灶那里，捞了一点黑灰，在自己的眼圈上，画了两个眼镜框。

咦，一个人看了看，说，咦。

咦咦，大家都看看他。

像的像的。

他很像老师的，穿了老师的衣服，再戴一副和老师一样的黑色的圆的眼镜，真的和老师差不多的。

噢，噢噢。

呀，呀呀。

我们也有老师的，我们也有老师的，噢噢，老师，他们胡乱地叫着，这时候，他们正在喝酒，天气冷了，受了凉，是要喝酒去寒的，他们的酒，也是从浦庄抢来的，浦庄有个叫季达生的人，他的祖上是绍兴人，是会做黄酒的，所以他在浦庄的家里也有酒窖，专门做黄酒的，强盗们到浦庄去的时候，总是要到他那里去拿黄酒，开始的时候，季达生很害怕的，后来好像也习惯，来了，就拿一些去吧。

他们把一甏一甏的黄酒搬到船上，他们天天有酒喝的，等到这一批酒喝完了，他们又会去抢一些酒来，不过这一次不一定是到浦庄，沿太湖的小乡小镇很多，总会有一两家人家在那里做酒的。

他们胡乱地叫嚷着，喝酒，后来酒兴大了，就唱歌了，他们唱道：

> 摇一橹来扎一绷，
> 沿河两岸全是好花棚，
> 好花落在中舱里呀，
> 野蔷薇花落在后棚里。
>
> 啊哈哈。
> 噢嗬嗬。
> 摇一橹来扎一绷，
> 沿河两岸好风光……

喂喂，那个穿着老师衣服的人，站在船舱的中央，喂喂，他说，大家安静。

他们安静下来，看着老师，老师拿着一根棍子，他扬了扬，大家听好，上课了，不听话，要吃鞭子的。

啊哈哈。

老师皱了皱眉，安静，他们说，不要吵。

大家又静了。

我要上课了，老师说，大家跟着我念。

大——

大——

响一点，小——

小——

多——

多——

少——

少——

啊哈哈。

他们一起笑起来，老师也笑着，他们又唱歌了：

　　　　太湖深，太湖清，

　　　　太湖水面点点星，

　　　　一颗两颗无数颗呀，

　　　　数来数去数勿清。

风很大的，雨也很大，没有人听见他们唱歌，风和雨可能会听见的，所以它们越刮越猛越下越大了，风雨像是要和他们比赛的。

天亮以后，天气也好起来了，岸上的人说，昨天夜里是不是刮翻一只船，好像叫喊的。

也不一定的，另一个人说，太湖里夜夜有叫喊声的。

有时候根本就没有船走过，也没有风也没有雨的，再一个人说。

那是什么呢？

是鬼。

落水鬼。

他们议论纷纷。

那一只强盗船后来有没有再到浦庄来过，浦庄的人也搞不清楚的，他们又不认得强盗的面孔，强盗来的时候，他们不敢看他们的面孔，看了说不定就要被杀掉的，就算不被杀掉，他们也不敢看的，他们都低着头，眼睛看在地上，所以没有人认得强盗的面孔，后来来过的强盗，是不是就是从前来过的强盗呢，谁也说不准的，如果从前的强盗一直没有再来过，也许他们真的翻了船，是不是都死了呢，但也可能他们都活着，只是转移了地方，不再到浦庄来了。

有时候会在太湖的某个岸滩上，躺着几个死人，有的老人看了看，就说，是太湖强盗，也不知道他们凭什么看出来的，但是他们的话别人都是相信的。

学校上课的时候，孩子看到他的父亲站在教室外面探了探头，嘿嘿，孩子想，他来了。

他向孩子招招手，你出来，他说，你快点出来。

孩子笑了笑，他看看老师。

我们在上课，老师说。

那我等好了，农民说。

他就站在外面等，学生都向他看看，农民有点不好意思，他走远一点，站在学生看不见他的地方。

等到下课的时候，他就跑过去，拉住自己的孩子，吓煞了吧，他说，他自己的脸是黑色里透出一点苍白来的。

什么吓煞了？孩子茫然地看看父亲，他又看看老师。

怎么会呢，农民奇怪地看着孩子，又看着老师，怎么会呢，难道是他们瞎说的？

什么瞎说的，孩子仍然是不明白的，什么瞎说的？

农民摸了摸孩子的头，又摸了摸孩子的手，喔哟哟，吓煞我了，他说。

农民放开孩子，孩子就去和其他学生一起玩了，农民疑惑不解地四处看望着，他没有看到什么。

你找什么呢？老师说。

农民摇摇头，我不找什么，他说，他们没有来过吗？

来过的。

喔哟哟，农民说，真的来过了，后来呢？

后来走了。

后来走了，农民拍拍自己的胸，后来走了。

孩子又唱歌了，他们唱道：

　　跌跌拜拜，

　　拜到南山，

　　南山北斗，

　　捉只黄狗，

　　黄狗逃走……

他们玩了一会儿，又到上课时间了，老师叫他们，他们就进教室去，坐下来，听老师讲话。

咦，农民在外面站了一会儿，咦，他想，他们来过的。

一个学期结束的时候，学生放假了，老师也要回到自己的家里去，他的家在另一个地方。

那是哪里呢？学生问他。

是北港，老师说。

北港是哪里呢？

北港是北边的一个地方。

噢。

同学再见。

老师再见。

老师回去以后，就一直没有再来，浦庄的人不知道老师为什么不再来了，老师不在的时候，学生仍然到校的，有一个代课老师来上课，代课老师说，为什么我做代课老师呢？

因为老师要回来的，别人说。

但是老师却一直没有再来。

老师生病了。

老师不做老师了。

老师结婚了。

老师死了。

老师到很远的地方去了。

大家都会说起老师的，但是时间长了，代课老师就是老师了，其实他和那个原来的老师差不多的样子，不凶，小孩也听他的话。

小孩是一直在学校里的，他念到毕业，就走了，期间可能换过好几个老师的。

在很多年以后，学校的礼堂里挂着老师的照片，学生开会的时候，要行礼的，然后大家一起说，老师好。

老师是谁呀？一个学生问。

我不晓得的，另一个学生说。

她们是两个女生，扎着羊角辫，她们一边说话一边就去玩了。

她们玩的是一种边唱边做的游戏：

跌跌拜拜，
拜到南山，
南山北斗，
捉只黄狗，
黄狗逃走，
蚀脚去追……

一个学生装成黄狗逃走，另一个学生装成跛脚的样子去追。

医

生

　　小镇上有一位名医汤先生，他是看骨科的，四周的乡下和其他的小镇上，农民们碰到伤筋动骨的事情，都来找汤先生看病的，汤先生是名医，所以他基本上可以手到病除，用手替你推一推拍一拍，或者用一点药敷一敷，也是可以药到病除的，这种药是汤先生自己熬制出来的，也是祖传的秘方，别人是打听不到的。别人的伤科经常要用石膏把病人绑起来，绑得像个伤兵一样，要几十天都不能动，不能下水，碰到在夏天，天气热，也不能用水洗，是蛮难过的，但是在汤先生这里，一般是用不着的。后来汤先生的名气越来越大，虽然他们家是祖传的伤科，可能汤先生爷爷的爷爷就是伤科医生了，但是真正有声望，是到汤先生这一辈才起来的，所以到后来，就不仅是周围的人来找汤先生，有许多远地方的人也会慕名来的，因为交通不方便，他们须得坐了车马再坐了小船才能找到汤先生，但是他们仍然是要来的。

　　还有一个名医是金先生，他也是看伤科的，这样就和汤先生的伤科冲碰了，两个人就是对手了，关系处理得不好，就变成冤家对头了。农民不认得字，就算手里拿着某先生的地址，到了镇上也是找不到的，他就向镇上的人打听。

　　我找医生，农民说。

　　什么病呢？镇上的人问。

　　伤科。

　　噢，镇上的人往东边一指，过去。

农民就往东边过去了，他果然看到有医生的，他就进去了，汤先生，农民尊敬地叫他。

其实农民找错了人家，他找到金先生这里来了。

金先生听农民叫他汤先生，他有点生气的，他说，我不是汤先生。

哎呀呀，农民有点着急了，他的手骨折了，疼得很，又惦记家里的农活要耽误了，他快要哭出来了。

要找汤先生的，金先生板着脸说，不要到我这里来。

所以后来镇上的人就会多问一句话了，如果农民向他们问路。

我找医生，农民说。

什么病呢？

伤科。

伤科吗，那么你是要找汤先生还是要找金先生呢？

我要找汤先生。

噢，那么你往西边去，过去。

我要找金先生。

噢，那么你往东边去，过去。

这样误会就会少一点了，但是汤先生和金先生仍然是计较的，农民到了汤先生这里，汤先生向他看看，你是西北荡的吧，他说。

是的，是的呀，农民觉得汤先生像个仙人，是西北荡的呀。

西北荡进来，汤先生说，是要先经过金先生那边的么。

金先生么？农民有些疑惑，我不知道的。

汤先生的眉宇就展开了，没有请金先生看过么？

没有，没有的，农民有些慌张的，我不知道的，他们叫我来看汤先生，汤先生是名医，他们告诉我的。

那我就给你看了，汤先生拍拍农民的手臂，要是找金先生看过的，我是不给你看的，他说。

（所以，有的病人就算真的请金先生看过，也不敢说出来的。）

啊哇哇，农民叫起来。

汤先生看病不痛的，其他等待汤先生看病的病人说。

是的呀，要是叫金先生看，他会弄得很痛的。

要是叫金先生看，还要叫你喝很多苦的药呢。

要喝一大缸那么多呢。

汤先生在大家轻轻的说话声中，矜持地说，好了。

好了？农民是不大敢相信的。

好了。

农民试着活动手臂，但是他仍然不敢的。

汤先生说好了就是好了，别人说。

不用怕的，另一个人说。

再给你开一帖药回去贴一贴，再一个人说。

农民觉得他们真是很幸福的，对汤先生这么了解和熟悉的，啊啊，他说，我晓得了。

汤先生将药调给农民，回去吧。

回去，我回去，现在农民显得有些犹豫的样子，支支吾吾，我回去能不能做生活的。

做杀胚呀，一个人说。

是的呀，手都骨折了，还做生活呢。

可是，可是，农民有点急的，可是地里生活多的呀。

别人又要抢先说话的时候，汤先生就咳嗽了一声，别人就不说话了，汤先生说，可以做做的，不要太吃力是可以的。

噢哟哟，农民说，碰着神仙哉。

是的呀，人家都晓得伤筋动骨一百天的。

是的呀，叫汤先生看病是不一样的。

农民在回家的路上，碰到自己村里的人，他也是来看伤科的，他看的是金先生，他抱着很多中药，是金先生开的。

这么多药呀，农民说，我没有的。

回去煎了喝的，同村的人说。

苦死的。农民说。

我是要吃的，我是不怕苦的，同村的人说，良药苦口呀，从前老祖宗都这么说的。

我是看的汤先生，农民说，看汤先生不用喝苦药的。

嗯？同村的人是怀疑的，汤先生连良药苦口也不晓得的，还汤先生呢。

先生和先生是不一样的，农民说。

他们就各人抱着各人的希望回去了，汤先生和金先生仍然在镇上给病人看病，而病人呢，也仍然是有人相信汤先生，有人相信金先生，可能这一阵汤先生的病人多一点，也可能过一阵就金先生的病人多一点，反正也没有人给他们统计，他们自己心中是有点数的。

就这样日子既快又慢地过着，有一天一个北方的人带来了自己的孩子，那个孩子有十三四岁，北方人是带他来拜汤先生为师，他也想他的孩子以后和汤先生一样，成为一个名医。

这是不行的，汤先生板着面孔说，但是其实他的心里是蛮开心的，因为他的名气已经传到很远的北方去了，但是汤氏伤科有家规的，不得传授外人。

我是真心诚意的呀，北方人说，不远千里的，比千里还远一点呢。

我晓得。

我们是全家商量决定的呀。

我们是奔着您的医术来的呀。

您的名声在我们那里也是家喻户晓的呀。

我晓得的，汤先生说，但是我不能违反祖宗定下的规矩，我不能的。

北方人有点沮丧的，他拉着孩子的手走开了，沿着镇上的小街和小河往前走呀，走呀，就走到了金先生那里。

金先生，收下我的孩子吧，他说。

不行的。

你们也是有家规的吗？

是的。

北方人拉着他的孩子的手，他们回家去了。

几十年以后，这个北方的孩子成了一所医院的院长，他已经人到中年了，他现在常常回想起当年父亲拉着他的手去到南方小镇的情形，那个小镇是湿漉漉的，天老是阴着的，常常就会下一点雨，小街上的石子是湿润的，走上去老是怕要摔跤，其实是不滑的。他的老父亲还健在，他们谈起这件往事的时候，常常争执，他记得汤先生家在北栅头，金先生的家在南栅头，而老父亲记得的却恰恰相反，老父亲认为汤先生的家在南栅头，而金先生的家是在北栅头的。

我们是从西边进去的，他说，我们从它的西北方向过来，肯定是从西边进去的。

是的，老父亲说，正因为是从西边进去的，进去以后我们就往右拐，先到了汤先生的家，所以汤先生的家是在南栅头的。

不对的，他说，我们进去以后是先往左拐的。

汤先生和金先生经过岁月的磨蚀都老了，他们不再开业行医，他们的子女也没有子承父业，都去做了其他的工作，好在这是三百六十行、行行出状元的时代，做什么工作都是可以做出出息来的，只是汤先生和金先生都有一点遗憾的，现在他们坐在小镇的茶馆里，他们的茶杯里泡着往事，这个茶馆是在桥头上的，这座桥叫吉利桥，茶馆飘着一面旗，上面写着一个很大的"茶"字。外地的人，大城市的人，都到小镇上来旅游，看看小镇上的小街和小河，乡下的农民都以为奇怪。

咦，他们说，这有什么看头的。

咦，我们天天看的。

从前没有人来的。

现在人多得来。

一个年轻的妇女菊花在小店里坐着，她在卖当地的土特产，像蜜桂花、腌菜花这样的东西。

一个年纪很轻的游客叫张仁平的经过了。

要买蜜桂花吗？

要买腌菜花吗？

张仁平向菊花看了看，他停了下来，她以为他要买什么的。

北栅头在哪边呢？张仁平问。

北栅头吗？

南栅头在哪边呢？

南栅头吗？

总是一南一北的吧，张仁平指一指南边，又指一指北边。

嘻嘻，我，不大晓得的，菊花有一点难为情。

你不是本地人吗？

我是本地人。

噢，张仁平想了想，他想到原因了，那可能是从前的地名吧，现在的人是不一定知道的。

我倒是听说别的地方有北栅头和南栅头的，菊花说。

这里不是某某镇吗？

是的呀。

我就是问的这里，不是问别的地方，张仁平说。

你可以到茶馆里去问问老人，他们也许晓得的，菊花说，她是很热情的，但是她因为不知道北栅头和南栅头，显得有点不过意的。

噢，张仁平说。

桥头上有一个茶馆的。

噢。

他们经过桥头的时候，张仁平的一个伙伴说，张仁平你是不是要找北栅头和南栅头，你不进茶馆去问问老人？

噢，张仁平说，无所谓的，我也不要找北栅头和南栅头。

他们就走过了，把茶馆和茶馆里的老人留在身后，留在他们原来的地方。

下晚的时候，外地来的人都走了，导游把小旗帜挥了一下，他们都跟着导游上了大客车，大客车开走了，小镇就安静下来，也有的人愿意在小镇上住一夜的，但是他们毕竟是少数的人，而且他们的动静不大，不喧哗的，分散到小旅馆里和老百姓家的小客栈里，镇上的街上就基本上没有他们的声音了。

汤先生和金先生他们还没有走，但是他们的茶杯里已是残茶了，他们的说话也已经到了尾声，不过这个尾声也可能就是开头的。

你那时候还盯住人家问，有没有请金先生看过，有没有请金先生看过。

你那时候还说，汤先生看过的，我是不看的，汤先生看过的，我是不看的。

嘿嘿。

嘿嘿。

小镇的夜晚就降临了。

路
边
的
故
事

　　小孩坐在马路边上，他是想给人家擦皮鞋的，他是从别的一些小孩那儿看
到的，知道这也是一条谋生的路，他就学着他们也这样了，但是因为他比较瘦小，
而且他不怎么会叫喊，所以他的生意不大好，几乎没有人注意到他。小孩的工
具是简单的，一只皮鞋擦，一块布，一盒鞋油，还有两张小凳子，一张是他自
己坐的，另一张是给顾客坐的，但是给顾客坐的那一张，老是空着，没有人坐，
也没有人知道他的小凳子是从哪里来的，街上的人来来往往，行色匆匆，大家
都有自己的事情和心思，也有的人心情是好的，他没有什么烦心的事情，是来
逛街的，所以他很悠闲，东看看西看看，这样他就会看到小孩了。

　　咦，他看了看小孩，说道，一个小孩在擦皮鞋。

　　哎，这个小孩很小的，他的女友说。

　　擦皮鞋啊，小孩对他们说，他是机灵的，看到有人看他的时候，他就会不
失时机地喊一喊他们。

　　但是他们只是朝他笑了一笑，他们并不要擦皮鞋，他们只是随便地说几句
话而已。

　　他可能只有七八岁噢。

　　看起来还不到七八岁呢。

　　他们说着，就走过去了，他们是要去商场里看看，商场就在前面，是豪华
的大商场，里边应有尽有的，只要他们的口袋里货币比较充足，去逛商场是很

开心的事情，所以他们虽然已经注意到小孩了，但是他们并没有停留，他们只是随便地说两三句话，就走了。

接着会有别的人经过这里，他可能是一个外来的民工，他不是穿的皮鞋，他穿的是一双解放球鞋，就是从前大家都穿的那种军绿色的球鞋，后来渐渐地穿的人少了，再后来几乎只有外来的农民工还穿，别的人，像城里的人，不要说穿了，在他们家的鞋柜里，也根本找不着了。

这个民工经过的时候，他也看了看小孩，咦，他说，你在擦皮鞋啊。

听起来好像他是认识小孩的，其实不是的，他只是说话的时候就是这样的口气。

小孩是回答他的，小孩说，擦皮鞋。但是小孩的热情是不高的，因为他看到这个人脚上穿的是球鞋，他一直没有揽到生意。

擦一次多少钱呢？

两块钱。

喔哟哟，民工说，擦一次就有两块，要是你一天擦二十次，那不就是四十块啦。

嘿嘿，小孩笑了笑。

那比我挣得还多呀，民工说，我倒不如也来擦皮鞋啊。

嘿嘿。

不过那样我就是抢你的饭碗啦，民工说，你肯定抢不过我的啊，你这么小，我都怀疑你会不会擦皮鞋，换了我，我是不会要你帮我擦的。

小孩心里想，你也没有穿皮鞋呀。

民工是看得出小孩的想法的，他说，你肯定在想，这个人又没有穿皮鞋，还吹什么牛呀，可是我今天没有穿皮鞋，也不能证明我没有皮鞋，我今天不穿皮鞋，也不能证明我今后就不穿皮鞋，你说是不是？

是的。

就这样民工说了说，他也要走了，他也只是路过这里，他是要到前边的工地上去做活，他是做活做到一半出来打电话的，打过电话就看见了小孩，因为小孩就坐在电话亭的旁边，这样他看见了小孩，就说了几句话，就在民工要走的时候，又有一个人走过来了，她是一个妇女，年纪是不大的，她挎着一只小的篮子，她是卖白兰花的，五角钱两朵，有许多司机喜欢买的，他们买了挂在车上，车上就会有一股清香味，别人坐上车，就会说，哇，好香啊，司机心里会很高兴的，因为他们是很热爱自己的汽车的，他们喜欢把汽车里弄得干干净净，还有清香。

现在这个妇女走过来了，她是穿蓝布蓝衫蓝包头的那种，是乡下的妇女，她的白兰花可能是自己家里种的，也可能是批发来再卖的，她叫喊的声音清脆悦耳，带着浓厚的乡音，和白兰花是一种协调，假如她是用普通话叫喊的，肯定不如现在这样协调。

白兰花。

咦，香得来，那个刚刚要走的民工停下来了，他嗅了嗅鼻子。

买白兰花啊。

咦，女人买的呀，民工说。

妇女就笑了笑，她也是承认他的说法，一般是女人买的，除了开车的司机，别的男人若是买白兰花，人家说不定会笑话他的呢，哪怕他是买了送给女朋友的，人家也会觉得他有点娘娘腔，这不像到花店买那种一大扎的鲜花，那样的男人有人觉得他是个绅士，是懂情感的好男人，所以民工这么一说，妇女也承认的，以她自己的经验，买白兰花的是中年以上的妇女为多，老太太也多的。

现在民工已经走开了，他不能很长时间不回工地的，虽然外面街上有很多事情可以看看的，但是他必须尽快地回到工地去做活，民工走的时候，妇女已经在小孩旁边的石阶上坐下来，她说，喔哟，吃力得来。

她在街上转来转去卖白兰花，现在她要歇歇了，她拿出一个矿泉水的瓶子，喝了两口水，她看小孩看着她，就说，你要不要喝一点？

不要。

咦，她说，你在太阳底下坐着，不口干的吗？

不的。

听你的口音，是哪里的，是山东的？妇女说。

不是。

是安徽的？

不是。

是湖南的？

不是。

那么是哪里的呢？

嘿嘿。

离他们不远的地方，是停车处，看车的老人听得到他们的对话，所以他隔着一段路就跟他们说话了，他不知道的，他说，我也问过他的，他说不出来的。

几岁了呢？

嘿嘿。

你怎么不戴个帽子呢，妇女说，太阳底下晒着，不热的吗？

不热。

看车的老人是戴一顶草帽的，他又朝这边看了看，后来他从哪里拿出另一个草帽来向这边扬了扬，他说，他又不要的，我这里多一个，借给他他也不要的。

咦咦，妇女说，她自己也是有小孩的，所以她看见小孩总是很喜欢他们的。

天气很热，存放自行车和摩托车的人也不多，平时很拥挤的停车场，现在显得有点空空荡荡的，今天车子不多啊，妇女向老人说。

不多。

那天我看见一个年纪轻的人在看车，妇女说，是你的儿子吗？

是我的孙子呀，老人说。

喔哟哟，妇女说，你的孙子都这么大了呀。

他们虽然在说着话，但是有行人走过，他们不会疏忽的。

买白兰花啊。

擦皮鞋啊。

他们交替地喊一喊，等行人走过了，他们又说说话，后来就有一个人来了，他是一个年轻的先生，是开着摩托车来的，他的摩托车很漂亮，是大红色的，那种红，也不是一般的红，是红得很灿烂的那种红，是红得会发光的那种红。小孩的眼光一直是有点暗淡的，但是当他看到这个摩托车的时候，他的眼睛也放出光彩来了，妇女也是有点眼亮的，在她们乡下的村子里，也有年轻人骑摩托车的，但是她从来没有看见过这么好看的摩托车，所以她暂时忘记了自己的工作，也没有叫别人买白兰花，她光顾着看车子了，只有老人是见多不怪的，这样的车子他见识得也多，所以不惊奇的，他只是接过人家的钱，撕下一张收据，交给他。

这个人将要走的时候，看见了白兰花，咦，他说，是白兰花。

先生买白兰花啊，妇女到这时候才想起来叫喊一下。

多少钱啊？

五角钱两朵。

这么便宜啊，他说话的时候，又看见了小孩，咦，他说，擦皮鞋啊？

擦皮鞋啊，小孩说。

这个人看了看自己脚上的皮鞋，是沾了点灰尘的，就擦一擦吧，他说，不过你动作快一点啊。

他坐下来，把脚伸到小孩的面前，小孩的动作蛮熟练的，他看了看，咦，他说，你老江湖啊。

小孩"刷刷"地做着，他是很仔细的，仔细得那个先生有点怕他太慢了，他说，你快一点啊，我还有重要的事情呢，他说这话的时候，脸上露出很开心和神秘的样子，使得别人觉得他是要去会女朋友的，但是妇女和老人是不会去问他的，小孩在这个问题上是麻木的，他不知道的。

这个人可能觉得坐着有些无聊了，他要拿烟出来，他拿了烟出来，想扔一支给老人的，可能他是经常来存车，觉得老人是很熟的，虽然老人并不一定熟悉他，但是他是熟悉老人的，所以他自己要抽烟的时候，也会想到扔一根给老人的，老人就在那一边伸出手接住了这根烟，嘿嘿，老人笑了一下。

但是这边却出了问题，他可能因为扔烟用的力气大了一点，他往前一冲，又往后一仰，这样他坐的那个小凳子就经不起他的折腾了，只听啪的一声，小凳子的一条腿断了，随着啊呀一声，他就跌倒在地上了，他穿的是一条浅颜色的裤子，质地也是很好的，现在跌在地上，裤子撕开了一条，而且还染上了黑的鞋油。

啊呀呀，他看着自己的裤子叫了起来，啊呀呀。

他们几个人呢，看着他狼狈的样子，有点想笑的，但是不敢笑，小孩张着两只手，一只手抓着鞋刷，一只手抓着鞋油，嘴微微地张开着。

虽然他们没有笑出来，但是他已经感觉到他们的笑了，他有些发火了，说，你们还笑啊，我这裤子怎么好去见人呢，他一边爬起来一边说，我要回去换裤子的。

他就到存车处去取漂亮的摩托车，老人因为拿了他的烟，觉得有点过意不去的，他说，你等于没有存车呀，要不然把钱退给你了。

咦咦，他说，我也不会在意这点钱的呀。

他就骑上摩托车去了，当他的摩托车刚刚从他们的视线中消失的时候，就有几个人来到这里了，他们人高马大地竖在停车场这里看了又看，一会儿指指这一辆摩托，一会儿又指指那一辆摩托。

是这一辆。

是那一辆。

他们争执起来，决定不下。

就是这一辆，红的么。

不是的，那个红比这个红好看得多。

因为他们指指戳戳，老人有些不开心了，你们做什么呢，在这里指指戳戳的。

咦咦，他们不理睬老人的，他们中的一个人奇怪地东看西看，我刚刚跟踪他到这里，明明看见他存车的，怎么一眨眼又没有了呢？

妈的，小子不会又溜了吧。

妈的，欠了我大哥钱不还，还敢骑那么好的摩托车。

他们骂起人来，他们骂了骂以后，心情又稍微地好了一点，也想开了一点。

今天找不到，总有一天找得到他小子。

跑得了和尚跑不了庙的。

他们啰啰唆唆以后就走开了，当大家经过以后，现在这里又恢复了原先的样子了。

擦皮鞋啊，小孩总是会不失时机地喊一喊。

白兰花啊，妇女现在准备离开这里了，她要到别的地方去卖白兰花了，她站起来，拍拍屁股上的灰尘。

老人在那边抽烟，那个先生给他的烟，他还没有抽完。

冯
余
的
日
子

一

　　余儿十岁的时候，跟着母亲到舅舅家去，母亲要和舅舅说话，不希望余儿听到，就想把她支开，但余儿虽然年纪小，却很机灵，她猜到母亲要和舅舅说爸爸的什么事情，就有意磨磨蹭蹭不走开，母亲正无奈时，余儿的表姐放学回来了，舅舅赶紧说，阿婕，你带妹妹出去玩吧。

　　表姐是女师的学生，穿着白衬衣，蓝背带裙，方口搭绊黑皮鞋，余儿那时候很羡慕女师的学生，就想表姐带她到女师去，但是表姐却拉着她往另一个地方去了，余儿不答应，表姐就求她了，表姐说，妹妹，让我先到张老师那里去一去，等一会儿再带你到学校去。

　　好吧好吧，余儿勉强答应了表姐。表姐比余儿大七岁，但她老是要讨好余儿，总是跟余儿赔着笑脸。

　　张老师做过表姐和表弟的老师，是舅舅请回家来教他们画画的，但是过了不久，舅舅就辞退了张老师，舅舅跟张老师说，阿婕和阿文不是学画的料，我也不指望他们了，就不再耽误您了。舅舅真会说话，其实舅舅是嫌张老师没有本事。张老师回去以后，就跟从前一样，在自己家里招几个学生，教他们画画，所以每天下午学校放学以后，会有几个学画的孩子到张老师家里去，听张老师跟他们讲山水画的基本原理，学生说，张老师，这个昨天讲过了，张老师说，讲过了吗？讲过了我们就讲另一个问题，山水画的起源，学生说，这个也讲过了，张老师说，这个也讲过了？那我们就开始画画了，李候有句不肯吐，淡墨写作无声诗，张老师说，无声诗是什么意思呢，就是画啊，张老师在墙上挂上一幅山水画《秋林》，是给学生做示范的，学生就取笔蘸墨，依样画胡芦地画了起米。这些学生也学不长的，一两个月，至多三个月，张老师这里就会换一些学生，张老师说，这叫铁打的军营流水的兵。

表姐拉着余儿来到张老师家的时候，学生的作业已经完成了，张老师将学生的仿作《秋林》一一地挂上墙去，张老师家的墙上，就挂满了《秋林》，挂得高高低低，七歪八斜，表姐指了指墙上的《秋林》，说，妹妹，你看这里边的画，哪张最好？

余儿指了指学生画的一张，这张好，表姐说，这张不算，你重新说一张，余儿就指了另一张学生画的，这张好，表姐说，就算这张好，那么第二好是哪张呢？余儿还是指了一张学生画的，这张第二好，表姐说，那么第三好呢？余儿就将学生的画一张一张地指过来，这是第三好，这是第四好，这是第五好，表姐眼巴巴地希望余儿说张老师的那幅示范画画得好，可余儿就是不说，表姐忍不住了，她就直接指着张老师的《秋林》，很巴结地看着余儿说，妹妹，你再看看，这张好不好呢？余儿说，这张不好。

怎么会呢？怎么会呢？表姐疑疑惑惑地说，怎么会这张不好呢？我觉得这张顶好了，这张是第一好。

余儿白了表姐一眼，不高兴了，表姐赶紧说，妹妹妹妹，你要是跟老师学画，你就知道哪张画好了，余儿说，我才不要学画，我们那里没有人学画的，表姐说，你要是住在我们家就好了，你就可以跟张老师学画了，余儿又白了张老师一眼，说，我才不要跟他学画，母亲说，张老师是聪明面孔笨肚肠。

不是的，不是的，表姐涨红了脸，急急地说，张老师不是的。

你怎么知道，你怎么知道，余儿说，你又不是他肚子里的蛔虫。

表姐红了红脸后，就对张老师说，张老师，你去忙吧，我帮你收拾，张老师看了看墙上的钟，我是要去了，他说，再不去人家都要走了，张老师就走了出去。表姐告诉余儿，张老师正在筹备一个画展，去向别人借场地，到时候张老师会把自己的画都挂在那里，让人家来买，余儿说，谁要买他的画呀，表姐说，会有人买的，余儿说，要么你买。表姐说，妹妹你有没有钱？余儿说，我才没有钱呢。

张老师的学生把张老师的家弄得乱七八糟的，表姐要帮张老师打扫干净，余儿不耐烦了，叫表姐走，表姐说，求求你了，等一等，等张老师回来好不好，余儿烦躁地说，要等多长时间啊？表姐说，张老师去借场地了，借到场地，张老师就可以开画展了，开了画展，张老师的画就可以卖掉了，画卖掉了，张老师就有钱了，张老师有了钱就可以寄回家去了，余儿说，是不是寄给他的老婆孩子，表姐说，你别瞎说，张老师还没有结婚呢，他是寄给他爸爸妈妈的，他还有三个妹妹要他养呢。

余儿终于生气了，你烦不烦啊，她说，你怎么什么都晓得，我不理你了，我要走了。

表姐赶紧拉住余儿，妹妹，再等一等吧，再等一等吧，要不，我跟你玩游戏好不好，余儿皱了皱眉头，游戏？玩什么游戏？表姐就去把挂在墙上的画取下来，一一地合起来，她说，妹妹，你来摸，摸到哪张，哪张就是顶好的。余儿说，好吧。表姐就把张老师的那幅画，推到靠近余儿手边的地方，表姐说，你随便拿，随便拿，反正是瞎猜的，猜到谁就是谁，可是余儿偏不拿这一张，她勾过去拿了离她最远的一张，翻过来说，这张最好。

表姐像洗牌一样将这些画重新洗过，打乱了，让余儿记不得哪张是哪张，表姐说，刚才还没有准备好，现在正式开始。

可是余儿摸来摸去，总是摸不着张老师的画，最后留在表姐手里的，余儿认为最差的，永远都是张老师的画，表姐忍不住哭起来了，她的眼泪吧嗒吧嗒地滴下来，余儿说，你哭什么啦，你的眼睛哭瞎啦，我就偏不说。

表姐呜呜地哭着说，就是他好，就是他好。

就不好，就不好，余儿板着脸，很凶地说，就不好，就不好。

张老师的画展终于开出来了，但那时候余儿早就跟着母亲回家去了，后来余儿听母亲说，张老师为了凑数，把学生的画也凑了一些放在画展上，倒是有人来买了几幅画去，但人家看中的都是张老师的学生画的画，张老师很高兴，他说，我这是抬举青年，力捧后生。

两年后的一天，母亲告诉余儿，表姐嫁人了，余儿说，嫁人，嫁给谁啦，是姓张的吗？母亲说，怎么姓张呢，不姓张，姓胡，余儿说，不姓胡，就姓张，母亲说，你这个小孩怎么搞的，是姓胡嘛，余儿说，就不姓胡，就不姓胡，就姓张，张梦白。母亲生气了，道，你胡说什么，张梦白是谁？余儿一跺脚，"哇"地大哭起来。

没有人知道余儿犯的什么病抽的什么筋。

二

冯余每次路过徐先生家，总是听到里边传出叮叮咚咚的琵琶声，小孩稚嫩的喉咙和徐先生苍老的嗓音夹杂在一道，令人发笑，冯余没有想到，后来自己的女儿也去跟徐先生学唱评弹，从徐先生那里回来，宝宝总是哇啦哇啦地唱徐先生教的开篇，时庁轻寒已报秋，霜华满地倍清幽，张生莺莺情意好，夜去明来咏好述，却被欢郎言泄露，老夫人闻听惊心头，只为西厢有君（啊）瑞留。她是清唱，家里没有琵琶给她弹，她只好清唱，但是清唱的味道总不如配着琵琶弦子好听，徐先生已经跟冯余说过几次了，金太太，他说，宝宝是有前途的，你们要舍得投点资，至少，帮她买一只琵琶，这样，宝宝在家的时候，晚上的时候，都可以练习了。

但是冯余一直没有给宝宝买琵琶，冯余说，宝宝啊，念书要紧。

宝宝说，晓得了。

但其实她并不晓得。她不复习功课，也不喜欢读书，冯余觉得这样下去，徐先生要耽误宝宝了，所以等宝宝上学去了，冯余就去找徐先生了。

徐先生的家小，都在乡下，徐先生年轻时到镇上来，在药房里做学徒，后来就一直没有回去过，药房的老中医是个书迷，把徐先生也带会了，老中医过世后，徐先生继承了老中医，在药房里坐堂，替人看舌苔，把脉，开药方，下班以后，徐先生在家里收了几个小孩，教她们唱评弹，她们使用的琵琶弦子，都是徐先生自己买的，但有的家长并不信任他，说徐先生只是一个业余爱好，水平也不高，他教出来的学生，咬字咬得刁嘴笃舌，唱腔也会走调，但是小孩不懂的，她们唱得兴致勃勃，以后甚至连说话，连念书，也都带着评弹的腔调了。

冯余经常经过徐先生的家，但是从来没有进去过，现在她进来了，看到墙壁上挂着一张奖状，上面写着：徐秋萍同志被评为群众文艺活动积极分子。

徐秋萍是谁呀，冯余问。

就是我呀，徐先生说。

徐先生收学生已经有好多年了，他教的学生，后来都长大了，她们去读中学，考大学，去工作，其中只有一个学生，工作以后，曾经代表自己的单位参加业余文艺比赛，但并不是唱评弹，而是跳舞，徐先生家里，挂了一张她的演出照片，因为是集体舞，演员比较多，而且都化了一样的妆，头上还戴着一样的帽子，面孔不是很清楚，徐先生就用红笔将她的脸勾出来。

冯余看了看这张照片，认了认这个学生，但她认不出是谁家的孩子，徐先生说，这是小红，李小红，就是李建树的女儿。

噢，冯余说，其实她并没有想起来，她不认得李建树。

这张照片，来之不易的，徐先生感叹地说，李小红其实很有天赋的，后来她出去读书了，就再也没有她的消息，有一天我在街上碰到她的妈妈，是她妈妈告诉我的，我就跟她回家，把她家的照片借过来，去照相馆翻拍了，放大了，就是这张。

冯余本来是要来跟徐先生了断宝宝学评弹的事情，她事先已经想好了托辞，她就说，徐先生，我们要搬家了，搬到很远的地方，这样宝宝就不能来学习了，她这样说，是为了不让徐先生难堪，不是因为徐先生教得不好，也不是因为学评弹影响宝宝的正常学业，总之是可以让徐先生下得了台的，她是骗徐先生的，就算以后被徐先生戳穿了，她也有话可以说，就说，本来是要搬的，后来搬不了了，就没有搬，反正到那时候，宝宝已经中断了学习，她的念头也差不多没有了，小孩子嘛，念头不会很长的。

但是不知为什么，那天冯余坐了一会儿，居然没有说，就走了。

所以宝宝还是继续跟徐先生学习，冯余也一直没有搬家，宝宝初中毕业后，报考了评弹学校，被录取了，录取通知书到达的那一天，徐先生见人就说，宝宝录取了，宝宝录取了。

虽然是个不大的镇子，但是并不是所有的人都知道金宝宝，徐先生大家是知道的，但是徐先生带过的学生太多，别人也分不清谁是谁家的孩子。

三年很快就过去了，宝宝就快要毕业了，在双向选择人才交流的时候，金宝宝被一家大公司相中了，去做公关礼仪小姐，在金宝宝到公司报到的那一天，冯余下岗了，在回家的路上，她又听到了徐先生家飘出来的叮叮咚咚的琵琶弦子声，冯余停了下来，她想，我应该进去告诉徐先生一下，宝宝的工作有着落了，但是冯余犹豫了一会儿，到底还是没有走进去。

宝宝后来和公司的老总相爱了，但老总是有老婆的，老总答应宝宝，他一定和老婆离婚，娶她，冯余说，他要是不离呢？宝宝说，我等他，冯余说，他要是还不离呢？宝宝说，我还等他。冯余说，他要是永远不离呢？宝宝说，我永远等他。

徐先生为了鼓励学生学习评弹的积极性，他跑去一个大码头，自费请来了响档王寄和、周月如，他们演的是长篇弹词《玉蜻蜓》，这出书目要说满两个月，但是徐先生经费有限，请得起先生，却供不出两个月的栈房钱，好在王寄和、周月如虽是名牌，人却随和谦虚，知道徐先生的难处，王寄和说，我们跑惯码头的人，马马虎虎，有地方轧个铺就行，周月如也说是。

王寄和是男先生，就和徐先生轧铺了，但周月如是女先生，没有地方打铺，徐先生去找冯余商量，冯余说，就叫周先生跟我轧铺好了。

冯余从前是不喜欢听书的，她嫌说书太琐碎，一个小姐下楼，十几级梯，说了几夜的书，没有走到楼下呢，冯余说，急煞人了，我等不及的。现在因为周先生来轧铺，晚上总是要等周先生回来，早睡不了，冯余干脆就跟了先生去听书。听到徐元宰庵堂认母那一段，冯余哭了。

天气热起来，周先生的身体大不如从前，她觉得有点透不过气来，她对王寄和说，师兄，我不灵，我变得娇气了。王寄和说，不光是你，现在的人，都比从前娇气了。

这期间的一天，宝宝和老总一起回来了，他们看到书场里的先生和听客都大汗淋漓，宝宝的老总说，这怎么行，这怎么行，热也热死了。他当场决定资助书场装两台柜式空调，第二天空调就安装好了，凉风习习的时候，周先生终于透过气来了，她说，唉，空调到底舒服啊。

这天的书，说到徐元宰偶得血书而知生母下落，但是冯余没有听到，她在家里和宝宝说话，她们母女一问一答。

他离了没有？冯余问。

快了。宝宝答。

他的小孩十岁了？

九岁。

你明天要走了？

要走了。

第二天宝宝的车开走后，不久又回过来了，宝宝从车上搬下来几把琵琶弦子，说，妈，刚才特意到琴行去买的，你去送给徐先生吧。

冯余把琵琶弦子送到徐先生那里去，以后学生来学习时，徐先生就告诉她们，这是宝宝买给你们用的。

宝宝是谁呀？学生问。

宝宝就是金宝宝呀。

金宝宝是谁呀？

金宝宝，她从前也和你们一样，是在老师这里学评弹的。

噢，学生们不再追问了，她们专心致志地跟着徐先生练习起来。她们用稚嫩的嗓音唱道：云烟烟烟云笼帘房，月朦胧月色昏黄，阴霾霾一座潇湘馆，寒凄凄几扇碧纱窗。

三

冯余和丈夫离异后，一个人带着女儿过日子，期间也有热心人介绍对象，但不知为什么，都没有成功。冯余没有表现出特别地拒绝和反对，但肯定也不是很热情，如果她比较热情的话，事情会好办些的。后来冯余下岗了，她自己好像没有什么感觉，但是她的一个同事汪珠珠急了，她对她说，冯余你再拖拖拉拉拖泥带水，就人老珠黄啦。汪珠珠就自说自话地带来一个人。

这个人叫黄汉国，从前在外面做生意，后来做累了，钱也积了一点，就回来了，但是他的老婆已经跟别人走了，黄汉国想，也罢，丢了的东西本来就不该是自己的，不如再找一个。

汪珠珠把黄汉国带到冯余家里，他是汪珠珠老公的远房亲戚，冯余要给他抽烟，黄汉国说，我不抽烟，也不喝酒，人家说做生意的人不喝酒不行的，我就不喝，照样行，冯余听他这么说，便想起从前听到的一个笑话，有一个人给"优秀男人评选委员会"寄了一份申请材料，他认为自己是最佳人选，因为他不抽烟，不喝酒，对妻子绝对忠诚，对别的女人看都不看一眼，不看电影，也不看戏，睡得早，起得早，每到星期天，就想去教堂祈祷，等等，最后这个人写道，再顺便说一句，再有一年我就可以出狱了，冯余想到这儿，忍不住把这个笑话讲了出来，听到最后，汪珠珠和黄汉国都笑了，汪珠珠说，真逗，原来是个劳改犯。

这天冯余送汪珠珠和黄汉国走的时候，汪珠珠对黄汉国说，你走远一点，我要和冯余说几句悄悄话，你不要偷听。黄汉国老老实实地站到远处，汪珠珠对冯余说，冯余，我可是近水楼台先得月，抢先一步替你抓来了，你可得抓紧了，小心被别人抢了。

冯余觉得汪珠珠的表情很好笑，她跟她开玩笑说，谁抢啊，要么你抢。汪珠珠认真地说，可惜我有老公，我要是没有老公，我肯定要抢的。

汪珠珠的牙齿缝里有毒，她说的话咒死了她的老公，在汪珠珠替老公办丧事的期间，黄汉国来找过冯余，他们坐在冯余家，喝着茶，黄汉国说，我以前写过一张征婚启事，冯余说，登出来了吗？黄汉国说，没有，登报要五百块，做到电视上更贵了，后来就介绍你了。

他们说了说别的话，后来说到汪珠珠的老公，他身体一向很好的，突然就查出来有病，查出来有病还不到一个月，就去了，黄汉国叹息着说，人生真是无常啊。

后来黄汉国大约有一个多月没有到冯余家来，冯余有一次在街上看到他的背影，她觉得他的背影和他的正面不太像是同一个人，开始她是想要喊他一声的，但后来一直等他走得很远了，她也没有喊他。

又过了些日子，黄汉国和汪珠珠一起来了，他们喜气洋洋地给冯余送来一张婚礼的请柬，上面写着：兹定于某年某月某日某时在某某大酒店举行黄汉国先生汪珠珠小姐婚宴，敬请光临。

黄汉国和汪珠珠结婚那天，来了许多客人，冯余的前夫金子强也来参加了，他们不在一张桌子上，起先都没有看到，后来金子强过来敬酒，才看到了，他跟冯余说，你一点也不老。

冯余有好多年没有听到金子强说话了，她记得多年前他们最后的对话是这样的：

女儿要跟我的，冯余说。

那就跟你吧，金子强答。

金子强是喜欢喝酒的，他喝得脸红通通的，十分兴奋，新人都还没有出场敬酒，他已经从这一桌敬到那一桌，在大厅里穿来穿去，哇啦哇啦，有人跟他开玩笑，金子强哎，今天到底谁是新官人啊？

这时候新官人和新娘子过来敬酒了，新官人不喝酒，脸也不红，口齿也不乱，看上去十分文雅，但是大家不肯放过他，新娘子说，你们放过他好了，我来替他喝，大家起哄起来，都高兴看新娘子喝酒，黄汉国站在一边，也一直笑眯眯地看着。

后来的酒席就有点乱了，虽然新官人不喝酒，但是这不影响别人喝酒，喝得多了，就有点乱，你跑到我桌上，我跑到你桌子上，都坐乱了，冯余旁边的座位，本来是另一个妇女的，现在被金子强坐了，金子强说话舌头有点大，但思路一点也不乱，他说，冯余，其实你误解我了，金子强说，我不是坏人，不信你回去找一找，箱子里有张纸条，你看到那个纸条，你就知道了，你知道了，你就会后悔的。

冯余想，我才不相信你，我也不会去找什么纸条，就算有什么纸条，我也不会看，就算我看了，我也不会知道，就算我知道了，我也不会后悔。

但是冯余回去以后，忍不住还是寻找了，她翻箱倒柜，没有找到金子强所说的什么纸条，却翻出一张发了黄的画来，画画人盖的印章已经很模糊了，冯余研究了半天，才研究出那三个字是：梦白印。这是表姐的老师张梦白的画，这画怎么跑到她的箱子里来了，是表姐放进来的，还是她自己偷过来的，表姐为什么要放进来呢，她又为什么要偷过来呢，冯余怎么也想不起来了。她只是记得，表姐跟她玩游戏，表姐一心想要她拿到张老师的这张画，可她偏不，她在张老师的画纸背面做了记号，这样，无论表姐怎么换来换去，她可以永远不拿到张老师的画，后来表姐就哭起来了。

往事像一片稀疏的云，在头上飘来飘去，冯余依稀望得见它，却看不分明，更别想捉住它了。

满贵从城里给牛寄了一封信，信上说，牛，你来吧，城里的自行车多得不得了，满大街都是的。

牛拿了满贵的信，到城里来了。

哪里有自行车？牛说。

那里，满贵指着许多自行车，那里。

有锁的，牛说。

拿把小锯子锯一下就开了，满贵说，很方便的。

满贵过去嘎呲嘎呲锯，有个人走过，他看了满贵一眼，摇了摇头，不好的，他说，这样不好的。

牛的脸通红，这个人会把满贵抓起来的，他想。

但是这个人并没有抓满贵，不好的，他说，不好的，但是他走了。

满贵向牛招招手，牛，你来试试，他把小锯子给牛。

这样不好，牛说，我不会锯的。

就那么拉几下，嘎呲嘎呲，就行了，满贵说。

牛锯了几下，那个钥匙环就断了，嘿嘿，牛说。

走吧。

满贵和牛一人推一辆车，牛说，为什么不拿那个新的？

不要新的，满贵说。

为什么？牛问。

满贵不说为什么，只是笑了一下。

满贵，牛说，这车子我们自己用吗？

我们自己要用什么车？满贵说。

那我们到哪里去呢？

皮市街。

皮市街是干什么的？

旧货市场。

噢，牛说，去卖掉。

二十块，老板看着满贵的自行车。

怎么二十块，满贵说，不可能二十块的。

老板指指牛的一辆，这辆给三十。

太、太那个了，老板，满贵说，我们也辛辛苦苦的。

辛苦个屁，老板说。

至少也要担惊受怕的，满贵说。

怕个屁。

嘿嘿，满贵说，再加十块吧，老板。

没有的，老板板着脸，没有的，最多再加五块。

碰上你这样的老板，无路可走的，满贵说，唉。

老板数出钱来，走吧，走吧，老板说，派出所要来的。

满贵把钱放进口袋，牛跟着他，牛看到旧货摊上有个旧式的烟斗，牛笑了
起来。

什么东西，满贵顺着牛的眼光看，他没看到有什么可笑的东西。

那个烟斗，牛说。

我说的吧，满贵道，城里的街上都是钱。

是偷，牛说，抓起来怎么办？

抓起来也不要紧的，骂几句就放出来了，满贵说。

不关起来的？牛问。

哪里关得下，满贵说，关不下的。

其实，牛说。

其实什么？

其实我们像他们一样，牛看旧货摊的老板，他们的脸上都有一些舒舒服服的样子，牛说，做做小生意。

本钱呢，满贵说，你有多少钱？

有五十五块，牛说。

什么，满贵说，钱是你的？

牛的脸有一点红起来，满贵，他说，我不是这个意思，我不是，我是……

你是什么，满贵说，你什么也不是，钱是我的，没有钱，鹅什么时候肯嫁给我。

我姐姐不是那样的人，牛说。

那她是哪样的人，满贵笑起来，她是哪样的人？

饿不饿，满贵说。

饿的，牛说，肚子一直在叫。

想吃什么，满贵说。

嘿嘿，牛笑了一下。

笑，满贵说，以为我请不起。

没有，牛说，他看到大马路上一家灯火辉煌的店，牛念出玻璃门上的字，纽约、假日、休闲、自助餐。

想吃这个？满贵说。

不是，我不是，牛说，我只是念一念，什么意思。

什么意思，满贵说，饭店，吃饭的地方。

噢，牛说，美国人开的。

也不见得，满贵说，洋盘，里边的东西是洋盘。

怎么洋盘，牛说。

用刀用叉子，满贵说。

那我晓得的，是西餐，牛说，西餐我晓得的。

你想吃洋盘？满贵说。

牛又继续念起来：早餐每位十五元，中餐每位三十五元，晚餐每位五十元，现在是中午，牛说。

进去吧，满说。

牛不走，牛说，你不要积钱娶我姐姐了？

你说鹅不是那样的人，满贵说。

她不是，她不是，我是，牛说。

欢迎光临，穿白衣白裤的小姐站在门口已经大声地喊起来。

怎么都是白的，满贵说，刺眼睛的。

美国下雪下得多，牛说，可能是的。

几位？小姐笑眯眯地说，先生两位？

两位，满贵说，牛，自己去拿吃的，吃得下多少吃多少。

我知道的，牛说。

拣贵的拿。

我知道的，牛说。

小姐笑起来，牛的脸有点红，自助餐，他说，我从前吃过的。

现在只要有钱，满贵说，什么东西吃不到？

他们端了满满的盘子坐下来，小姐送上刀叉勺和一份介绍，牛看了看，上面写着吃西餐的规矩，第一道菜应该取什么，第二道菜应该取什么，然后第三道，第四道，牛向四周的人看看，没有人按照这上面的规矩做的，他们都是满满的一大盘子，里边什么都有。

左手拿叉，牛说。

你可以左手拿，满贵说，我是要用右手的，我又不是左撇子。

我也不是左撇子，牛说，我是念这上面的字，右手拿刀。

好多白色的小姐走来走去，后来有一个小姐站在他们面前，牛不知道她要干什么，向满贵看看，满贵说，吃吧，她看着你吃。

另一个小姐也走过来，两个小姐并排站在他们面前。

都像你们这么能吃，一个小姐笑眯眯地说，我们老板陪光了也不够的。

你们老板是美国人吗？牛问。

嘻嘻，小姐笑，你说呢？

不是美国人吗？

嘻嘻，你说呢？

你们也是外地来的，满贵说，听口音听得出来。

打工妹，一个小姐说。

另一个小姐笑了笑。

我们也是，牛说，我们也是。

是什么，小姐说，打工的？

是的，牛说。

你们做什么？

牛脸上红了一红。

满贵说，我们搞建筑的。

搞建筑赚钱的，一个小姐说。

辛苦的，另一个小姐说。

不辛苦怎么赚钱，满贵说，不赚钱到哪里去讨老婆。

小姐们笑起来。

你乱说，牛有些生气，他说，我要告诉鹅的。

你不会告诉的，满贵说。

现在我们做什么，牛说，我们到哪里去？

看录像，满贵说。

看录像干什么，牛说，干什么要看录像？

不看录像干什么，满贵说，你想睡觉？

我不想睡觉，牛说，我一点也不困。

所以看录像，满贵说，有的事情，白天不好做，要等到晚上的。

我晓得，牛说。

天黑下来，天上没有星星，天气好的，牛说，怎么没有星星。

这一家，满贵停了下来，说，我们到这一家。

这是工厂，牛说，有人守门的。

后边也有门的，满贵说，牛跟着满贵绕过大门，往后面走。

有一段围墙上缺了一个口，人可以进去出来。

这不是门，牛说。

管他是不是门，满贵说，能进去的地方就是门。

他们从洞里走进来，牛说，这里面有什么？

看看，满贵说，看了就知道。

一道手电筒的光照过来，满贵，牛说，满贵。

光照在满贵的眼睛上，满贵说，谁？

你问我？一个老师傅站在他们面前，他把手电筒的光从满贵脸上移开一点，你们干什么？

看看，满贵说。

有什么好看的，老师傅又照了照牛，但是他没有照牛的眼睛，你们是一起的？他问牛。

墙上有一个洞，满贵说，我们就走进来了。

我看到你们从大门口走过，老师傅说，我就知道你们要进来的。

老师傅有经验的，满贵说，等于是我们肚子里的蛔虫。

什么事情不好做，老师傅看着牛，又不是没有力气，干什么要做小偷。

我不是，牛说，我不是，我是……

你想偷什么，老师傅说，我们厂里也没有什么了。

是做袜子的厂，满贵说，我以为是别的什么厂。

爱丽丝，牛说，爱丽丝是一个外国女人的名字。

叫玻璃丝还差不多，老师傅说，玻璃丝人家就晓得是袜子，爱丽丝人家不晓得是什么。

除了袜子你们不做别的东西？满贵说。

不做的，老师傅说，我们只有袜子。

唉，满贵说。

你们要偷，就偷几双袜子去吧，老师傅说。

你叫我们偷？牛说，你是，你……

我们的厂，老师傅说，要关门了，也不穷在这几双袜子上。

干什么关门？牛说。

我不晓得的，老师傅说，你们要拿，就拿几双去。

嘿嘿，满贵笑起来。

要过年了，老师傅说，带玻璃丝袜子回去，老婆会开心的。

他还没有娶老婆呢，牛说，他要娶我姐姐的。

那你们就是亲戚了，老师傅说，你们心不要太黑，要拿就拿一点，不要拿得太多。

我们不要，满贵说，我们不要袜子。

为什么不要？牛说，袜子好的，你不给鹅拿几双玻璃丝袜，你心里根本就没有她，是不是？

不是的，满贵说，反正我不要。

这倒也是，老师傅说，现在外面，袜子满街都是，一块钱可以买几双的。

是不是因为袜子太多，牛说，你们就要关门了。

我不晓得的，老师傅说，可能是的。

走了，满贵说。

他们仍然从围墙的洞里出来，手电筒的光又照了照他们，后来就没有了。

他为什么让我们拿？牛说。

你说呢？

他怕我们？牛说，他是不是以为我们要打他的？

你会打他吗？满贵说。

我不会的，牛说，我肯定不会的。

他去叫人呢，满贵说，去叫警察。

我逃，牛说。

逃不掉呢？

我不晓得的，牛说。

时间差不多了，满贵说，走了。

我观察过好些日子，满贵说，这一家晚上没有人的。

怎么会没有人？牛说，他们都出去了？

我不晓得的，满贵说，反正我知道他们家的人吃过晚饭就出去，一晚上也不回来的。

他们到哪里去呢？

我不晓得，满贵说。

但是他们的门肯定是关着的吧，牛说。

那当然，怎么会不关门，又不是乡下，满贵说，再说，现在小偷这么多。

牛笑了一笑。

满贵说，城里人都说，民工要回家过年，小心一点。

那我们怎么进去，牛说，我不来事的，我不会撬锁的。

不用撬锁，满贵说，我们趁他们没有走的时候，溜进去，先躲着，然后他们走了，我们就出来拿东西。

就像小偷一样，牛说。

是的，满贵说。

他们溜进这个人家，在门背后躲起来，等他们出去。

一个主人说，今天不去了。

为什么？另一个主人说。

今天他们来，一个主人说。

烧一点开水等他们来，另一个主人说。

他们去烧开水，过了一会有人敲门了，进来的人说，换换地方，手气会好一点。

另一个进来的人说，臭手永远是臭手。

你是臭嘴，一个进来的人说。

嘴臭不要紧，另一个进来的人说，只要手不臭。

一个主人说，你们都不是我的对手，换什么地方，换到天堂也是一样的。

换到地狱也是一样的，另一个主人说。

他们稀里哗啦打麻将。

满贵站在一扇门后面，牛站在另一扇门后面，他们不好说话，也看不见对方。

满贵站得浑身都酸痛起来，他终于不耐烦了，好了没有，他从门背后走出来，说，我的脚都站肿了，你们还没有打完，你们要打到什么时候？

没有人和他说话，他们说，五筒。

碰。

八条。

吃。

三万。

杠。

牛，满贵说。

牛没有声音，满贵过去看看，牛坐在门背后的地上睡。

七条。

吃。

喔哟，挑你吃嵌张。

你怎么出七条呢。

金三七，银二八。

总归要给人吃给人碰的，给人活路，自己才有活路。

这话说给你自己听听，自己把牌卡那么紧。

我紧什么，坐我下家，不要太开心，我从来不卡牌的。

一个人欲出二万，满贵急了，不能打二万，满贵说，二万不能打的。

关你什么事，一个人要一张二万，做一条龙的，他生气地说，关你什么事，你看了我的牌说话，不懂规矩的。

我没有看到你的牌，满贵说，我一直站这个角落里，我看不到你的牌的。

拖张凳子坐下来，一个人说，看牌只能看定一家，不要同时看几家。

我又不要看牌的，满贵说，我不要坐。

他们的声音突然大起来，一个人自摸了，清一色，他说。

牌洗洗干净，另一个人说，他用力推倒牌，哗啦一声很响。

什么？牛在门角里被惊醒了，干什么，我没有，我没有，牛说。

走了，满贵说。

牛懵懵懂懂，走，他说。

再见，一个人说。

再见，满贵说。

又一个人说，我不喜欢有人看我打牌的。

他们走出来，有一个菜农挑着菜在街上走，天还是黑的，但是很快就要亮了。

天要亮了，牛说。

街上人来人往，但是没有什么人光顾绸布店，早晨的太阳淡淡地照在门前的地上，他们心里有一点慌慌的感觉。

我反正，老张说，我反正也无所谓。

我也无所谓的，金妹说，我反正也无所谓的。

他们一起看了看李梅，李梅向他们笑了一笑。

有一个人走进来看看绸布，蛮好的料子，他说，现在绸布店只有一个柜台。

从前大家都喜欢绸子，金妹说，现在不喜欢了。

这个人向绸布店里边看看。

他们租了我们的柜台，卖乱七八糟的东西，金妹说，其实生意也不算好，跟我们也差不多的。

现在，这个人说，他慢慢地走开了。

哎，金妹看着老张的脸，她说，你刚才说无所谓，什么意思。

什么什么意思，老张说。

是不是，金妹说，是不是有什么说法？

有什么说法？老张说，你听到什么？

我没有听到什么，金妹说，你说你无所谓。

李梅看着街上走来走去的人，我心里有点乱，她说。

金妹向老张看了一看，又转向李梅，你的事情，她说，你们的事情，解决了没有?

解决了，李梅说。

女儿归你?

归我的。

他要贴生活费的。

要贴的。

唉，金妹说。

其实，老张说，其实……

他贴多少钱? 金妹问。

不多的，李梅说。

其实，老张说，其实，也不一定要走这一步的。

咽不下这口气的，金妹说。

但是经济上肯定吃亏的，老张说。

已经这样了，李梅说。

算了，金妹说，再找一个比他好的。

李梅笑了一下。

老张说，你以为是买青菜。

一个乡下妇女背着一个大包走过来，绣品要不要? 她说。

你有什么? 金妹说。

手帕，围巾，妇女说，都是手工的。

我们不要，老张说。

你们要一点吧，货色好的，乡下妇女说，她打开包，抓出一把绣品，送到金妹和老张面前，你们看，货色是好的。

卖不掉的，老张说，现在没有人要。

妇女愣了一愣，她抬头看看店招，是这里，她说，幽兰街的绸布店，你们是有名的，老字号的绸布店。

我们的店，金妹说，是百年老店。

我们那里的人都晓得，幽兰街的老店是识货的，妇女说，我这是好货。

好货也没有用的。

　　唉，妇女说，连你们老店也不要绣品了，我们怎么办呢？

　　你们就不要再做了，金妹说，反正也没有人要。

　　不做，妇女说，我们那里，做丝绸绣品，做了好多年，现在就不做了？

　　那也没有办法的，老张说。

　　唉，妇女说，不做怎么样呢？

　　现在乡下的日子也好过的，金妹说，比我们城里人好过。

　　田里也没有事情做，厂里也没有事情做，妇女说，从前总是鸡叫做到鬼叫，也做不完的事情。

　　那么你们做什么呢？金妹说。

　　男人打麻将，女人也打麻将，妇女说，老太婆到庙里烧香。

　　嘿嘿。

　　街对面的店门口开来一辆小卡车，卸货的人把几箱子的货卸下来，搬进店去，车了开走了，有两个男人留在那里，一个男人拿出烟来，给另一个男人一支，自己也点了一支，他们抽了抽烟，就开始拆箱。

　　去看看卖什么的，金妹走到对面，看了看，又过来了，卖玉雕的。

　　哪里的？老张说。

　　山东的。

　　你问他们的？老张说。

　　我没有问，听口音就像是山东的。

　　山东出石头吗？老张说。

　　山东怎么不出石头？金妹说，现在哪里都出石头。

　　我听说浙江的青田石好的，老张说，山东有什么好石头。

　　哗啦啦，对面店里打翻了什么，哎呀，玉石经不起跌的，金妹跑过去看，老张也跟过去看看，还好，金妹说，没有跌出来，跌出来要碎的。

　　碎，一个男人笑起来，不会碎的。

　　你们是绸布店的，另一个男人说。

　　是的，金妹说，你们卖玉雕。

　　这是一条老街，一个男人说。

　　是的，金妹说，你们的石头，从哪里来的？

山里挖出来的，男人说。

你们是山东人？

我们是山东人？一个男人笑起来。

另一个男人说，我们是浙江人，浙江青田。

我说的吧，老张说，浙江青田出石头的。

金妹怀疑地看着他们，浙江人说话这样说的？她回到自己店门口，向李梅说，李梅，你听他们说话的口音，像哪里的？

李梅说，像山东的。

就是，金妹说，浙江人不是这样说话的，现在，反正现在的事情，也搞不懂的。

一个男人跳到凳子上，举起电喇叭，喂了一声，声音在街上响起来：大拍卖，大拍卖，他说。

街上的人被男人的声音吓了一跳，停下来看。

大拍卖，男人说，他拿起一只玉雕奔马，五百，四百，三百，二百，一百八，一百六，一百五，一百四，一百二，一百，声音戛然而止。

什么意思？有人问。

低于一百不卖了，老张说。

大拍卖，男人又换了一件东西，是玉雕的果篮，玉石雕成的各种水果鲜艳欲滴的，三百，二百，一百，八十，七十，五十。

低于五十不卖，有人说。

接下来是一座玉观音，大拍卖，男人说，八百，五百，三百，二百，一百五。

大家哄笑起来，男人也笑了笑，弯腰准备去寻另一件东西。

观音拿来我看看，有人说。

这样做生意的，另外有人说。

观音又被送回去，那个人说，不要。

街上围过来的人越来越多了，路有点堵了，有人骑车经过过不去，就下车来看，干什么，他说。

大拍卖，有人回答。

老张也回到绸布店，唉，他说，东西很便宜，一个观音，做得真好。

你想买吗？李梅说。

观音要说请的，金妹说，不要说买。

我不要，老张说。

你家螺蛳壳点地方，金妹说，放也没处放的。

大拍卖，男人一直在叫喊，大拍卖，五百，四百，三百，二百，一百，五十，四十，三十。

大家哄笑。

吵死了，金妹说。

另一个男人拿个杯子跑过来，大姐，讨点水喝，他向李梅说。

李梅给他倒了开水，谢谢大姐，男人说。

怎么不是山东人，金妹说，山东人见人就叫大姐的，他们不管你比他大还是比他小，都叫大姐，这就是山东人。

老张说，也不见得吧。

怎么不见得，金妹说，他不见得比李梅小吧，看上去老眼多了。

大拍卖，讨开水的男人站到凳子上，换下那一个人来喝水，讨开水的男人也和那个男人一样叫喊，五百，四百，三百，二百，一百，五十，四十，三十。

有人说，二十卖不卖？

不卖。

一片笑声，什么东西，有人说。

有人来光顾绸布店，她是一个上了年纪的妇女，我是你们的老顾客，她说，从前，我从来不买别人的绸布，都是买你们的。

金妹看了看她，不熟，金妹说，你可能有些日子没有来了。

有几十年了，女顾客说，我后来到外地去工作。

退休了？金妹说。

是的，女顾客说，还是想回来的。

你剪什么绸料？金妹说，现在的品种，比从前多得多。

我看看，女顾客说，她看了看老张。

像我们这个老字号的店，老张说，规矩大的，从前要求"营业员做顾客三分主"的。

那时候，我们一走进店里，女顾客说，营业员都是笑脸相迎，设座奉茶敬烟，问长问短。

那是从客套话中探明顾客需要，老张说，才可以做到心中有数。

女顾客说，这位老师傅，从前就在店里的。

你认得我？老张说。

老师傅有六十了吧，女顾客说。

六十八。

没有退休吗？

退了。老张说。

他是返聘的，金妹说，他从前是做裁缝师傅的。

噢，女顾客说，说不定你还帮我做过衣服。

也不一定的，老张说，店里有好几个裁缝师傅。我有一件绸的连衣裙，女顾客说，穿了好多年，同事都说好，后来胖了，不能穿了。

你在哪里工作的，金妹说，是不是在北方？

是在北方，女顾客说，北方人对绸子很喜欢的。

从前北方人到我们这里来，都要找到我们店买绸子，老张说。

从前我回家探亲，要帮他们带绸子回去的，女顾客说，我告诉他们，我的家乡，是丝绸之乡，从前说，日出万绸，衣被天下的。

唉，老张说。

有一年，女顾客说，我带他们到东方丝绸市场去，他们都看得眼花缭乱。

目迷五色，脑子就乱了，老张说，于是就乱买瞎买。

从前是有意这样的，金妹说，是不是，有意搅得你眼花缭乱，把货色翻来翻去给你看，看得你不晓得好坏。

东方丝绸市场，是全国最大的丝绸市场，李梅说，是不是的？

当然是的，金妹说。

现在关门了？女顾客说。

关门了。

那么，女顾客说，那些做丝绸的厂和人到哪里去了呢？

不晓得。

玩玩吧。

有的还在做。

做了干什么呢?

不晓得,反正也卖不掉。

我儿子女儿在北方工作,女顾客说,他们都不想回来了,可是我还是想回来,我就一个人回来了。

叶落归根,金妹说。

是的,叶落归根,女顾客说。

你剪一点喜欢的料子?

我想给女儿剪一段绸子,请裁缝做一件连衣裙,和我当年穿的那件一样,出风头的。

做连衣裙,金妹看了看一大堆的料子,挑出一块,这块好的。

李梅指指另一块,这块也好的。

你可以请老张做,金妹说,他是老师傅了,手艺好的。

女顾客点点头,我晓得的,老师傅从前肯定帮我做过衣服。

也不一定的,老张说,我们店里,裁缝师傅有好几个。

这块料子不错,做连衣裙一定好看的,那块也好的,不过,女顾客说,我不要。

为什么?

我女儿不要的。

街对面吵吵闹闹,大拍卖,男人用电喇叭大声喊,大拍卖,五百,四百,三百,二百,一百,五十,四十,三十。

他们干什么? 女顾客问。

大拍卖。

女顾客回头看了看,又转过来,我只是,她看着那些绸子,说,我只是来看一看,我不买绸子,我只是想来看一看。

一晃就好多年过去,老张说。

日子过得太快,女顾客说,我从前住的地方,已经没有了。

拆了? 金妹说。

拆了,女顾客说,变成大马路了。

出来好些大路,金妹说,都是拆了小街巷变成大马路的。

我要来看看的，女顾客说，说不定老字号的绸布店，哪一天也没有了。

不会的吧，老张说，幽兰街是条老街，有很多古迹的。

难说的。

老张想了想，也是的，他说，难说的。

李梅去方便的时候，有个人来找她，他背着一个沉重的旅行包，风尘仆仆的样子，我刚刚下火车，他说。

你从哪里来的？金妹说。

深圳。

你是李梅什么人？金妹说。

嘿嘿，他笑了一下，什么人，不什么人。

你找李梅干什么呢？

李梅过来了，这个人找你，金妹说。

你找我？

深圳的人说，你是李梅？

是。

我从深圳来，他说。

李梅的脸上红了一下，深圳，她说。

我和一平在一起的，这个人说，一平叫我来找你。

他有什么事？李梅说，他到深圳去，我也不晓得的。

你男人到深圳去了？金妹说，可能有钱了。

你们办了手续？老张说。

办了。

我说的，老张说，其实不一定要走这一步的。

我们不是为钱。

为一口气，金妹说，换了我，我也要办的。

我不晓得你们的事情，这个人说，一平叫我来我就来了。

既然走了，走就走了，又来找什么？金妹说。

送钱，这个人说，他从口袋里摸出一个信封，交给李梅，这是你女儿的生活费。

李梅愣了一愣，接过信封。

你点一点，这个人说，数字写在这里的，他指了指信封。

你们在深圳开公司吗？金妹说。

不是的，这个人笑了一下，打工，他说，很辛苦的。

李梅低着头，柜台上绸子五颜六色映在她的眼睛里。

一平叫我告诉你，这个人说，他要我告诉你，他很想女儿的。

哼哼，金妹说。

我一下火车，才想起没有问清地址，这个人说，一平也没有和我说清楚，我也没有问清楚，我们两个都是糊涂的。

那你怎么找来的？金妹说。

一平只说过绸布店，这个人说，幸好，大家都晓得你们这个店，老字号的绸布店，大家都晓得在幽兰街，不难找。

我们的店，一直没有搬过，老张说，一百多年了。

所以大家都晓得，金妹说。

我走了，这个人向李梅挥挥说，再见。

李梅说，再见。

还算有点良心的，金妹说。

李梅拿着信封，对面的男人又跑过来对李梅说，大姐，借个接线板有没有？

大姐大姐，给你叫老了，金妹说，她比你小多了。

男人不好意思地笑起来。

卖掉多少？金妹说。

还可以的，男人说。

你们叫得厉害，金妹说。

另一个男人仍然站在凳子上高声喊道：大拍卖，五百，四百，三百，二百，一百，五十，四十。

吵死了，金妹说，头也吵涨了。

一百，五十，四十。

吵死了，金妹说，头也吵涨了。

豆粉园

一

天气并不太好，时间也是下午了，游人不多，有两个老人坐在茶室里，他们每人面前有一杯茶，但不怎么喝，茶水清绿，茶叶沉淀在杯底，他们看看茶水，茶水很平静的。

哎，她说。

你还是叫我哎，他说，我们两个人在一起的时候，你从来没有叫过我的名字。

我不习惯的，她的脸好像有一点红了，她说，我昨天给你打电话的。

我在三清殿晒太阳。

昨天好像没有太阳的，昨天有太阳吗？她怀疑了一下，就认定了，昨天是阴天，像今天一样的。

也不算阴天，有一点太阳的，虽然不旺，但是有一点太阳的，他说。

一点点太阳也要去晒。

服务员从茶室的柜台下探出头来，他摘下耳机，看看他们，你们的茶凉不凉，要不要替你们倒掉一点凉的，加一点热水？

不要的。

不要的。

茶室里一片安静，园中的鸟在叫，起了一点风声，有一种快要天晚的意思弥漫着。

你跟谁一起去的？她重新拾起刚才的话题。

你说晒太阳？我一个人去的，他说。

是一个人，她说。

我到面店吃了一碗面，就去了，面下得太烂，没有骨子了，他说，肉也不太好。

你老了，她说，你的牙也没有几个了，你还是要吃硬面，你从前说要做饭给我吃的，你说一定找个机会做一顿好的饭给我吃，你还说等你老了开个面店下面给我吃，我不喜欢硬面的，我喜欢烂一点。

他看着她，时间过得真快，他说。

你老是说，等到老了，等到老了，我那时候其实不想承认自己会老的，我一直担心脸上有皱纹，我又一直担心头发不好看，她说，你不会一个人到三清殿去晒太阳的。

我是一个人去的，他说。

你们家接电话的是谁，她说。

是儿媳妇。

豆粉园的领导在茶室门口看了看，快要关门了，她说，除了这里两个，其他也没有什么人了。

服务员摘下耳机，什么？

她摇了摇头，退了出去。

老人互相看看，他们说，要关门了。

我们也该走了。

站起来的时候，他搀了她一下，她说，不用的，服务员过来收拾茶杯，他将剩茶倒掉，洗干净杯子。

老人走到茶室门口，天开始飘起雨丝来，天气突然冷起来。

下雨了，他说。

下雨了，她说，我的布鞋要踩湿的。

他看了看她的鞋，说，我说今天天气不好，我想跟你说改日的。

我知道你不想出来的。

我没有不想出来。

服务员在他们身后锁门，他说，石子上有些滑的，你们小心一点。

你从前说过的话你忘记了，她说，你老是说等到老了，等到老了。

你不要这样说我，我心里难过的，他说，我是真心的。

三清殿那里晒太阳的人多不多？她说，我年轻的时候经过那里，看到许多老人，我坐下来听他们聊天的。

雨下得大了些，他看看天，又看看她，你的头发要淋湿的，他说，我把外衣脱下来你披在头上。

我不要的。

服务员骑着自行车从他们身边经过，他跟着耳机在唱歌，一只手脱开车把，向他们挥一挥。

你总是要把话题扯开去的，你不想回答我的问题，她说。

你说三清殿人多不多，多的，他说。

过几天我也去三清殿晒太阳，她说。

我和你一起去，他说，看了看她的脸，他又说，不过你大概不会去的，你只是说说的，你不会去的。

你怕我去的，是不是？她说，你不想我去的。

我没有不想你去。

三清殿又不是你的，她说。

我真的没有不想你去，最好你和我一起去，他说，那里人很多的。

你是怕我去的，我知道你的，她说，你从前老是说，等到老了，等到老了。

你不要这样说我，我心里难过的，他说，我是真心的。

你从前就要把我打发走的，你说要把我打发到很远很远的地方，要到一个你不知道的地方，到一个你忘记了地址的地方，到一个你找不到的地方。

是书上这样写的，我从书上抄下来送给你，他说，我用余下的生命到处寻找你，我要在风烛残年，喊着你的名字，倒在异乡的小旅店里。

她笑了起来，嘿嘿，她嘻开没有牙的嘴，我不到三清殿去晒太阳，我家门口也有太阳的。

他也笑了，嘿嘿。

这时候他们听到安静的豆粉园里传来一些声音。

二

游人穿过狭长的小街，来到豆粉园，他要买票进去，但是卖票的窗口关上了，游人看了看门前的告示，他向看门人说，你们不是五点关门吗，现在还不到五点。

四点半停止卖票，看门的人指着规章制度让他看。

游人愣了一愣，我是外地来的，他说。

外地，看门人说，到我们这里来玩的，大多数是外地人，本地人倒来得不多的。

我是从很远的地方来的，游人说，很远的地方。

很远的地方，看门人说，都是很远的，有的人是从外国来的，外国都很远的。

游人又愣了一愣，一时间他好像不知道说什么才好，他祈求的眼光看着看门人。

看门人说，不行的，已经停止卖票了，我不能让你进去的，我让你进去我要犯错误的。

游人说，还没有到五点。

看门人说，四点半停止卖票，你没有门票就不能进去，这是我们的规章制度，我不好违反的。

游人叹息了一声，我迟了一点，他说，他的目光越过看门人的头顶，往豆粉园里看着，雨中黄昏的豆粉园，十分的安静，我应该早一点来，游人说，唉，我迟了一点。

看门人看看他，说，你可以明天来。

我明天就要走了，游人说，明天一早就要走了。

那你以后再来，看门人说。

以后我不会来了，游人说。

为什么？看门人道，我们这个地方，人家都不止来一次两次，很有看头的，这地方叫园林城市，你知道的吧，值得再来一次，甚至再来几次的。

我知道的，游人说，我知道这是个园林城市，有很多很好的园林，但是我想看一看豆粉园的。

看门人心里有些高兴，但他没有表露出来，他说，可惜了，你今天晚了一点，你以后再来。

以后我不会来了，游人又说了一遍。

那就可惜了，看门人说，他的心有点动了，他说，你以后真的不再来了？

游人笑了一下。

看门人说，我知道你是想留一点纪念的，你有照相机吗，你可以拿出来，你就站在这里，从这个门口拍进去，可以拍出许多好照片的，你可以带回去留念。

我没有照相机，游人说，我没有的。

那就没有办法了，看门人有些不相信地看看他，你不带照相机的，现在人家出来旅游，没有不带照相机的。

游人又笑了一笑。

要不你买一些风景明信片，这是一套风景，其中有一张是豆粉园，看门人说，不贵。

我不要买明信片，游人说，你一定不能让我进去的？

不能的，看门人重新又坚定起来，不能的，你不能进去的，他说，我们要关门了，你出去吧，我要负责任的。

游人有些无可奈何了，但是很快他的目光停留在蒙蒙细雨中豆粉园的某一处，因为黄昏，他的目光变得有些朦胧了，但是他的心里有一种特别的东西，游人的脚步不知不觉往里走了。

看门人有些生气了，你怎么能这样，他说，你怎么自说自话，谁让你进去的，你不能进去的，看门人除了这么说话，他也没有别的什么办法了，他突然想到他们的领导，他说，你找我们领导说，我们领导同意你进来你就进来。

领导，游人说，你们领导在哪里，在里边吗，我进去找他好不好？

看门人说，不行的，你不能进去，你在这里等一等，她马上就会出来的，到下班时间了。

你们领导，游人说，姓什么？

刘，看门人说。

服务员骑着自行车从里边出来，游人迎上去说，你是领导，我想进去看一看，我进去一会儿就出来。

服务员摇摇头，我不是领导，他说，骑着车子走了。

你们领导呢？游人在他的背后问道。

在后面，服务员说。

看门人不屈不挠地盯在他的身边，你怎么可以这样，他反反复复地说。

一位中年妇女拎着包走出来，游人说，刘主任你好。

我不是刘主任，她看了看游人，你是哪里的？旅游的？

我想进去看一看，但是我迟了一点，你们已经停止卖票了，我只是想进去一会儿，只要一点点时间，刘主任——

我不是主任，我们这里没有主任的，她神态坚决地说。

刘科长。

我不是科长，我们这里没有科长的，她仍然神态坚决。

总之你是领导，游人说，总之我知道你是领导，只要你同意了，我就能进去看一看。

谁说的，她脸色严肃地说，我不好随便做主的，关门就关门了，不好让人进来的。

游人已经无法可想，但是他仍然坚持又说了一遍，我只是想进去看一看。

看一看，刘的脸色和缓了一些，但口气仍然是坚决的，你看一看能看出什么呢，这里的园林，走马观花是看不出味道的，要细细品味的。

我知道的，游人说，他的目光停留在某一处，他的目光牵动了刘的心思，她转过头去，随着游人的视线往豆粉园甲看。

你看什么？她说。

那个屋顶，上面的瓦，游人说。

哪个屋顶，刘说，锄月轩？

那一个，游人指着。

是远香楼，刘说，瓦怎么了。

瓦，游人说。

刘看了看屋顶，你说瓦怎么了？

游人没有说。

那你，刘用心地看着游人的脸和他的衣着，那你，你从哪里来?

他从很远的地方来，他以后也不会再来了，看门人说，所以，他想进去看一看。

你是不是有什么事情，你是不是——刘欲言又止，停顿了一会，她说，你有没有和园林管理处联系，你如果找他们说一说，如果他们同意，我也没有意见的，她说，但是我不能做主的，关门的时候就关门，我们就是这样的，不可以破例的。

瓦，看门人疑疑惑惑地说，瓦怎么呢?

我不知道的，刘说，我不知道瓦怎么了。

明瓦清砖，游人说。

噢，看门人说，这有什么，我们这地方，很多明清建筑，都是明瓦清砖的。

刘紧紧追随在游人身后，你怎么搞的，跟你说不能进去，跟你说不能进去，你怎么搞的，她说了一遍又说一遍，后来刘就转身走开了。

看门人很想听游人说些什么，你从哪里来的，他说，你说很远的地方，是哪里呢? 有多么远呢?

刘又急匆匆地跑回来，她喘着气对游人说，不行不行，我打电话到管理处请示过了，他们说不行的。

哦，游人说。

你可以走了，刘反复地催促他，你可以走了。

游人没有听到刘说话，刘生气地看着他，你这个人怎么这样，你又不是小孩子，怎么说话不听的。

三

服务员停好自行车，走进理发店。

剪头?

剪头。

理发师是个年轻的姑娘，她在豆粉园隔壁租了这间屋，开理发店，服务员经常到她这里来剪头，这里靠近，方便一点，服务员对他的同事刘和看门人说。

下班了？

下班了。

理发师抬头看看墙上的钟，不知不觉，她说，天已经晚了。

是的，服务员说，日子过得很快的。

尤其是冬天，理发师给服务员围上白色的围兜，说，天一会儿就黑了。

再过几天就冬至了，冬至是一年中白天最短的一天，服务员说，冬至大如年，这是我们这地方的老风俗了。

是的，理发师说，你们这地方是这样的，在我们那里，冬至没有什么的，不会有人想起冬至的。

我们这地方冬至全家人都要在一起吃饭，饭菜比过年吃得还要丰富，这是老习惯，

理发师将洗头液倒一点在服务员头顶心，开始搓揉，她说，去年我来开店的时候，正是冬至前几天，到了冬至那天……

是冬至夜那一天吧，服务员说，是冬至的前一天。

是的，冬至的前一天，冬至夜，理发师回想起来，那一天生意特别好，因为许多理发店都提早关门了，他们找不到洗头的地方，都到我这里来了。

嘿嘿，服务员说，他们关了门回去吃冬酿酒。

一个老农挑着一担苗木盆景走到理发店门口，他担着担子，向里边看着。

剪头吗？理发师问。

剪头。

老农把担子停下来，向豆粉园那边指一指，已经关门了，他说，现在关门关得这么早。

服务员说，不早的，一直都是五点钟关门。

怎么不早的，老农说，从前的时候，还开夜花园，开到晚上十点的。

从前的时候，服务员侧过头来看着老农，从前的时候？

那时候夜花园里还有唱昆曲的，老农说。

现在没有人听昆曲，服务员说，开夜花园没有人来的，白天也没有什么人的。

老农坐下来，看了看镜子里的自己，咧着嘴笑了一下，说，门倒还是那扇门，黑漆大门，有很多铜环的。

重新油漆过的，服务员说，铜环也重新配过的。

那门还是老的门，老农说，我知道的。

理发师让服务员到水龙头下冲洗，服务员听到老农对理发师说，我挑一担苗木从乡下出来，走了一天，一盆也没有卖掉。

理发师说，现在的人，是不大要盆景的。

你要不要，老农说，你要的话，我给你一盆，你自己挑一盆，这个，小黄杨，好的，这个，雪松，也是好的，我的品种都是好的。

不好意思的，理发师说，你辛辛苦苦从乡下挑出来，送给我，我怎么好意思拿。

不碍事的，老农说，要不，就算我剪头的钱，你帮我剪头，我就不给你钱了。

好的，理发师说，这样也好的。

嘿嘿，服务员说，你倒会算的，乡下人都会算的，他从水池里抬起头来，有几点水珠挂在他的脸上。

你是豆粉园的吧，老农问。

你怎么知道，服务员说，你认得我？

我猜的，老农说，里边的茶室还摆在小姐楼吗？

我就是茶室的服务员，服务员说，天阴下雨的时候，小姐出来看看我，跟我说话的。

老农笑起来，他向理发师看看，理发师也微微地笑了一笑，瞎三话四，服务员说，我瞎三话四。

吹风？

吹风。

吹风机响起来，老农说，要等多长时间，天要黑了。

快的，理发师说，你的苗木怎么办呢？

再挑回去，老农说。

这一担很重的。

空着身体也是走，挑一担也是走，老农说。

小姐跟一个唱戏的走了，后来又回来了，服务员说，是不是这样的？

好了，理发师往服务员头上喷了定型水，好了。

服务员走下椅子，老农坐上去，不用洗头的，他说，只要剪短一点。

有一个孩子，送给人家了，服务员说，男孩女孩？

这里再短一点，老农说，耳朵边上长了难看的。

服务员走到理发店门口，看看老农的一担苗木，他用脚点了一下装苗木的筐子，这些苗木，他说，很好的。

都是不错的品种，老农说，你们园里要不要，反正也不贵的。

我们不要的，服务员说，我们自己也多得是。

园林里又不怕苗木多的，老农说，多总比少好。

不行的，服务员说，就算要增加，也要管理处统一进货的，我们不好自作主张的。

服务员转身看看老农，他的头发已经剪短了，理发师说，吹一吹风。

不要的，老农说。

理发师说，不收你的钱。

不要的，老农说，不要的。

老农又看了看镜子，笑了一笑，他出来挑起担子，走了，老农说，下次再来。

下次再来，理发师说。

斜风细雨刮打着，服务员说，我请你吃火锅。

理发师说，万一有人来剪头呢？

不会有人来了吧，服务员说。

万一呢？

会吗？

万一有人来了，看见关了门，下次可能就不来了，理发师说，我的师傅一直跟我说，做生意最重要的就是要有信用。

这倒也是的，服务员说，那，我就走了。

再见。

再见。

哎，理发师在他身后说。

服务员回头看着她。

你拿一把伞去。

不用的，服务员说，不用伞的，再说，你万一要出去怎么办？

我这里有备用伞，有好几把伞，理发师说，再说，我也不会出去。

服务员接过伞，外面的天已经完全黑了。

太阳暖暖地照在墙上，照在地上，老太太在院子里晒太阳，她们的脸被太阳晒得有些红润起来，有一个小孩跑过来说，汤好婆，外面有个人找你。

找我吗？汤好婆说，谁找我呢？

小孩说，我不知道，是一个老老头。

有一个老太太笑了，她没牙的嘴嘻开，像孩子一样笑。

那个老人已经走进来了，他戴着一顶鸭舌帽，样子有点像小青年，他站在老太太面前有一点手足无措的，因为有太阳光，他只好眯着眼睛。

老太太有些昏花的目光都投到他的脸上，他的脸有一点红了，他说，我找黄夫人，她姓汤，她自己是姓汤的。

一个老太太笑了笑。

汤好婆也有一点点难为情，你找我吗？她说，我姓汤。

噢，老人高兴地说，我找到你了，你是黄夫人。

汤好婆没有认出他是谁。你从哪里来？她问道。

我吗，老人说，我从火车站来的。

你刚下火车吗？

是的，他从口袋里摸出一张名片，递给汤好婆，这是我的名片，我姓麦。

噢，汤好婆看了看名片，但是她看不清名片上的字，我去拿眼镜，她说，你到屋里坐一坐。

卖，有姓卖的？一个老太太说。

老人跟着汤好婆进屋去，一个老太太说，天要下雪了。

另一个老太太说，太阳这么好，会下雪吗？

会的，一个老太太说，冬天总是要下雪的。

汤好婆戴了眼镜看清了老人的名字，我仍然想不起你是谁，汤好婆有些抱歉，她说，人老了，记性会差的。

你不知道我的，老人说，我们没有见过面，你也不会知道我的名字。

噢，汤好婆说，你刚才说，你刚下火车，你从哪里来？

从南方。

你要到哪里去？

到北方。

北方，是北京吗？汤好婆说。

是北京，我在北京谋了一份差事，我现在就是坐火车去北京做事的，老人说。

北京，汤好婆说，我年轻的时候，跟着先生住过北京的，北京是个大地方，其实冬天也不太冷。我知道的，老人说，你们住北京我知道的。

汤好婆先是有些奇怪，但后来她想通了，她说，你从前和我们黄先生熟悉的。

不熟悉，老人说，其实我也没有见过黄先生，只是久仰先生的大名，却一直无缘见到。

他老早就去了，汤好婆说，有四十多年了。

我知道的。

你说你坐火车到北京去，汤好婆说，那你是中途下车来的。

是的。

你专门下了火车来找我，汤好婆有些疑惑地说。

我是事先打听了你的地址，才找得到，老人说，我很早就知道你回家乡了，但是一直不知道你住在哪里的，后来才打听到。

这地方小街很多的，不太好找，汤好婆说，难找的。

倒也不难，老人说，这个鹰扬巷，很多人都晓得的，到底黄先生在这里住过，人家能够记得的。

你吃茶，汤好婆将茶杯往老人面前推一推，吃点茶。

这是碧螺春，老人说，我对茶不大讲究的，也不大懂的，吃不太出好坏。

我倒是讲究的，汤好婆说，我对茶的要求高的，我能看出茶的好坏来。

我知道的，老人说，你年轻的时候就讲究吃茶的。

汤好婆有些不好意思地笑了一下，她说，到现在还是这样的，我要吃好茶的，不好的茶我不要吃的。

院子里的声音响起来，汤好婆出去看了一下，又进来了，她说，来了一个要饭的。

噢，老人说，你这个院子，有一百年了。

差不多一百年了，汤好婆说。

我在书上看到过有人写这个院子的，老人说，那个人会写文章，写得很有感染力的。

你专门下火车来找我？汤好婆说。

但是书上写的街名不叫鹰扬巷，老人说，所以，我一直搞不懂。

从前叫阴阳巷，汤好婆说。

老人和汤好婆一起笑了笑，老人说，阴阳，拿阴阳做街名，好像不大多的。后来就改名了，汤好婆说，叫鹰扬巷，念起来还是一样的，但是写到书上就不一样了。

小孩跑了进来。汤好婆，小孩说，汤好婆，收旧货的来了，他问你报纸卖不卖。

今天不卖了，汤好婆说，改日吧，今天我有客人。

小孩朝老人看看，你是客人，小孩边说边跑出去。

老人吃了一口茶，汤好婆说，茶有些凉了，我替你倒掉一点再加满，就热了。

不用的，老人说。

温茶不好吃的，吃茶就要吃滚烫的茶，才好吃，汤好婆说，你专门下了火车来找我的。

你从前在沪上的振华女校读书的，那时候我在你们墙那边的务同学校，老人说，一墙之隔的。

务同，汤好婆说，务同是很好的学校，那时候不收女生的。所以你不知道我的，老人说，我是很早就知道你，你是女校的校花，我们男生都知道，很多人老是在振华女校门口绕来绕去，是想看一看你的。

汤好婆有一点不好意思，是吗，她说，我不大晓得的。

是的，老人说，我也一直想看到你的，可是总没有机会的，每天从女校中出来的女生中，也不知道哪一个是你。

是吗，汤好婆的脸有一点红的，她说，好多年了。

好多年了，老人说，好多好多年了。

后来你在哪里呢，汤好婆说。

后来我走过好多地方，老人说，后来听说你和黄先生结姻缘，我们都知道黄先生是很有才气的，是郎才女貌。

后来先生开讲习所，汤好婆说，我做他的助手。

我知道的，老人说，其实也不仅是郎才女貌的，黄夫人是女才子，才貌双全的。

汤好婆微微地笑了一下，老人也笑了一下，有一阵他们都没有再说话，院子里和巷子里的声音时隐时现地传进来，屋子显得空旷起来。

你吃茶，汤好婆说。

吃的，老人说。

好多年了，汤好婆说。

好多年了，老人说，我的心愿一直在心里的，所以我无论如何要下火车，专门来看一看你，我就这样来的。

你下了火车，要转车的，汤好婆说，转车麻烦不麻烦？

不麻烦的。

要买下一趟的车票，汤好婆说。

是的，他们已经替我买好了，老人说。

他们是谁？

和我一起去北京的两个同事。

他们也跟你一起在这里下车的？

是的。

他们再买好下一趟的车票？

是的。

噢，汤好婆说。

我很高兴，老人说。

我也高兴的，汤好婆说。

汤好婆，汤好婆，有人在外面喊着，人就进来了。

林阿姨，汤好婆说，有什么事？

你有客人，林阿姨说，要不要帮你去买一点菜来。

不用的，老人说。

难得来的，要在这里吃饭的，林阿姨说。

他们在车站等我，老人说，我要告辞了。

老人站起来，汤好婆也站起来，老人说，我要告辞了。

咦咦，林阿姨说。

不是的，老人说，我是要走了。

汤好婆陪着老人走出来，老人回头看看院子，和我想象的是一样的，他说，几乎没有差别。

是吗？

是的，老人说，我一直想象你住的地方就是这样。

是吗？

是的，老人说，我一直想象你就是这样。

一辆三轮车过来，汤好婆，三轮车夫说，这是你的客人。

是的。

要三轮车吗？

要的。

上哪里？

火车站。

哦，三轮车夫说，坐火车，到哪里去呢？

到北京。

哦，很远的。

老人上了三轮车，他回身向汤好婆挥手，我走了，他说。

汤好婆点了点头，三轮车就走远了。

汤好婆回进来，他们问她，他是谁呢？

一个老朋友，汤好婆说。

他是哪里的？

从前的朋友，汤好婆说。

他叫什么？

他叫，汤好婆想了一想，说，他姓麦。

卖？一个老太太说，有姓卖的？

冬天的时候,妇女在家闲着,爱玲到小宝家,爱玲说,小宝,我们到城里去吧。

到城里去，小宝说，去做什么呢?

爱玲说，城里可以做的事情很多的，随便做的。

小宝笑了笑。

你不相信，爱玲说，你不相信?

小宝说,我也不是不相信,有你说的那么便当吗,你也没有去过城里做事情。

没有，爱玲说，但是我知道的，肯定的，我可以肯定的。

是吗，小宝说，我无所谓的。

那就去，爱玲说。

去也好的，小宝说。

我们去批一点橘子卖，爱玲说。

到哪里去卖? 小宝说，大街小巷走来走去，橘子阿要?

是这样叫的,不过还要再叫响一点，爱玲说，应该这样响，橘子阿要。

小宝又笑了笑，我没有做过这种事情的，她说，我不知道怎么样的。

爱玲说，也可以批香蕉的，也可以梨，也可以其他，有很多品种的。

橘子，橘子好，小宝说，橘子。

哎，小宝和男人说，我到城里去。

男人说，你去好了。

小宝挑了一个空的箩筐，她走到村口，爱玲也来了，爱玲的箩筐比小宝的小一点，你挑这么大的箩筐，爱玲说。

你没有关照我，小宝说，我不晓得要拿小一点的。

没事的，爱玲说，大的小的一样的。

她们走过村口的场地，老乡在这里晒太阳，到城里去吗？他们向爱玲和小宝说。

到城里去，爱玲说。

要那么多钱做什么，老乡说，钱是赚不完的。

是的，爱玲说，钱是赚不完的。

爱玲和小宝走过去，爱玲说，他们不懂的。

我们怎么走？小宝说，我们拿到橘子一起走还是分头走？

当然是要一起走的，爱玲说，她回头看了看小宝，你想和我分开来吗？

没有，小宝说，我不想和你分开来，不过，两个人卖橘子会不会卖不掉？

不会的，爱玲说，不会卖不掉的。

你叫得响，小宝说，肯定是你先卖掉的。

先卖掉我也会陪你的，爱玲说，不见得把你扔掉我自己走。

小宝说，我要跟着你的，一个人走我也不认得路，我胆小的。

她们已经走出了村子，太阳出来不久，田野上还有些蒙蒙的雾气，一只老狗跟着她们走了一段，终于停下来，站在田埂上，有些依依不舍地远远地望着她们。

爱玲说，老贵家的狗喜欢你。

喜欢你，小宝说。

看什么看，女人，一个脸上有刀疤的男人看上去很凶相的，他板着脸骂爱玲和小宝，你们懂不懂规矩？

老板，爱玲说，老板，我们是第一次来的。

不懂规矩的，老板的脸仍然板着的，到我这里，有谁讨价还价的，你打听打听，女人。

我们再到别人那里看看，爱玲说，从前人家都说，要货比三家的。

比个球，老板说，就拿我这里的。

老板手下的人，往爱玲和小宝的箩筐里倒橘子。

还没有称呢，爱玲说，多少斤。

什么话，老板道，到我这里拿橘子，谁用过秤。

爱玲和小宝的箩筐里装了橘子，小宝说，这么些橘子，不知道是少还是多。

多少都不晓得，蠢货，老板说。

老板手下的人从爱玲和小宝手里收钱，他也没有数，团了一团，往口袋里塞进去，他拿眼睛横了爱玲和小宝一下，说，从我们老板这里进货，老板早给你们看准的，卖一天的东西，差不多就这么多。

卖不掉怎么办？小宝说，她觉得半箩筐的橘子很多，可能有几百个橘子。

卖不掉回来还我，老板挥着手，赶她们走，走吧走吧，女人啰唆。

爱玲挑起担子，小宝也挑起担子，小宝说，卖不掉真的能还给他？

瞎说的，爱玲说，不可能的。

这个人凶的，小宝回头看了一下，她看到老板正在瞪着她，吓得赶紧回头往前走，这个人，她说。

有一个妇女站在她们面前，橘子王是你的亲戚吗？她问。

谁橘子王？爱玲说，你说什么。

脸上有刀疤的人，妇女说。

他是橘子王，爱玲说，怪不得要骂人。

他要砍人的，妇女说，他要拿刀砍人的。

他砍人，小宝说，他自己脸上怎么会有刀疤？

砍人的人也会被别人砍，妇女说，他被别人砍了一刀，你们要了多少橘子？五十斤，爱玲说，他说不要称的，就算五十斤，也不知道有没有五十斤。

差不多，妇女说，是五十斤的样子。

你拿眼睛能够看出分量来，小宝说，你也是做这个事情的。

我比橘子王早多了，水果批发市场还没有的时候我就来了，妇女说，不过我现在做不过他。

阿要橘子，小宝叫喊了一声，声音在小街上荡悠，爱玲笑起来，她说，你蚊子叫样的，谁来买你，爱玲也叫了一声，阿要橘子。

有一个过路的人停下来看看她们的橘子，摇了摇头。

爱玲说，橘子好的。

小宝说，橘子甜的。

这个人没有说话。

爱玲说，你买一点回家吃。

小宝说，你可以先尝一尝的。

这个人仍然没有说话，自顾往前走了。

就是这样的，爱玲说，城里人阴阳怪气的。

一个小孩牵着老太太的手，橘子，小孩说，橘子。

老太太看了看橘子，这个橘子不好，老太太说，我们到大街上水果店去买。

我要吃这个橘子，小孩说，我要橘子。

你这个小孩，老太太说，就称一点吧。

爱玲抓了橘子，称了一称。

你的秤准不准？老太太说。

准的。

现在的秤，不准的多，老太太脸上表现出不相信的样子，她说，我要到前面的公秤上去复称的，缺分量要罚的。

不会缺分量的，爱玲说，你自己可以看秤。

缺一罚十，老太太说，你反而不合算的。

我们不会骗人的，爱玲说，你看得出我们是规矩人。

老太太打量爱玲，又打量小宝，她说，看不出的，现在的人，看不出的。

小孩开始吃橘子，老太太说，甜不甜？

甜的，小孩说。

老太太从小孩手里剥了一瓣橘子，填在嘴里，品了品，她皱起眉头，甜什么，这也叫甜？

甜的，小孩说。

你不晓得什么叫甜，老太太对小孩说，我年轻时吃的橘子，那才叫甜，像蜜一样的。

蜜不好吃的，小孩说。

蜜怎么不好吃，老太太说，你真是不晓得的，他们说着话，走远去。

还是小孩好，小宝说。

阿要橘子，小宝叫了一声，巷子里很安静，小宝的声音显得十分响起来，小宝吓了一跳，脸红了些。

人家都上班了，爱玲说，没有什么人的。

小宝望前边看看，巷子又长又窄，深得望不见底的，小宝说，那我们回去好了，大街上人多的。

不用的，爱玲说，城里是路路通的，随便走到哪个弄堂，都能穿过去，到另一条街的。

我是不行的，小宝说，七绕八绕，头也昏了，回去的路也不认得。

挑了一点点东西，肩倒已经酸了，爱玲说，她把担子换到左边的肩上，从前挑河泥的时候，一两百斤也挑得起来。

嘻嘻，小宝想到什么笑起来。

你笑什么，爱玲说。

从前田里的生活做也做不完的，小宝说。

鸡叫做到鬼叫的，爱玲说，这有什么好笑。

我挑不动河泥的，小宝说，队长骂人，女人，队长说，豆腐肩胛铁肚皮。

瘟男人，爱玲说，瘟男人。

橘子，有个女人在家门口说，橘子。

橘子阿要，爱玲走近去，橘子甜的，爱玲说，便宜的。

问我们东家，女人说，他说要橘子的。

她的东家坐她身后的一张旧藤椅里，瘦瘦的身体差不多只占了藤椅的三分之一，缩成一小团的样子，女人说，喂，橘子来了。

东家生气地嘀咕了几句。

你这个人，难搞的，女人说，她也生气了，刚刚说要橘子，橘子来了又不要，你要什么？

东家又嘀咕，女人说，没有的，香蕉没有的。

我要吃香蕉，东家含糊不清的口齿突然清楚了，我要吃香蕉。

我没有时间帮你去买，女人摊着两只手向爱玲和小宝说，站也站不起来，还疙疙瘩瘩，要这个要那个，我是不高兴的。

走吧，爱玲说，她是保姆。

我宁可在乡下的，小宝说，我也不要做保姆的。

你不懂了，爱玲说，保姆也不坏的，工资很高的，服侍病人工资很高的。

我是不高兴的，小宝说。

你不懂了，爱玲说，有的人做保姆做出福气来的。

我是不要什么福气，小宝说。

你本来就福气，爱玲说。

你才福气，小宝说，我走不动了。

歇歇，爱玲说，担子放下来歇歇。

卖不掉的，小宝看着箩筐里的橘子，卖不掉怎么办呢？

卖不掉自己吃，带回去大人小孩大家吃吃，老太婆也给她吃几个，爱玲说，你看着，我去上厕所。

爱玲走过马路去，有一个人走过来，看看小宝，你们卖橘子，他说，要交管理费的，他的一只手伸出来，另一只手里捏了一个小本子，小本子是五元和十元的收据。

我们不是的，小宝说。

不是什么，不是卖橘子？

不是的，我们是，小宝说，我们是，我们是从乡下出来的。

我知道你们的，这个人说，要交费的。

爱玲走过来，干什么，她说。

他要叫我们交管理费，小宝说，我一个橘子也没有卖掉。

这个不管的，这个人说，我不管你卖掉几个橘子，卖橘子就是要交费的。

我没有卖橘子，爱玲说，我是小便的，你去问管厕所的人。

我们刚刚停下来，小宝说。

这个人摆了摆手，不用多话的，他说，交费。

你是敲竹杠的，爱玲说，现在敲竹杠的人很多。

这个人脸板起来，他说，你们不交，跟我到市场管理处去，到那里是要罚的，还要没收橘子。

一个戴眼镜的男人走过他们身边，他停下来，她们刚刚过来，他说，我看见的。

你是哪里的？这个要收费的人说，你管什么的？

你是哪里的，戴眼镜的男人说，谁派你来收人家钱的？

你管不着我的。

说不定你是假冒的呢，戴眼镜的男人认真地说，他透过眼镜片，认真地看着这个要收费的人。

说不定是骗子呢，爱玲说，现在骗子很多的，乱七八糟，什么骗法都有。

这个要收费的人涨红了脸，从口袋里摸出一只红臂章，你看看，他说，你看看，这是什么。

一个臂章有什么了不起，戴眼镜的男人说，到处可以买到的。

我上面有字的，这个要收费的人说，我上面有字的，市场管理处。

字可以印上去的。

图章还有假的呢，爱玲说。

什么东西都有假的，戴眼镜的男人说，现在人家外面都说，所有的东西都是假的，只有骗子是真的。

嘻嘻，小宝笑起来，但是又收拢了笑脸，我不是笑你的，她对要收费的人说，我没有笑你。

这个要收费的人把红臂章放进口袋，他叹了一口气，算了，算了，他说，算了。

咦，小宝说，咦。

要谢谢你的，爱玲对戴眼镜的男人说，要谢谢你的。

不要的。

你吃橘子，爱玲抓了几个橘子塞给他。

你也吃橘子，小宝抓几个塞给这个要收费的人。

不要的。

不要的。

他们两个人互相点了一点头，一个向东，一个向西走了。

爱玲和小宝向东看看，又向西看看，小宝说，城里男人好的。

嘻，爱玲说。

讲道理的，小宝说，文雅的。

嘻，爱玲说。

皮肤白的，小宝说。

那你嫁给城里男人好了，爱玲说。

你嫁给城里男人，小宝说。

你肚子饿不饿？爱玲说。

我不饿的，小宝说，我早晨吃得饱。

我也不饿的，爱玲说，我早晨也吃得饱的。

我们要到什么时候，小宝说，要到下午的吧。

起码的，爱玲说，才卖掉这么一点点，肯定要到下午的，你撑得到撑不到，要是饿，我们就去吃。

我不饿的，小宝说。

我也不饿的，爱玲说。

城里的东西不好吃的，小宝说，价钱贵得野豁豁，吃起来没有滋味的。

那也要看吃什么东西，爱玲说，有的东西是好吃的。

我是不相信的，小宝说。

馄饨汤团焖肉面，路边摊子的老板笑嘻嘻地看着她们，馄饨汤团焖肉面，他说。

馄饨多少钱？爱玲说。

你饿了？小宝说。

我不饿，我瞎问问的，爱玲说。

馄饨两块。

面呢？

面三块五。

咦，怎么面反而贵呢，小宝说，不对的。

面是有浇头的，老板说，你不见得吃阳春面，现在没有人吃阳春面的。

浇头是什么浇头？小宝说。

浇头很多品种的，老板说，有焖肉，有鸭，薰鱼，肉丝，蛋，排骨，大的小的，什么都有，你吃不吃双浇，有的人吃三浇呢。

我不吃双浇，小宝说，我不饿的。

嘿嘿，老板笑了笑。

你笑什么，爱玲说，阿要橘子。

吃吧，老板说，两块钱三块钱的事情。

我们没有钱的，小宝说。

嘿嘿，老板说，你们钱不要太多，家里几层楼房造好了。

锅盖揭开来，腾起一股香喷喷的热气，老板说，我家里还三间草房呢。

你们是山东来的？爱玲说。

是安徽。

山东和安徽也差不多，说话也差不多的，爱玲说。

到底不大一样的，小宝说，山东说我，不说我的，说安。

是俺，老板纠正说。

他们一起笑了笑。

吃吧，老板说。

爱玲看看小宝，小宝，你吃不吃？

小宝说，你吃不吃？

你吃我就吃，爱玲说。

你吃我也吃，小宝说。

他们又笑了笑，终于在老板的凳子上坐下来。

到底饿了，老板说，太阳已经到头顶了。

饿是不觉得饿的，小宝说，坐下来歇一歇。

你又不让我们白坐的，只好吃你的东西，爱玲说。

你吃什么？小宝问。

你吃什么？爱玲问。

我就馄饨，小宝说，菜肉馄饨，我喜欢的。

我也馄饨，爱玲说。

一碗馄饨几个，小宝说，是不是十个？

是十个。

你够不够？小宝说。

我够了，你够不够？爱玲说。

我够了，我胃口不大的，小宝说，再说，这种东西，到底不是米饭，吃多少也不落胃的。

馄饨大不大？老板说，我叫张老大，他们叫老大馄饨，一个顶人家两三个。

大是大一点的，爱玲说。

两三个是顶不到的，小宝说，我要给小冬买个智多星。

什么东西？爱玲问。

是玩具。

什么玩具？

我不知道的，小宝说，小冬在电视上看的，天天有智多星的广告，商场里有的。

电视上的广告一直骗钱的，爱玲说。

没有办法，小宝说。

在她们吃馄饨稀里呼噜的声音里，小宝侧耳听了一听，什么声音，小宝问爱玲，你听到没有，是不是弹琴？

什么琴，爱玲说，是琵琶弦子，说书的。

前面有个书场，老板说，是老太太办的。

哪个老太太，爱玲说，什么老太太。

我不晓得什么老太太，老板说，他们说是老太太办的。

说什么书，小宝说，是老书还是新书？

我不晓得的，老板说，我不去听的。

你去听也听不懂的，爱玲说。

像鸟叫一样的，老板说。

俺，小宝说，俺。

他不是山东的，爱玲说，他是安徽的。

在那儿，小宝看到路边的一间屋子门口，挂着书场的招牌。

是《描金凤》，爱玲说。

我喜欢《描金凤》的，小宝说。

桃
花
坞

木杏下了火车，看到罗一站在站台上等她，她的脸红了一下，罗一，她说。

你来了，罗一说。

来了。

罗一想接木杏的包，但是只有一个小背包，罗一就没有接，火车准点的，罗一说。

准点的。

车上挤吗？

还好，木杏说，有座位的。

你，罗一说。

什么？

嘿嘿，罗一说，你都好的吧。

都好的。

他们走到出口处，检票员向罗一要票，你的票呢？

我是站台票，罗一说，他在口袋里找站台票。

走吧，检票员说，不要挡住后边的人。

先生，住旅馆，有人迎上来说。

不住，罗一说。

是本地人，拉生意的人说。

要车吗？车夫过来说。

三轮车。

出租车。

不要的，木杏说。

他们穿过人群，走出来，罗一，木杏说，我们乘几路车？

2 路。

还是 2 路车，木杏说，从前就是 2 路车。

好多年一直是 2 路车，罗一说，没有变过。

起点站还在老地方？

还在。

可是我的感觉，木杏说，好像已经换了一辈子。

嘿嘿，罗一说。

又像是从梦里醒过来，木杏看着车站前来来往往的人。

先吃饭吧，罗一说。

我吃过了。

罗一说，在车上吃的？

车上有盒饭，木杏说，我想抓紧点时间。

好的，罗一说，他们已经走到 2 路车的起点站，车已经来了，他们上车不久，车就开了。

车上没有空座位，他们拉着扶手站着，脸都朝向街上，街上的情景一一往后晃去，刹车的时候，木杏晃了一下。

你小心，罗一说。

马路宽得多了，木杏说。

拆了不少老的街巷，罗一说，有时候，我们走到街上看看，也认不得了，以为不是我们从小长大的地方。

我们家从前的地方也没有了，木杏说。

你肯定更认不得了，罗一说。

车慢下来，要停了，桃花坞，售票员报站名，桃花坞到了，她说。

他们下车，路边有一块指示牌，上面写着桃花坞。

还有一长段路，罗一说，很长的一段，只能走进去，车开不进去的。

我晓得的，木杏说，就算乘出租车，也开不进去，街很窄的。

你没有去过的，罗一说。

但是我一直晓得的。

他们走到细细长长的小街上，小街没有什么人，很安静，街面是石子砌的，木杏的鞋底有一颗钉子，咯吱咯吱地响，这么响，木杏说，她的脸红了一下。

园林的门，总是很隐蔽的，罗一说。

不方便的，木杏说。

就是要人家不方便，罗一说，从前说，远往来之通衢，所以园林都要在这样的角角落落的地方。

有两个人从园林里走出来，他们挽着手臂，一个人说，这么小。

另一个人说，是小的。

那上面写，只有多大面积？一个人说。

忘记了，反正是很小的，另一个人说。

他们穿过去，木杏向罗一看了看，罗一也看了看她，有一个园林专家，罗一说，说桃花坞是汤包。

木杏笑了一下，从前小时候，她说，我不晓得桃花坞的。

从前不开放的，罗一说，晶体管厂在这里堆垃圾。

你小时候来捉蟋蟀的。木杏说。

没有，罗一说。

你自己说的，木杏说。

他们走到售票口，买了两张门票。

园林里没有什么人，园林规则第一条写着：无论游客多少，按时开门关门，如有特殊需要，可以延长时间。有许多盆景放在园林的各个角落，亭子上有一对楹联，明月清风本无价，罗一念道，远山近水皆有情。

我在火车上，木杏说，有一个人和我说话，说到这里园林，他们都晓得的。

不过桃花坞人家一般不晓得的，罗一说。

是的，我跟他们说桃花坞，他们不晓得，木杏说，他们晓得拙政园、网师园。

有一个男人独吊吊地站在水池边，木杏向他看了看。

可能是练气功，罗一说。

有一年，木杏说，我身体很不好，也练了一年气功。

是吗，罗一说，练的什么功？

香功。

有用吗？

也不晓得有没有用，反正后来身体好些了，木杏笑了一下，也不晓得是香功的作用，还是天生它好起来了。

闻到香味吗？罗一说，听人家说，练香功会闻到香味。

没有，木杏说，我没有闻到。

你哪里不舒服？罗一说。

也没有什么大不了，木杏说。

要小心注意自己的身体，罗一说，不能再像过去那样。

你自己有没有保重自己的身体呢？木杏说，你动过大手术。

是的。

胃切除了几？

三分之二。

我听说的，木杏说，所以你瘦，胃不好的人，胖不起来的。

千金难买老来瘦，罗一说。

有叽叽呱呱的声音传过来，渐渐地近了，是一个男的和三个女的。

他们嘻嘻哈哈，说，这么一点点小地方呀。

要五块钱门票。

城市里就是这样的，他们说。

这一棵树，一个年纪稍长些的妇女说，你们看这棵树，两百年了。

他们一起看这棵两百年的树，树上挂着一块牌子，上面写着树的名字，树的年龄，还有其他一些内容。

真的有两百年吗？一个年纪轻的女孩子说，谁晓得它到底有几年呢？

两百年的树也算不了什么，男的说，前窑村那棵白果树，三百多年，也没有人稀奇它的。

你怎么晓得它三百年了，女孩子仍然问。

他们都说的，前窑村的人都说的，男的说，你没有听说过？

我没有，女孩子说。

那一棵是雄的，男的说，所以它从来不结果子的，另一棵雌的，在后窑村。

雌的会结果子的，白果树的果子就是白果，年纪稍长的妇女说。

也没有结果子，男的说。

为什么呢？

它离雄树太远了，男的说。

你瞎说。

他们嘻嘻哈哈地走过去。

木杏看了看锄月轩三个字，锄月，她说。

有两句诗的，罗一说，今日归来如昨梦，自锄明月种梅花，锄月大概有一点归隐的意思。

从前的人，都是喜欢这样的，木杏说。

那个男的，罗一说，有点像金生的。

哪个男的？

那个，和三个女的一起的，他们说树有几百年，罗一说。

噢。

是不是有点像金生？

我没有注意，木杏说。

你那时候，罗一说，那时候我们都以为你会和金生好的。

瞎说。

你那时候和金生真的很好的，罗一说，金生不管说什么，你都要笑的。

瞎说。

后来连你妈妈都晓得了，罗一说，你妈妈到乡下来，叫我们劝你的。

瞎说。

不晓得是谁告诉你妈妈的。

不是你吧，木杏说。

不是的，罗一说。

总归是知青里的人，木杏说。

你妈妈说，知青不能和乡下人结婚的。

瞎说。

嘿嘿，罗一笑，其实那时候……

现在想想，木杏说，那时候也是。

你到县纺织厂去的那一天，罗一说，我们都有点那个的。

都有点什么，木杏说，是嫉妒？

也不能说是嫉妒，罗一说，也不能说没有一点点嫉妒，总之是蛮复杂的，有点难过的。

我先走了，木杏说，不过后来我反而走不了了，倒是你们一个个回家了，我留在那里。

事情难说清楚的，罗一说，不好预料什么。

开始我也想回来的，木杏说，可是想想一个家，有老有小的，要从那么远的县里拖回这边城里，也不大容易，后来再过几年，也不再想了，就在那边，过过也一样的。

我们一批人中，就剩下你一个在那边的，罗一说，后来连张同生也回来了。

我晓得的，木杏说，男的和女的不大一样。

张同生是把老婆带出来的，罗一说，可是后来她又回去了。

我晓得的，木杏说，有时候想想，在哪里也是一样过的。

是这样的，罗一说。

他们在桃花坞的复廊上走过去，又从复廊的另一边走过来，我以为，木杏说，这里走不通，不知道仍然是通的。

山重水复疑无路，罗一说。

柳暗花明又一村，木杏说。

他们一起笑了笑。今天我开心的，木杏说，好多年我一直想到桃花坞看看的。

也算了却一个心愿，罗一说。

也说不上什么心愿，木杏说，桃花坞跟我想象中的也差不多，好像更小一点。

很多东西都比从前小，罗一说，从前走过的大马路，现在觉得又窄又短的。

是的，木杏说。

主要是人不一样了，罗一说。

是的，木杏说，转眼人都老了。

你不老的，罗一看了看木杏，你还是老样子。

瞎说。

真的，罗一说，稍微胖了点，别的没有什么。

瞎说。

嘿嘿，罗一说，木杏，你饿不饿？

有一点饿的，木杏说。

我们出去吃点东西，罗一说，外面大街上就有饭店。

不用了，木杏说，我要赶火车回去的。

你今天一定要回去的？罗一说。

要回去的，晚上有夜车，早晨就到了，木杏说，方便的。

你不如，罗一说，你不如住一天，明天再看看，其他的园林，或者。

不用了，木杏说，我就是想看看桃花坞。

其实，罗一说。

是的，木杏说。

嘿嘿，罗一说。

火车站买票的队伍很长，木杏和罗一跟着站在后面，人仍然这么多，罗一说，恐怕要排半小时。

差不多，木杏朝前面看看，差不多要半小时的。

是几点的车，罗一说，能不能赶得上？

赶得上的，木杏说，除非开车时间改了。

其实，罗一说，其实最好你赶不上，最好开车时间提前了，车已经开走了。

瞎说，木杏说。

嘿嘿，罗一说。

车站里人来人往，乱哄哄的，木杏和罗一站在队伍后面，有人来来回回地兜售退票，但是没有木杏需要的票。

木杏，罗一说，你真的，真的不想回来了？

想也是想的，这里到底是我的故乡，木杏说，不会不想的。

能不能，罗一说，有没有可能？

不大可能，木杏说，那边一大摊子的人。

可以一个一个地来，罗一说，想办法一个一个地解决。

很麻烦的，木杏说，再说了，往后都是孩子们的事情，我自己，没有什么想法了。

孩子们在那边都待惯了，罗一说，是不是？

是的，木杏说，那边是他们的故乡，他们从小在那里生那里长，在那里他们如鱼得水的。

我晓得，罗一说。

扔掉他们我自己回来，木杏说，我不放心的。

我晓得，罗一说。

他们离售票口近了，我来买票，罗一说。

不要。

让我给你买票，罗一说。

不要。

让我给你买一次票，罗一说。

木杏笑起来，好的，她说，你买。

卧铺没有了，罗一回头告诉木杏，只有硬座。

就买硬座，木杏说。

罗一拿着票从窗口离开，木杏接过罗一的票，罗一说，这怎么行，坐一个晚上。

没事的，木杏说，坐一夜，到家再休息。

罗一有些难过，你，他说，你一定要今天走？

很快就到家的，木杏说。

罗一顿了一会，几点的车？他问。

看一看，木杏让罗一看了看车票。

还有二十分钟，罗一说。

要进站了，木杏说，赶得还巧。

饭也没有吃，罗一说，我很想请你吃一顿饭的。

火车上有饭吃，木杏说，现在很方便的，有盒饭，有方便面，吃什么都可以的。

我送你进站，罗一说，我去买站台票。

不用的，木杏说，时间也来不及了。

他们走到检票口，木杏，罗一说，木杏。

木杏停下来，回头看罗一，但是后面的人拥上来，他们拥着木杏往里走，木杏不好停立在那里。

你进去吧，罗一说。

木杏进了检票口，人流仍然拥着她往前，木杏边走边回头向罗一挥手，再见，罗一，她大声说。

再见，罗一说。

平仄

古建筑有三进，是三个大殿，三个殿的中间，是空的院子，有草坪，有树，现在是冬天，草干枯的。

一群乡下来的妇女，她们走进来看看，里边是这样的。

从前不要门票的，现在要门票的，她们说。

每一个殿里都有菩萨，她们拜第一个菩萨，这是一个笑弥陀。

庙里都是这样的，她们说，总是这个菩萨放在第一个。

叫大家开开心心。

叫大家不要生气。

笑口常开，笑天下可笑之人；大肚能容，容世间难容之事。一个妇女念道。

庙里都是这样写的，她们说。

笑弥陀的旁边有四大金刚，四大金刚下面是柜台，柜台里有一个女孩在吃瓜子。

买一块玉石挂在身上，她们趴在柜台上看，兔子，老虎，龙，她们指指点点说。

假的，一个妇女说。

石头有什么真假？

有一根红绳子牵住。

牵谁呢？

嘻嘻。

她们看了看，女孩知道她们不会买，她仍然在吃瓜子。

乡下妇女走过大殿的时候，听到女孩叫起来，老潘，她的声音很尖，把她们吓了一跳，女孩说，老潘，我口干，帮我倒杯茶。

她们穿过院子往正殿走进去，看到老潘捧着茶杯过来。

院子里有几个人仰着头，围着一棵大树在看。

要移这棵树，不容易的，一个人说。

也不难的，另一个人说，比这个树再大的树我也移过。

这棵树有一百多年了。

几百多年的树我也移过。

他们围绕着树转了一圈，我有把握的，这个人说。

没有把握也要移的，那个人说。

为什么非要移它呢？这个人说。

要恢复从前的样子。

这个人拍了拍树干，从前的样子，他说。

这几年，那个人说，我们都在做这种工作，要把我们的城，建设得更像从前的样子。

嘻嘻。

大家都在努力的。

但是它越来越不像从前的样子。

围在树下的人都笑起来。

最后不晓得变成怎么样的，这个人说。

也可能，那个人说，最后连什么也没有了。

这个地方也没有了。

这棵树也没有了。

他们仰着头看树，树上其实没有什么。

正殿的平台上有人在打牌，我无所谓的，一个男人说，上班不上班，随便的。

不上班哪里来的工钱？

做一个钟头两块五，他说，不做就不做了。

你在哪里做？

商场。

领导说的，做就做，不做就不做，男人说，今年轮到 82 届的下岗，三十五岁，都走了。

没有王分了。

黑桃ＡＫ。

我高兴就去做，不高兴就不做，反正也这样了，男人说。

不做干什么呢？

打麻将。

你打麻将经常赢？

也没有，男人说，但是总比上班好。

起了一点风，吹走一张牌，男人去捡回来，一张二，他说。

不上班，一个老人拣起发给他的牌，说，一直不上班……

现在不上班的人很多的，另一个人说。

街上都是人，另一个人说。

有些麻雀从头顶上飞过，落在正殿的屋顶上，老人看不清它们，但是他听到麻雀叫了几声。

麻雀，老人说。

菩萨的眼睛一直看你的，一个妇女对自己的孩子说，他们站在正殿高大的菩萨面前，有一种威严的压力从上面压下来。

孩子抬头看看菩萨，哪里？孩子说。

妇女说，你走到东，菩萨的眼睛会跟你到东，你走到西，菩萨的眼睛会跟你到西。

是吗？孩子往东边走，菩萨的眼睛斜过去跟着，咦，他说，咦？

他又往西边走，菩萨的眼睛又斜过来注视着他，咦，他说，咦？

是的吧，妇女说，菩萨一直会看着你的。

噢，孩子说。

一个老太太坐在正殿的门槛上折锡箔，她的面前已经堆起一堆折好的锡箔，她还在继续折锡箔。

妇女告诉她的孩子，在菩萨面前折锡箔，好的，她说。

孩子看了看那堆锡箔。

有用的，妇女说。

有什么用？孩子说。

反正是好的，妇女说，反正是有用的。

一个男人拿出一百块钱给和尚，和尚将他的名字写在功德簿上。

工作人员站在一边看了看，说，两百块可以上功德榜。

什么功德榜？男人说。

外面院子里的，有一块榜，工作人员说，两百块的名字就写到那上面去。男人向院子看了看，和尚将男人的名字写好，男人走开了。

工作人员看到和尚写的这个名字叫王长河。

和尚拿着一只杯子，他在抽屉里翻了一番，拿出一袋茶，看了看，这袋茶哪里的？他问工作人员。

买的，工作人员说。

多少钱一斤？

九十。

和尚泡了一杯，热气腾起来，和尚闻了一下，他没有什么表情。

工作人员手里抱着一只热水袋，靠在正殿的门框上，一只脚搁在正殿高高的木门槛上，她看了看手表，说，还有一个小时。

干什么？和尚说。

下班。

他们往玻璃上贴钱币干什么？一个人问。

不知道，另一个人说，大概是看运气好不好。

贴住了算什么，一个人问，贴不住算什么？

不知道，另一个人说，大概贴住了就是运气好，贴不住掉下来就是运气不好。

我也试试看，她拿出一个两分的分币，另一个人拉住她的手，不对，这不是管你的菩萨，他说，你属老虎的。

是老虎。

雌老虎。

去。

在这里，他拉着她的手，找到管属虎的菩萨，是这一个，他说，贴吧。

她把钱币贴到玻璃上，钱币掉下来。

再贴一次。

又掉下来。

你找个一分的，他说。

她找出一个一分的，也掉下来。

他们怎么都能贴住？她说。

他们用糨糊粘过的，那个人用唾沫的，他说，你相信这种事情吗？

她没有说话。

你不要相信，他拉起她的手，走吧，他说，到后面看看观音。

观音站在海上，波浪在观音的脚边起起伏伏，颜色也是五彩缤纷的，给观音磕头的人在蒲团旁边排着队，他们神情庄重，一个人跪下去，念阿弥陀佛，跟着一个人跪下去，念阿弥陀佛。

导游带着一群人，请大家到这边来，他大声说，我们介绍观音。

观音，旅游的人说，观音有什么？

这不是一般的观音，导游说，他手里举着小旗，将小旗向观音指一指，大家看，他说，观音手指上托的是什么东西？

是手绢，游客说。

像真丝的。

错了，导游笑起来，是泥土，是泥土做的手帕。

噢，游客抬头仔细看，但是观音离他们比较远，他们看不太清楚。

做得这么薄这么软，这是以假乱真的，导游说，还有，观音头顶上方的华盖，华盖上的牡丹花，你们看到了没有？

看到了，大家说，红的。

像真的吧，导游说。

像真的。

是以假乱真。大家说。

导游又笑了笑，他有些骄傲，这是鬼斧神工，他说，雕塑家的功夫很好的。

是清朝的吗？游客说。

是明朝的，导游说，有好几百年了。

几百年了，大家说，唉。

我们再看观音的面部表情，导游说。

观音笑眯眯的。

观音是普度众生的，游客说。

古建筑的背后，是一条老街，一个卖袜子的人站在街边在叫喊，袜子，袜子，一块钱两双。

东西不值钱，一个人走过去，说，东西不值钱。

一块钱两双，卖袜子的人仍然喊着，但是没有人看他的袜子。

你就省点力气，店里的女人说，哇啦哇啦。

好的，卖袜子的人说，不喊了。

我听他们说的，你是有文化的，店里的女人说，你读过大学。

嘿嘿，卖袜子的人笑了一笑。

这个地方，人家烧香拜佛，店里的女人说，谁到这里来买袜子？

也要烧香拜佛，卖袜子的人说，也要穿袜子。

嘻嘻，店里的女人笑了，嘻嘻，你这个人。

袜子，有人停下脚步看了看。

一块钱两双，卖袜子的人说。

他摇了摇头，继续往前走了。

方老师从街口走过来，卖袜子的人拿出一些袜子给他，方老师，他说，你要的厚棉布袜拿来了。

方老师接过去看看，好的，好的，他说，就是要这一种的。

现在穿这种袜子的人不多的，店里的女人说。

很保暖的，方老师说。

古建筑的后门开了，乡下妇女从里边出来，卖袜子的人大声地叫喊起来：袜子袜子，一块钱两双。

南
园
桥

一

　　爱宝跟男人来到城里，他们在南园桥摆了一个小吃摊，是饮食方面的，有包子和油煎的食物，还有面条，薄利多销，他们要起早摸黑，很辛苦的，男人跟爱宝说，你要是怕辛苦，你就不要来，我可以请小工的。

　　我不怕辛苦的，爱宝说，他们住在简易的小棚子里，白天是店，晚上把桌子拼起来，就变成床，桌子和桌子有点高低不平，但是铺上很厚的棉花胎，就平了。

　　黄木来吃面，我要焖肉面，他说，不过你要帮我重新烧一烧，要放点酱油，放点糖的。

　　爱宝笑。

　　男人说，放酱油，放糖，这是乡下人的吃法，城里人不喜欢的，城里人喜欢清淡，不要酱油的。

　　我要的，黄木说。

　　爱宝把火烧旺了，男人把面条下进锅里。

　　黄木看着店门口价目牌上的字，价目牌上写着：

　　焖肉面：2元5角

　　肉丝面：1元5角

鱼面：2元5角

……

爆鱼的爆字写错了，黄木说。

爱宝和男人看了看价目牌，男人说，也不要紧的，反正大家都晓得是爆鱼面。

这个价目表，黄木说，是你自己写的？

请人家写的，男人说。

改一改吧，黄木说。

其实人家看得懂就可以了，男人说。面起锅了，男人替黄木端过来。

我替你重新写过，黄木说。

一碗榨菜肉丝面，有人进来说。

男人和爱宝去下面，黄木说，我可以替你们重新写字。

进来的这个人说，黄老师喜欢写字的。

我想帮他们重新写过，黄木说。

男人又看看字，又看看黄木，他张了张嘴又闭上了。

黄老师是有点天才的，进来吃面的人说，字写得很好的。

黄老师是做老师的？男人说。

不是的。

但是人家都叫他黄老师，进来吃面的人说。

肯定是学问很深的，男人说。

黄老师是大学生，进来吃面的人说。

在公司里工作的，男人说。

不是的，黄木说，我修自行车。

男人想说话，又憋回去了。

以前我是在公司里做的，黄木说，后来公司也不好了，我就出来修自行车。

噢，男人说。

黄老师技术很好的，进来吃面的人说。

我回去就帮你写起来，黄木说。

好的，好的。

黄木走出去，男人向他的背影看，爱宝也看着，进来吃面的人说，黄老师喜欢写字的，他写起字来就忘记其他了。

不会忘记吃饭吧，男人说，他自己笑了笑，爱宝也笑了笑。

后来黄木把重新写过的价目表拿过来，你贴起来吧，他对男人说。

好的，好的，男人说，黄老师的字写得好。

还不算最好，黄木说，没有找到感觉，我写了好几张，仍然找不到感觉。

男人和爱宝一起把原来的字撕下来，把黄木写的字贴上去，大家走过这个小店，看到新贴上去的价目表。

是黄老师写的，他们说，黄老师喜欢写字的。

城里人，爱宝微微地皱着眉头，炉里的火光映照着她的脸庞，红通通的，爱宝说，城里人是这样的。

二

黄木看到菜农推着自行车过来，黄木知道他的车胎爆了，菜农的菜筐里还有一些剩余的青菜。

修一修车，菜农说，有一个两岁的小孩坐在车子的前杠上，菜农把小孩抱下来，修一修车，他说。

这是你的孩子吗？坐在旁边晒太阳的老太太说。

是的，菜农说，师傅，车胎啪的一声。

爆了，黄木说。

还好，菜农说，菜也卖得差不多了，要是刚出来就爆，麻烦的。

男的女的？老太太说。

女的。

老太太眯着眼睛看这个小女孩，漂亮的，老太太说，小女孩漂亮的，一点也不像乡下人。

菜农笑了笑，人家都说她漂亮的，他说。

现在都是一个孩子，老太太说，乡下可以生两个的吧。

也不可以的，菜农说，不过我们还是生的。

怎么可以呢？老太太说。

要罚钱的，菜农说，他指指女孩，这个，他说，罚了五千块。

现在乡下人有钱的，老太太说，所以乡下人生好多孩子，这是你们家的老二吗？

是小三，菜农说。

生了三个，老太太说，乡下人喜欢儿子的，不生儿子不罢休的，是不是？

嘿嘿。

小女孩自己走开去，跌了一跤，啊呀，黄木说。

不要紧的，菜农说。

女孩爬起来，又往前走走。

跌跌长，菜农说，小孩跌跤不要紧的。

前面两个也是女儿吗，老太太说，又生了一个女儿，你不会还要生吧？

菜农又笑了一下，不知道，他说，我的老大老二是男的。

两个男的还要再生一个女的，老太太说，乡下人喜欢生的，不怕。

乡下人是不管的，菜农说，乡下人生小孩不怕的。

城里人怕的，老太太说，她们生了一个就再也不肯生了。

我家老大，菜农说，今年十八，马上过了年，他就出去打工。

哟哟，老太太说。

这个胎烂了，黄木说，要换一个内胎。

好的，菜农说，筐里的青菜，你侧倒去吧。

你是苏北的，老太太说，我听口音一听就听出来，现在苏北的人到我们这里来很多的。

是的，菜农说，苏北乡下。

种点菜，卖卖，老太太说，日脚也好的，你们住在哪里？

我们住在郊区，菜农说，他指了指城市北边的方向，那一边。

现在乡下，老太太说，黄老师，你晓得不晓得，现在乡下的人，都不种田了，叫外地人来种。

黄木说，晓得的。

他们都到厂里去上班，菜农说，有的在外面跑生意。

他们的田再叫别人种，老太太向黄木说，现在的事情，什么事情都有的。

你们的菜，都是自己卖的，黄木说，不是批给菜贩子？

有时候批给菜贩子，菜农说，有时候就自己卖，都要看行情的，自己卖也方便的，自行车一架，一会儿就来了，一会儿就卖掉回家了。

你们倒是把这边当作自己的家了，老太太说。

是的。

快要过年了，黄木说，你们不回老家的？

不回去的，菜农说，本来是要想回去的，我二哥叫我们不要回去，过年的时候，路上有小偷抢钱的。

哟哟，老太太说，在哪里抢钱？

车子上，菜农说，去年我二哥回去的时候，车子到一个地方，就有小偷上来，把大家的钱抢走。

那是抢劫，黄木说。

是小偷，菜农说，是小偷，他身上有刀的。

哟哟，老太太说，那你们的钱怎么办？

寄回去，菜农笑起来，有办法的。

黄木替菜农换上新的内胎，换好了，他说，你以后呢，一直在这里种菜吗？

是的，菜农说。

再以后呢？

菜农笑一笑。

那你们自己在老家乡下的地呢？

再给别人种，菜农说，他回头找女儿的时候，小女孩抱着一只很大的苹果在吃，谁给的，菜农说。

小女孩不知道是谁给的。

城里人真是好的，菜农说，他把女儿抱上自行车，丫头，他对女儿说，我们走了。

矮脚青菜，老太太说，这是矮脚青菜。

菜农忽然停下来，他四处看了看，回头说，这里叫南园桥吗？

是的。

可是桥呢，桥在哪里？

没有桥的，黄木说。

没有桥怎么叫南园桥呢？菜农到处看，他说，噢，我晓得了，从前是有桥的。

从前也没有桥的，老太太说，从来就没有桥。

没有桥怎么叫南园桥呢？菜农笑起来。

三

你是黄木吗？文英站在门口，有些犹豫地看着黄木。

是的，黄木说，他看了看文英，没有认出她来。

我是文英，文英说，你那时候插队的。

噢，黄木想起来了，他笑了一笑，没有想到是你，黄木说，没有想到的，你进来坐。

文英走进来，她说，黄木，我找你找得好不容易，总算找到你的。

吃点茶，黄木说，吃点茶。

好的，文英吃了一口茶，我刚才，她说，我刚才以为不是你，我认不出你来，你从前不是这样子的。

是老了，黄木说。

也不是老，文英说，总之跟从前不一样的。

好多年没见了，黄木说，你家里人都好吧。

好是好的，我爸爸好的，文英说，她的眼睛红起来，我妈妈不在了。

她从前身体一直不大好的，黄木说。

是的。

你自己好吧，黄木说，成家了吧？

文英笑了，嘻嘻，她说，我女儿今年要考大学了。

时间过得快，黄木说，我印象中，你还是个小姑娘，扎两根小辫子的。

嘻嘻，文英说，我一直扎两根小辫子，到结婚的时候才剪掉。

黄木点了一根烟抽。

你现在还抽烟的，文英说，从前你就抽烟的，从前是大铁桥。

是的，黄木说。

　　我女儿夏天要考试了，文英说，我不懂的，黄木你晓得我的，我是文盲，我不晓得考大学是什么，他们说，文英，你要去找人的，不然肯定不行的，我想来想去，就想到你了。

　　我？黄木说。

　　你是大学生，黄木，文英说，你晓得考大学的事情，所以我找你的，要求你帮帮忙的。

　　她是文科理科？黄木说。

　　文科理科？文英想了想，我不大晓得的，文科理科？

　　吃茶，吃点茶，黄木说。

　　文英说，黄木，我只有找你了，你是大学生，他们说文英你去找黄木好了，他肯定有办法的。

　　现在考大学，黄木说，有分数线，如果没有达到分数线……

　　我晓得的，文英说，他们说你认得大学里的老师。

　　我认得蒋老师，他在大学教书的，黄木说，就住在前边，我和你到蒋老师家去看看，问问今年高考的情况。

　　我幸亏来找到你，文英说，黄木，我幸亏来找到你。

　　他们走出来，有人和黄木打招呼，黄老师。

　　文英说，黄木，你也是做老师的。

　　不是的，黄木说。

　　你肯定是的，文英说，你不是老师他们怎么叫你老师呢。

　　黄木笑了一笑。

　　我幸亏来找到你，文英说，她突然停下脚步，黄木也跟她停下来，怎么？他说。

　　老师要不要牛蛙的？文英说，如果他们要牛蛙，我从家里带出来。

　　牛蛙，黄木说，现在不大吃牛蛙。

　　是的，文英说，前几年很好的，现在不行了，去年的牛蛙价钱低，我们没有卖掉，今年长得这么大了，文英做了一个手势，很大的。

　　他们走到蒋老师家里，蒋老师不在家，蒋老师的爱人说，黄老师，你坐坐。

　　不了，黄木说，我改日来。

黄木和文英走出来，我幸亏来找到你，文英说。

他们经过南园，黄木停下来，文英，黄木说，我陪你到南园转一圈。

南园，文英看了看南园门墙上南园两个字，她不认得它们，这就是南园吗？文英说，南园是什么？南园是，黄木说，南园是……

黄木掏出钱来买门票。

多少钱？文英问。

五块钱。

每人五块？

每人五块。

黄木和文英一起走进南园，天快晚了，快要关门了，服务员说，你们抓紧时间。

南园，黄木说，南园是从前一户有钱人家住的地方。

噢，文英说，她看了看亭台楼阁，是这样的。

走出南园的时候，文英说，黄木，你家里人呢？

走了。

走了，走到哪里去了？文英脸上有些疑惑地说。

定慧寺

定慧寺巷是因定慧寺而得名的，本来大概不是叫这个名字的，后来因为建了定慧寺，这条巷子就叫定慧寺巷了，在古老的小城里，几乎每一条小街小巷的名字背后，都有很好听的故事。

因为家门口就有一个寺庙，定慧寺巷信佛的人多一些，主要是些老人，在他们年轻的时候，就已经信了佛，信了大半辈子，也没觉得有什么不好，也没有什么负担，只是在做某些事情之前，问一问菩萨，这事情该不该做，菩萨如果说该做，他们就做，菩萨如果说不该做，或者菩萨不吭声，他们或许就不做，开始的时候也许觉得有些麻烦，但日子久了，习惯成自然了，也不觉得麻烦。吴家姐妹俩从小跟奶奶念经念着玩，念着念着，念习惯了，就信了佛，菩萨一直伴随她们走过了许多年的日子，她们曾经离开了定慧寺巷，去读书，去嫁人，又跟着小辈住到远离定慧寺巷的什么地方，但是经过了很多年以后，她们又都回来了，住在与定慧寺一墙之隔的老屋。

姐姐决定搬回来住的时候，去跟妹妹说，她说，妹妹，我们回去住吧。妹妹那时候正在女儿家门口晒太阳，妹妹说，我走不开的，小红不让我走的。姐姐说，妹妹，我不是随便叫你回来的，我问过菩萨。妹妹说，菩萨怎么说的？姐姐告诉妹妹，菩萨说，你想回家就回去，回去也好的。妹妹说，我也问一问菩萨，妹妹在心里默念了阿弥陀佛，她听到菩萨对她说，你想回去就回去，回去也好的，妹妹听了菩萨的话，她对姐姐说，好的，我们回去。

沈福珍在定慧寺门口摆了一个古董摊，其实沈福珍也不懂古董的，她只是从别人的店里或摊上买一些东西来，每一件加上几块钱再卖出去，卖的什么东西，她也说不清楚的。

好在定慧寺门前也没有别人摆摊子，没有人抢她的生意，沈福珍每天上午九点钟来，下午四点钟走，比从前在厂里上班下班准时。下雨的日子，沈福珍不会来摆摊，她知道那样的日子摆了也是白摆，她到居委会办的棋牌馆去打小麻将。

吴兆云在家里烧饭，吴兆雨端个凳子到沈福珍那边坐一坐，和沈福珍说说话，她看沈福珍做生意，偶尔也帮沈福珍和顾客谈一谈价钱，等顾客一走，沈福珍说，现在的人，又不懂古董的，他们不懂的。

吴兆雨说，沈福珍你懂古董？

沈福珍撇一撇嘴，我不懂的，我就是换点伙食费而已，沈福珍说，若不是想要这一点点伙食费，我可以天天去打麻将。

吴兆雨看到沈福珍说麻将的时候眼睛里有光彩的，吴兆雨说，沈福珍，麻将很好玩么？

沈福珍看了看吴兆雨，叹息了一声，当然好玩的，她十分遗憾地说，老太太，一个人若一世人生都不晓得麻将，这个人活着还有什么快活的。

吴兆雨不同意沈福珍的说法，但她也没有反对什么，只是轻轻地摇一摇头。

沈福珍说，哪天下雨的时候，你到棋牌馆来看我打麻将，她伸出自己的手来向吴兆雨摆一摆，你不要看我的手粗糙，我的手蛮灵的，自摸，她一边说一边往手上吹气，说，自摸。

吴兆雨笑了，说，你这个人，你这个人。

沈福珍说，粗糙的。

有一天天阴下雨了，吴兆雨打了伞走出去，到很晚才回来，吴兆云等得有些着急，你到哪里去的，她问妹妹，你到哪里去的，这么长时间？

吴兆雨说，我打麻将。

吴兆云说，你哪里会打麻将的。

吴兆雨说，我会打的，她的眼睛里有一种和沈福珍一样的光彩。

吴兆云有些认真了，她的脸色严肃起来，妹妹，打麻将不好的，你不要去打。

我问过菩萨，吴兆雨说，菩萨说，要是没有事情，打打麻将也是可以的。不可能的，吴兆云摇头，菩萨不会说可以的。

吃晚饭的时候以及晚饭后的一段时间，吴兆云一直没有和妹妹说话，她心里有点不高兴，她觉得菩萨不会同意妹妹打麻将的，她不理睬妹妹。

沈福珍很想打麻将，吴兆雨向姐姐说，姐姐，你反正没有事情，你替沈福珍看一看。

吴兆云说，你说得出来，我怎么能够，我又不懂古董的，我从来也没有卖过东西，我不会的。

吴兆雨说，姐姐你就帮帮忙。

吴兆云走到沈福珍摊前，看着那些标价的和没有标价的东西，沈福珍说，老太太，简单的事情，如果有人来买，你就按照这个标价卖给他。

吴兆云手指了指，说，有些没有标价。

沈福珍说，没有标价的东西不会有人买的。

吴兆云说，万一有人买怎么办？

沈福珍笑起来，老太太认真的，她说，万一有人买，你就随便他给多少。

吴兆云说，话是这么说，我不会替你看生意的，我不会卖东西的，我从来也没有卖过东西。

但是吴兆云一边说一边走到沈福珍身边，沈福珍起身让出自己的凳子，吴兆云就坐下来。

沈福珍和吴兆雨一起走，吴兆雨说，我昨天晚上做了一个梦，梦见观音娘娘在打麻将，她对面坐的是如来佛，还有两个仙人，我没有认出来。

沈福珍"嘻"了一声。

吴兆雨说，观音娘娘到底是菩萨心肠，别人出冲她都不要的，她不忍心要的。

沈福珍说，那自摸更厉害。

吴兆云老太太坐了一小会儿，就有人来看货了，是个中年人，他认真地看了一会儿，问道，老太太，你的东西怎么卖？

老太太说，上面有标价的。

中年人说，有些没有标价。

老太太说，没有标价你自己给个价好了。

中年人从许多零碎东西中取出一样，又看了一会儿，说，像这个东西？

老太太说，你自己说好了，你看值多少钱？

中年人抽了一口气，没有说多少钱，他继续看，一直也没有说多少钱，后来他放下东西，自言自语说，再到别处看看，说着移动脚步走了。

老太太说，这附近也没有别处卖古董的。

中年人走了几步，又折回来，重新又拿那件东西看，老太太看出他特别喜欢这个东西，说，你要是真的喜欢，随便给个价你就拿去。

中年人终于下了决心，伸出一只手，竖起两根手指，说，这个数，怎么样？

老太太看不明白，两？她说，两什么？

两什么？中年人脸有些红，老太太你总不能要两万吧，我是说两千，你卖不卖？说到最后他的脸更红了。

老太太吓了一跳，她喘了口气，没有说出话来。

中年人说，老太太，你给个态度呀，价钱好商量的。

老太太有些慌张，从中年人手里拿过那个东西，捂在手心里，仍然不说话。中年人有些焦虑了，他说，老太太，我不会抢你的东西，你再让我看一看，你再让我看一看。

老太太看见小西骑自行车经过，小西，老太太大声喊道，小西，你去把沈福珍叫来。

小西朝中年人看看，说，噢，他骑着车子去了。

过一会儿小西回过来了，说，老太太，沈福珍不肯来，沈福珍说，叫人家自己给个价，随便的。

老太太站起来，她绕过小西的自行车，凑到小西耳边，说了说，小西复又骑车去了。

再过一会儿，沈福珍的声音在小巷的那一头远远地响起来，寻什么开心，她说。

小西坐在自行车的后座上，将自行车骑过来，他一路说，沈福珍不相信的，她不肯相信。中年人眼巴巴地看着沈福珍的嘴巴，沈福珍说，这怎么可能，我进价也不止两根手指头，你总不能叫我赔钱做生意，沈福珍从吴老太太手里拿过那个东西，也捂在手心里，看着中年人，我不卖的，她严正地说。

那你要多少？中年人仍然紧盯着沈福珍的嘴巴。

我要多少？沈福珍有些茫然地看看中年人，再看看其他人，她张着嘴想了一会儿，又闭紧了嘴。

中年人更加焦虑了，他的眉头明显地皱起来，你说多少？你说多少？他重复了一遍，又重复一遍。

大家都跟着中年人一起看沈福珍的嘴巴，过了好一会儿，终于从沈福珍紧闭的嘴巴里挤出几个字来，两千五，她说，少一分也不卖的。

中年人没有说话，他掏出钱包看了看，有些难过地说，我没有带够钱，我回去拿，马上就过来，他走开的时候，又回头说，我定了货的，你不能再卖给别人。

大家看着他匆匆离去的背影，小西说，他真的去拿钱了？

寻什么开心，沈福珍有些泄气，哪里来的毛病。

吴兆云老太太说，也许是真的，我看他真的喜欢。

吴兆雨走了过来，看到沈福珍站在那里，吴兆雨有些不高兴，说，沈福珍，你怎么跑掉了？

吴兆云说，有人来买她的东西，很贵的。

两千五，小西说，他盯着沈福珍，问道，沈福珍，你老实说，你这个东西进价是多少？肯定没有两千的。

沈福珍“嘻”地一笑，两千，寻什么开心，我要有两千块钱进这个东西，我可以天天打麻将了。

那是多少？小西追着问，那到底是多少？

沈福珍说，二十。

吴兆云和吴兆雨互相看看，她们在心里念道，阿弥陀佛，阿弥陀佛。

小西说，你骗人吧，真的二十块进价？

沈福珍说，你说我有多少钱进货？

小西说，你说出来，不怕我们告诉那个人？

沈福珍说，他不会来买的。

小西说，万一他真的来呢？

沈福珍的眼睛突然亮起来，她看着小巷的那一头，那个人真的来了，他带着匆匆的脚步和焦虑的神态，走过来。

他的脸又红着，他数钱的时候，手微微有些抖动，一百，两百，三百，他嘴里念着。

小西说，你真的买这个东西？

中年人停下动作，看看小西，点点头，我买。

小西欲说话，沈福珍说，小西你想干什么？

小西在自行车上踮着脚，终于还是忍不住，说，你知不知道人家几钱进的货？

中年人没有知道小西是问的他，仍然数钱，小西又说，喂，我问你，你知道不知道人家几钱进的货？

中年人这才知道小西是问他，他抬头看看沈福珍，向小西说，我不管人家多少钱进的货，我要买这个东西的。

二十！小西叫了起来，二十呀！

吴兆云说，阿弥陀佛。

吴兆雨也说，阿弥陀佛。

沈福珍的脸现在涨得和那个中年人一样红了，她想说什么，却说不出来，中年人没有等沈福珍说出什么来，他已经说话了，二十？他说，你骗我吧。

小西急道，骗你是狗，骗你是狗！

中年人笑起来，微微地摇一摇头，说，我不管的，反正我出两千五，我一定要买的，你不要想骗我，叫我不要买。

小西又想说骗你是狗，但是中年人已经数清楚了两千五百块钱，交给沈福珍，沈福珍也已经将东西交到中年人手上，现在小西的脸也涨得和他们一样红了，小西有好多话要想叫喊出来，但是他憋住了。

中年人小心地捧着，沈福珍说，我给你个包装盒，装起来。

中年人吓了一跳，往后退着，说，不用的，不用的，这个包装盒，和它不配的，再见，再见，他捧着东西，匆匆地远去了。

阿弥陀佛，吴兆云说，二十块的东西卖人家两千五，沈福珍，阿弥陀佛。

沈福珍说，阿弥陀佛，菩萨真的好。

小西拍着自行车的车座，说，早知道有这样的事，早知道有这样的事，早知道……沈福珍激动的心情还没有平静，她想和小西说话，但是吴兆雨要叫她去打麻将，吴兆雨说，沈福珍，走吧。

沈福珍说，走了，走了，我要收摊了。

吴兆云老太太想了半天，想不明白，她说，沈福珍，那个东西，是什么东西？

哪个东西？

就是那个人买的那个东西。

噢，沈福珍说，是一块玉石吧。

什么玉石，这么值钱？吴老太太反反复复地想。

晚上吴兆雨回来了，她们吃晚饭的时候，吴兆云说，妹妹，我从书上查到了，那块玉石叫蓝田玉，很珍贵的。

吴兆雨说，哪里书上有？

吴兆云说，家里的书上就有，她说着有些不高兴起来，你现在连书碰也不碰一碰了，你现在是一天到晚麻将麻将。

吴兆雨说，我今天一副豪华七对自摸，花也不够，只能自摸，真的就自摸了，我出门时念过菩萨的。

菩萨要生气的，吴兆云说，你怎么能这么说菩萨。

吴兆雨说，菩萨也打麻将的。

你乱说，吴兆云说，罪过罪过。

我没有乱说，吴兆雨说，姐姐，沈福珍叫我问问你，你肯不肯替她做做。

吴兆云说，你说得出，什么话，我替她做，她自己干什么？

吴兆雨说，她要打麻将，她赚了钱，不想摆摊了，她可以打麻将。

吴兆云说，我又不懂古董的，要么等我钻研钻研再说，这方面有很多书的，我可以看看。

吴兆雨说，其实也不用看古董的，沈福珍也不懂古董的，她就是从人家那里买来，再加上几块钱卖出去。

吴兆云说，你不能这样说的，你这样说不对，做这样的事情，总是应该懂一点的。

吴兆雨说，不管你肯不肯，反正沈福珍说了，她不来了。

阿弥陀佛，吴兆云说，她怎么这样的。

沈福珍果然一直没有再来摆摊，她每天在棋牌馆打麻将，她说，五筒碰掉了，二筒杠掉了，嘿嘿，最后一个绝底五筒给我摸到了。沈福珍把她的剩余的货寄在吴老太太家里，她说，等我的钱用光了，我还是要来的。

定慧寺门口沈福珍的那个位置上，现在空空的，巷子里的人经过，觉得少了什么，想一想，才知道是少了沈福珍。

吴兆云在家里找出一些书来，这些书上都写着怎么识别古董，怎么识别假古董，吴兆云戴上老花眼镜，认认真真地看书，然后把沈福珍寄存的东西一件一件地与书上的照片比较，现在她心中有了数，对沈福珍的每一件东西，她都了如指掌了，但是心里仍然有什么事情搁着，吴老太太想了又想，她确定是因为那块被买走的昂贵的蓝田玉一直在她心里搁着。

吴兆云问吴兆雨，妹妹，那个人是哪里的？

哪个人？

买沈福珍东西的那个人。

买沈福珍东西的哪个人？

两千五百块的那个人。

噢，吴兆雨说，我不知道，我不认得的，从来没见过。

吴兆云想了又想，他是哪里的呢，他怎么会走到定慧寺巷来买沈福珍的货呢，沈福珍又没有什么名气的，他怎么知道定慧寺巷里有沈福珍，他是无意中走来，还是特意过来的呢，他是不是和定慧寺有什么关系呢，他会不会是个出家人呢，现在的出家人看起来都不大像出家人的……

吴兆云又想，他买的那个东西到底是什么东西呢，是真货还是假货，那个人到底是个识货的人，还是不识货的人，他有没有发现自己上当了，还是发现自己真的淘到了宝贝，他如果发现上当会不会来找沈福珍倒算账呢，他如果知道自己真的淘到宝贝会怎么样高兴呢……

吴兆云忍不住跟吴兆雨说，要是能找到那个人……

吴兆雨说，哪个人？

买沈福珍东西的那个人。

吴兆雨看看姐姐，说，你是不是觉得沈福珍骗了他？

没有，吴兆云说。

你是觉得给他拣了便宜？

没有。

那你干什么呢？

喜欢石头的人，会不会是博物馆的呢？吴兆云自言自语说，我看到晚报上介绍过奇石斋，会不会是那里的呢？还有一个地方叫石缘，也可能是那里的，还有一个地方——

吴兆雨说，我去了。

吴兆云不高兴，她没有说话。

我问过菩萨，吴兆雨说，菩萨高兴的，菩萨说，要是没有事情，打打小麻将也好的。

吴兆云说，菩萨不会这么说。

吴兆雨说，说不定我的菩萨跟你的菩萨不是一个人。

你不可以乱说，吴兆云说，你去问问沈福珍，她也许认得那个人。

哪个人？

买沈福珍东西的那个人。

吴兆雨说，沈福珍这几天手气不好，说话也没有好声好气，我手气好，想什么牌来什么牌，菩萨保佑。

阿弥陀佛，吴兆云说，菩萨，他们怎么这样。

沈福珍的钱用完了，她重新又来摆摊了，仍然在那个老位置上，巷子里的人上班下班时经过，觉得多了什么东西，想一想，知道是多了沈福珍，他们跟她说，沈福珍，又来了？沈福珍说，又来了。

吴兆云和吴兆雨两位老太太常常在沈福珍这里坐坐，吴兆雨和沈福珍谈论麻将，吴兆云则将沈福珍摊上的东西一件一件拿来细细地看，细细地想。

沈福珍说，看也用不着看的，那种好运气是要等菩萨给的。

阿弥陀佛，吴兆云说，她拿起一块东西，仔细看了又看，这是一块黑田石，她说，黑田石品位不高的，她拿给沈福珍看，你看这里，有一个疵点，你看，很明显的。

沈福珍随便地看了一看，她说，我不懂的。有一天小西经过，从自行车上下来，拿了一张写过字的宣纸，说，我这一阵练书法兴致蛮高的，随手给老太太写幅字，有关麻将的。

小西你也会打麻将？吴兆雨说。

寻什么开心，小西十分骄傲地说，我三岁就上桌的。

那幅字是一首打油诗，写道：

东风南风西北风，

先摸发财后红中；

一心杠开等自摸，

一不留神出了冲。

吴兆雨说，蛮好的，我回去配个框子挂在墙上。

阿弥陀佛，吴兆云说。

我问菩萨，吴兆雨说，菩萨说挂起来也蛮有意思的。

现在下班的人纷纷经过定慧寺和定慧寺巷，沈福珍该收摊了。

定慧寺巷可能会成为小城里最后的小巷，小城里的小巷早早晚晚是会没有的，定慧寺巷也会没有的，但是现在定慧寺巷还在，因为定慧寺是要保护的对象，如果哪一天觉得定慧寺保护不保护都已经无所谓，到那一天，也许定慧寺就没有了，那么定慧寺巷也可能没有了。